装幀　緒方修一
装画　谷山彩子

I

暗黒救済のメッセージ

あやしくも動悸してくる暗黒を……
あるケース・スタディとして

1

よく覚えてゐる詩句があるのだが、その詩句が誰の、なんといふ本にあつたのか忘れてしまつてゐることがある。こういう時の記憶というのは、なぜ背景をみな、落としてしまうのだろう。背景は必要のない場合と、どうしても、その詩句の作者名とか書名が必要な場合と、この二通りがあるのだらうか。それはどうしてなのだらう。

ここで取り上げる考察対象は、斎藤茂吉歌集（岩波文庫）の二一一頁にある、

あやしくも動悸《どうき》してくる暗黒《あんこく》を救はむとして燈《あかり》をともす

といふ一首の歌である。この一首だけを、できるだけ丹念に、その背景ごと掘り下げてみたい。

なぜ、さう思つたのか。

もうすこし正確に、文庫本から、引き写してみよう。

山房折々

十一月六日電報来
あやしくも動悸《どうき》してくる暗黒《あんこく》を救はむとして燈《あかり》をともす

十一月二十日
朝はやくより穉《いとけな》き子《こ》を疑ひたりなどして冬日《ふゆひ》みじかし

十一月二十八日
しづかなる午前十時に飛鳥佛《あすかぶつ》の小さき前《まへ》にわれは来りぬ

さしあたりここまででいいであらう。わたしは、この一首の前に小さく書かれた「十一月六日電報来」の一行にこだはつたのである。はて。この電報つて、なんだ。この電報と歌の中の「動悸」とか「暗黒」とかいふ言葉は、因果関係があるのか。あるとしたら、なぜ、この文庫本の編者は、そのことを明らかにしなかったのか。その点を明らかにする気が、もともとないのなら、いつそ「十一月六日云々」といつた一行の詞書《ことばがき》は、削除してもよかつたのではないか。

文庫本『斎藤茂吉歌集』の編者は、山口茂吉、柴生田稔、佐藤佐太郎といふ三人の高弟で、茂吉の死後、一九五八年（昭和三三年）に編まれた。「凡例」によると、この文庫本は「斎藤茂吉の全作歌一万七千九百七首の中から一千六百八十八首を選」んだといふから、選集であり、また言へば、秀歌抄といつてもいいだらう。ただし「作品の選出は、山口茂吉、柴生田稔、佐藤佐太郎の三名が協力してこれに当り、原則として二名以上が採った歌を収録することにした。」と言つてゐるから、その選出基準が各選者の妥協の結果、あいまいになつたであらうことも想像される。

しかし、そのことよりも、昭和三十三年の編著だといふところに、これからわたしの説くところと深く関はる戦争観の問題が交叉して来る。先回りして言つて置いても邪魔にはならないと思ふので言ふが、この一首は、日中戦争（当時の呼称は、支那事変）のまつただ中の作品で、いはば状況の詩なのである。

ところが、昭和三十三年は、マルクス主義のまだ論調の強かつた時代である。六〇年安保の年の二年前である。一つだけ証拠書類を出して置くなら、同じ昭和三十三年の七月に春秋社から出た『昭和短歌史――近代短歌史・第三巻』といふ本がある。渡辺順三、一條徹、久保田正文、杉浦明平、吉野昌夫、赤木健介、岩田正、信夫澄子の八名の合著で、土屋文明の講演記録を、巻頭に置いてゐる。

この顔ぶれを見れば、すぐに、（文明と吉野昌夫を除けば）すべて、当時のマルクス主義の論客を揃へてゐたことがわかる。（ただし、一言釈明して置くが、この本はなかなかに力作の論文のあつまりであつて、筆致もいきいきしてをり、当時、マルクス主義がどんなに勢いをもつてゐたかがよくわかるのである。）

この本の中で茂吉を論じてゐたのは杉浦明平であつた。詳しく引用するのは今回のケース・スタディの域をはづれるので止めるが、そこでは、戦時下の茂吉の作品も論文もすべて猛烈な否定に遭つてゐた。「茂吉（文明またその他の『アララギ』作家）が俗物的要素をもつていたことは否定できない。」「へなちよこの石榑茂《いしぐれしげる》やその取巻きにたいしては勇猛果敢ぶりを遺憾なく示したけれど、唯物論に到達する勇気も条件もなかつたのである。」「茂吉（文明またその他の『アララギ』作家）はそのころの自由主義的愛国者とおなじように、皇国の臣民であることを誇つていた。そして当然反共論者であつた。」「この引用文（岡井注、茂吉の石榑茂（旧字）との論争文のこと）の後半部を読むものは、戦時下の茂吉の狂態がけつしてかりそめのあやまちとか、『軍閥といふことばさへ知らざりし』おろかさとかに原因していたのではない、もつと深い、本質的なものとつながっていたことを、知ることができよう。」（上掲、杉浦の論文より引用）「狂態」「おろかさ」。「皇国の臣民」。いはゆるイデオロギー的断定の見本のやうな言葉だ。問題は、この『昭和短歌史』が、当時たくさんある昭和短歌史のなかの、左翼的文献の一冊としてあつたわけではないところにある。これは、いはば、当時の〈正史〉としてあつた。すくなくとも、茂吉の日中事変や太平洋戦争に共感して作つた作品などは、もう、それだけで、あつさりと否定された。そして、戦中短歌へのこの種の見解は、マルクス主義者でなくとも、当時の歌壇の大方が認めるところだつたのである。

　文庫本『斎藤茂吉歌集』は、かういふ時代の雰囲気の中で編まれた。「解説」を書いた柴生田稔は「茂吉のいわゆる『戦争の歌』は、世間一般の意味における『不純』の動機に出でたものでは決してないが、しかし結局戦争の『ため』の作歌であることをまぬがれないので、この集にはその二章を採るに止《とど》めたのであった。」と弁解してゐる。この選集に採られた「二章」といふのは、太平洋戦争開戦時の「眞珠湾にくぐりてゆきし一隊の潜航艇《せんかうてい》は帰ることなし」と、昭和十八年「アッツ島」玉砕の時の「日もすがら夜すがらの戦きはまりてもののふ二千つひに帰らず」他一首で、わるい歌ではないが、戦争歌としては、茂吉の「狂態」や「おろかさ」（共に杉浦明平の評語）の見えない側の歌である。こんな歌を二、三首示すぐらゐなら、いつそ、全部隠した方がよかつたといへさうな処置であつたが、これも、五年前に死去した師の茂吉を守るためには止むを得なかつたといへるだらう。

　かうして考へて来ると、今回わたしが取り上げた「あやしくも動悸してくる暗黒を救はむとして燈をともす」といふ一首の前に、わざと「十一月六日電報来」の詞書を残して、しかも「電報」がいかなる内容のものか、それを明らかにしなかつた高弟たちの処置には、かれらだけの知つてゐる暗黙の諒解のやうなものがあつたのではないか。そんな妄想も湧いてくる次第で、いや、案外これは、柴生田稔たちが、ひそかに同時代または後世の読者に送つてゐるメッセージなのかも知れないではないか。

2

この一首は、歌集『寒雲《かんうん》』から選び出されてゐる。昭和十三年の作品である。日付からみて、十一月六日のすこしあとに作られたものと推定される。『寒雲』は、茂吉の第十二歌集で、昭和十二年から同十四年秋までの作歌千百十五首を収め、昭和十五年三月に出版された。

因みに、日中事変下の歌が、（戦後のアメリカ占領軍の軍政下ではなく）戦時中に歌集として出版されたことは、茂吉を理解する立場からすれば、善である。それらの戦争歌が日本の歌壇を刺激して、多くの歌人に同類の模倣歌を作らせたのだとしたら、それは善か、悪か、わたしにはわからない。昭和十六年以降の太平洋戦争下の茂吉の戦争歌は、つひに現在まで単行歌集には収められないままである。それらを含む時期の作品は、みなアメリカ占領治下で、戦後に出版されたから、戦争歌は自己規制によつて除外された。それらの歌は、『斎藤茂吉全集』中、「短歌補遺」としてしか読むことができない。もつとも、戦争絵画が、いまなほ、近代美術館の倉庫に眠つてをり、限られた人しか見ることができないのにくらべれば、とにもかくにも、『全集』にあたりさへすれば、だれでも読むことができるのは、文字芸術の徳といふべきかも知れぬ。

さて、そこで、『寒雲』に当つてみよう。『寒雲』は、一冊の本だが、短歌の場合、基本的には一首一首の作品を単位とした集合なので、一冊の本全部に当つてみる必要は、いまのところは、ない。

今問題にしてゐる、この一首の周辺だけを取り出してみるだけで、いまは充分だ。

文庫本歌集では「山房折々」といふ小タイトルに続いて、すぐに「十一月六日電報来」が出てゐるが、歌集では違ふことがわかる。

「山房折々」（この意味は、茂吉の住所を文人風に〈童馬山房〉と自称してゐたから、童馬山房で生起したことどもを、私記録風にうたひとどめたのだよ、と言つてゐるに近い。）に続いて、「木原」といふ、更に細かいタイトルをつけて四首の歌がある。

木原

木《こ》立《だち》には小《こ》鳥《どり》来鳴きてうつせみの吾の痛々《いたいた》しき心は和《な》ぎぬ

が最初の歌だ。「木原」は、林といつた意味で山房近辺の林に来てゐるところ。童馬山房は東京の青山南町の、茂吉自身が院長をしてゐる精神病院（青山脳病院）の中にあつた。茂吉は、なにかこのころ、「痛々しき心」になるやうな私的な理由があつたのだらう。林へ来て小鳥の声をきいて心をなぐさめてゐるのであつた。（「心は和ぎぬ」。）あとの三首には、いまは触れないで置かう。

次に「十月二十五日」と日付が出て二首の歌がある。その歌の中に「皇軍《くわうぐん》おほいに勝ちぬ」といふ句を見、また「漢口は燃えつつあり」といふ句を読むことができる。茂吉の関心が、つよく、鋭く、中国戦線で中国軍と戦つてゐる日本軍（「皇軍」と当時言つてゐた）に寄せられてゐるのがわかる。

次に「宮脇武夫歌集序歌」といふ、視力障害者で故人となつた弟子筋の歌人の遺歌集への序歌が三首記録されてゐる。これは直接、戦争とは関係がないが、死者に相向つてゐるといふ意味では、「山房折々」の基調底音と同調してゐる歌どもである。

次に「十月三十日の忌日を過ぎつつ」と詞書して、故人で友人だつた日本画家（そして歌人）の平福百穂への追懐歌が一首ある。

そして、やつと、「十一月六日電報来」が来て、例のあの一首を含む三つの歌が在る。

山西《さんせい》のあたりにてか戦死せる中尉をおもひ一夜《ひとよ》ねむれず
むなさわぎせしこと一再《いっさい》にとどまらず九月以来通信も断えて居りにき
あやしくも動悸《どうき》してくる暗黒《あんこく》を救はむとして燈《あかり》をともす

さらに「十月二十七日山西省絳県薫封村にて陸軍中尉山口隆一戦死す」と詞書して、

漢口陥ちてとどろきし日に山西《さんせい》の小さき村に戦死《せんし》をしたり

といふ歌がある。やはり、あの「電報」は、ただの電報ではなかつたのである。さしあたり、まだ、茂吉とのかかはりははつきりしないが、山口隆一といふ知り合ひか、親戚かの軍人が、中国は山西省の小さな村で、ひつそりと戦死した。その人の死は十月二十七日のことであつたが、死のしらせは十一月六日に茂吉を襲つたのである。

3

山口隆一とは、いかなる人であらうか。その死によつて「あやしくも動悸してくる暗黒を」（理由もなく、胸がどきどきして不安でたまらないので、まつくら闇から自分自身を救ひ出さうとして、電気をつけたことであるよ）といつた切迫した気持におそはれたといふのである。それとも「むなさわぎせしこと一再にとどまらず」といふ歌に関わらせて解けば、「あやしくも」の歌は、山口隆一の死の予感のやうなものを感じとつて、不安のあまり、胸ぐるしく動悸をうつた闇の底の体験を、いま戦死の報せをうけて、想起しつつ歌の中に再現してゐるのであらうか。

いづれにせよ、茂吉にとつて山口隆一といふ人の存在は、相当に大きなことであつたことがこれらの歌からわかる。

わたしは、まづ茂吉の日記を調べた。すると十一月六日の日記の記載は、多くのことを教へた。

「十一月六日　舊九月十五日　日　ハレ　山口中尉死ノ電報／松田入棺。午後二時火葬場ニ行ク。四時カヘリ、祭壇ヲツクリ焼香ス。法名松壽院誠勤中直大姉、○山口隆一（中尉）戦死ノ報ヲウク。噫、（守谷誠二郎電話、左澤ヨリ電報ノヨシ）西村山郡左澤町―稱念舎（山口いを…母）十月二十七日山西省董卦《トウケ》ノ討匪戦デ五百ノ敵ト戦ヒ、山口中尉川島中尉六名ノ戦死者ヲ出シタ。〈薫封《クンフウ》？〉」

これで全文である。茂吉のこのころの日記は手帖大の日記帖に横書きされてゐたといはれる。従つて書かれる分量は毎日大体きまつてゐた。十一月六日は、松田といふ人の葬儀と、山口隆一の戦死の報で占められてゐる。

すこし無駄話になるが、「中尉」といふ位階について想ひ出したので書いて置く。わたしはこのケース・スタディを、ある研究会で座談の形で発表したが、その時、同席した共同研究者のうち一人を除いて、日本の軍隊を見たことのある人はゐなかつた。わたしが一番年長だが、わたしとて軍隊経験はない。戦後教育は、軍隊とか軍人とかいつた領域の話題を禁句にして現在まで来てゐる。共同研究者で「中尉」といふ位階がぴんと来る人は、ほとんどゐないのである。中国戦線で戦死したとか、その報せがどんな形で家族に伝へられるのか、また、戦死者を内地の人間がどのやうな気持で迎へるとかいつたことは、わたしにはからうじて推測がつく。なぜなら、隣人や親戚や知人で出征兵士として外地へ出かけた人をなん人も、幼いながらこの眼で見てゐるからだ。また、士官の位階については、軍人が男子学生の理想像のやうに言はれた時代を通つてきてゐるから、かなりくはしく知つてゐる。しかし、もう今では、「山口隆一中尉」といつたつて、尉官が士官としては一番低い位階であり、従つて、山口隆一はたぶん若い軍人だつたのだらうとか、陸軍士官学校出の将校ではなく、幹部候補生あがりの――つまりいはゆる職業軍人ではない将校だつたのだらうとか、「五百ノ敵ト戦ヒ」といつたのは不利な戦ひで、兵ではなく将校が戦死したといふのは、不意打ちをくらつた敗け戦だつたのかも知れないとか、いつたことは、ほとんど誰にもわからないことになつてゐるのではないかと思つたことであつた。

ところで、ここで、奇妙なことに気づく。茂吉は、さきの三首の山口隆一追悼歌のはじめに「十一月六日電報来」と書いてゐた。ところが、日記によれば、電報ではない。電話が来たのである。直接山口隆一の家族から茂吉に報らせが来たのではなく、まづ、山口の母いを（山形県西村山郡左澤《あてらざわ》町）から、守谷誠二郎（茂吉の兄の子、つまり茂吉の甥で、山形県の現在の上の山市に住んでゐた）へ電報が行き、守谷から茂吉へ電話が来たのであつた。

しかし、茂吉は、そこを詩的に修飾して「十一月六日電報来」としたのであつた。電報と電話の差。これも、現代では、なかなか実感できないところだらうが、電報は、片仮名文語文体で簡潔に事の中核だけ伝へる。配達員が持って来て渡し、渡される、あの突然の感じ。声としてではなく、電文として、文章として、無言のうちに手渡される感じ。それは、電話の一種猥雑な、俗つぽくさわがしく、相手とのやりとりの可能な伝達方法をはるかに超えた、厳粛な、儀式的な感動を与へたのであつた。

茂吉は「十一月六日電報来」と創作した。そして、それは、当然のことでもあつた。守谷誠二郎はすなはち茂吉自身でもあつたからである。それでは、西村山郡の山口隆一と、南村山郡の守谷誠二郎と、南村山郡出身で今は東京青山に居る茂吉と、この三者を結ぶ糸はなんだつたのであらう。

4

茂吉について調べるとき、誰でも当つてみるのはまづ日記。次に手記（手帖）といふのがある。手帖は日記とは別に、備忘録でもあり作歌ノートでもあつたりした。なほ、書簡も参考になるだらう。手帖も、書簡も、茂吉の二度にわたる全集に、収められてゐる。ただし、今回『寒雲』のあの一首については、まつたく何の手がかりも得られなかつた。手帳には、十一月六日の日記に出てくる松田のことは出てゐる。「〇松田やを（本名ナカ）、十一月五日、午前八時四十分歿　文久三年十月二十五日生、（七十六歳）」また、十月二十九日に病没した友人で神保消化器病院院長の神保孝太郎のことも出てくる。

　のちに茂吉は、「十月はじめつ方よりつぎつぎに人うせにけり」と詞書して、

　　いくたりの人のいのちを堪へがたく歎《なげ》きながらに歳《とし》くれむとす

と悲歎したが、日記をみると「十月はじめつ方より」といふのは、記憶違ひか、または詩的誇張によるものと思はれ、事実は、十月末の神保の死、十一月五日の松田やを（ふるくから居た女中で、茂吉は少年にして斎藤家へ寄宿したころからいろいろと世話になつた人である）の死が痛切で、それに追い討ちをかけるやうに来た十一月六日の山口隆一の死が決定的に、茂吉を打ちのめした様子である。茂吉は、さきの詞書の電報の件でもわかるやうに、詞書の歌に及ぼす効果は充分これを知つてゐて、不自然でない範囲で、創作を加へるくせの人であつた。

　書簡は、いふまでもなく、相手がそれを保存してゐて、しかも、戦中戦後の乱世を、戦火にもあはずに保たれて、全集編集時に提供されるといふ、いくつもの関門をくぐつてはじめて可能となる資料なのであるから、期待はうすかつたのだが、案の定、なんの手がかりも出なかつた。日記によると十一月六日前後（だけではないが、このあたりも）たくさんの手紙やはがき

を茂吉は書いてゐる。それが記録されてゐるのに、書簡集には、直接山口隆一にかかはるものは、ほとんどない。わづかに十一月十日の宇野浩二（小説家）あてのはがきに「近時、親しい先輩、友人つき（ママ）つぎと亡くなりそのため日夜心労と雑務とに追はれ親しく御訪問も叶はず失敬いたし申上候御禮迄」といつた近況と心境をつたへる文面がみられるだけである。

かうして第一次資料を次々に読んだあとで、やうやく『作歌四十年』（旧版全集第二十巻）をひらいてみる気になつたのは、少々迂闊、遅すぎるではないかと言はれればまことにその通りだが、そもそもわたしの此のケース・スタディは、あの一首の背景をなるべく広く掘り下げることにあつた。山口隆一がなにものなのか、それはいづれは知れるのであつて、それを知るまでの過程がわたしにとつては大切だつたのだから致し方ない。

それと、わたしは『作歌四十年』が、茂吉の手許に長く置かれてゐて、昭和二十八年一月、茂吉の死の直前に全集の一冊として世にあらはれた点をも考慮した。そしてなによりも、わたしは、はじめてこの『作歌四十年』をよんだ若年時より、その自注ぶりにあきたらぬものを感じて来てゐた。

だが、そのやうな言辞はすべて言ひわけであるかのやうに、茂吉は『作歌四十年』に、「十一月六日電報来」の三首と、それに続く「漢口陥ちて云々」の歌の合はせて四首を引いて、次のやうに、山口隆一の、ほぼ全貌を語り、自らとの関係を簡記してゐた。

山口隆一中尉戰死の時詠んだ。中尉は佐原窿應和尚の徒弟山口隆信の長男であつて、近江蓮華寺に於て窿應和尚の薫陶を受け、彦根中學卒業後、東京青山なる私の家に寄寓、國學院大學高等師範部を卒業。山形縣南村山郡金瓶寶泉寺住職、上山國民學校（實料中學）教諭であつたが、支那事變起るや工藤部隊に屬し、北支各地に轉戦、十月二十七日山西省絳縣薫封村の戰に於て戰死した。

5

研究会の席上の論議で、一時、この一首の解釈に議論が集中したことがあつた。

ある人は言つた。

「あやしくも動悸してくる」は、文法上は直接「暗黒」にかかる筈である。「暗黒」が、動悸しつつある一匹の生物のやうに感ぜられる。その「暗黒」の奴めを救はうとして、自分は電燈をつけて、「暗黒」を消したのである、といふ解釈も成り立つ。

また、ある人は言つた。

茂吉のとなへた「写生」、茂吉の属してゐた「アララギ」といふエコールの建て前からいふと、右に示したやうな「暗黒」の擬人化は、よほどのことがないと許されない。だから、この歌の「動悸してくる」はあくまで茂吉自身のことである。茂吉は三十代にして蛋白尿が出て腎をいため、高血圧症に悩んだから、なにかといつて興奮したときは、心悸のたかまる体質だつたらう。現に、ひいきの相撲取り出羽ヶ嶽が弱くなつて負けてしまふのを動悸しながら見てゐるといふ歌も作つてゐる。この一首の場合も、なぜこんなに動悸をうつのかわからないのに、脈は迅く打ち、心臓は胸壁を打つてやまない。他の歌で「一夜ねむれず」といつてゐるから、ひとり夜床の暗黒のうちにあつて、目は冴え、中尉を思ひ、戦闘のさまを想像し、つまりは敗北して死んだ知人の運命の上に、自分の国の運命や戦ひの行方を予感して、暗い気持になり、不安にかられたのではないか。さう思へば「暗黒」は生物ではなく、作者自らの心境をあらはしたのである。「暗黒を救はむとして」はたしかに飛躍した表現ではあるが、「動悸してくる（わたくしの不安な状況、すなはち）暗黒を（消して、その「暗黒」からわたし自身を）救はむとして燈をともす」といふ解釈でいいのではないか。

もう一人が反論した。

歌は、一首だけで独立してゐるといふ考へ方も根強いやうである。この一首も、また、なんら背景による支へを必要としない。山口某などといふ存在は、この一首を受容するにあたつて、なんら顧慮するにあたらない傍系の一事実にすぎない。作品《メッセージ》を発信する側の、かくされた動機にかかはる、いはば秘事であつて、読者の前にそれを提示するのはいらざる処置である。わたしたちは、静かにこの一首の表現にだけ向かへばよい。さうするならば、「あやしくも」といふ初句におのづから注目することになるであらう。この作者は、「動悸」の源泉について理解できないと言つてゐるのである。わたしたちも、なんともいへず変な気分に陥つて、夜床のうちに輾転反側する経験をもつてゐるではないか。妄想は妄想をよび、耐へがたい時、寝床から立ち上つて電気をつける。しばらくして再び消燈して暗黒のうちに帰る。また立ち上つて電気をつける。さういつた経験をしたものなら、「あやしくも」の語気と語意をた易く理解するだらう。「救はむとして」の表現にも、ごく素直に順応するだらう。

わたしは思つた。

むしろ、わたしが他の機会に(『短歌の世界』一六二頁以下)行なつたやうな、音韻上の特徴を分析的に取り出すことの方が「十一月六日電報来」といふ詞書に引きずられることより大切なのではないか、といふ考へ方も当然あり得る。たとへば、この歌は、結局のところで、すこし詰つてゐる感じが、直感的に感じられる。それは「暗黒を」の「を」と、「燈を」の「を」の重複が、ややうるさいといふことから来てゐるのかも知れない。「燈ともせり」「燈つけたり」と助動詞を用ひて終らせてもよかつたところを、わざと不器用に、動詞現在形で結んでゐる。かういふところは、無技巧の技巧ともいへるので、「燈をともす」その行為は、過去のことではない。「り」「たり」などの助動詞で反省的にかへりみるやうな暇はない。直接眼前の行為であり、「ともす」と共に「暗黒」は救はれ、しばらくすれば、また消すことによつて「暗黒」の底へ沈むといふくり返しのうちの、ある一瞬だけを照射して、そこだけをとり出してゐるのである。

このやうに考へて来ると、『作歌四十年』の茂吉のこの一首についての自歌自注は、異様なまでに、自歌自注ではない。少くとも、作歌の動因については、沈黙してゐるといつてよい。さきに掲げたやうに、そこに書かれてゐたのは、山口隆一中尉の履歴にすぎない。「東京青山なる私の家に寄寓、國學院大學高等師範部を卒業。」といふ部分だけが、直接茂吉にかかはる。むろん、斎藤茂吉伝に興味をもつぐらゐの読者なら、茂吉の幼児期よりの精神的な師ともいへる、隣家宝泉寺の四十世住職佐原窿応を知らないものはないから、その窿応師の弟子山口隆信の子であつて、窿応の教へを受けた隆一といへば、茂吉がその隆一に「寄寓」させる前から親しみを抱いてゐたらうことは、わかるのである。

だが、ここには、歌の出来具合についての言及はない。四つの歌が引いてあるが、第一首はなになに、第二首はしかじか、といつた、他の場合には必ずといつていいほど、茂吉が書いてゐる自歌自注は全く見られない。「あやしくも」の歌など、当然、なんらかの解釈があつていい筈なのに、一切それはない。「漢口陥ちてとどろきし日に山西の小さき村に戦死をしたり」といふ歌は、実は、すこしあとに作られた歌であつて、初出も、この歌は、「アララギ」昭和十四年一月号。他の三首（いま問題にしてゐる一首を含む）が、その一号前の昭和十三年十二月号である。この一箇月の差が、歌の表情に与へてゐる微妙な差違といふものについても、触れるところがない。

『斎藤茂吉短歌合評』（明治書院）といふ上下二巻の注釈本がある。大部の本である。書名通り、数人の「アララギ」主要同人が、茂吉の死後十年以上たつてから、「アララギ」誌上に連載したものをまとめて、昭和六十年に単行本としたのである。むろん、全歌註釈ではなく、文庫本『斎藤茂吉歌集』をテキストにして、さらにその中から歌を選んで合評してゐる。「あやしくも云々」の、今回ケース・スタディの対象とした一首も、本村正雄、吉田正俊、小松三郎、五味保義、落合京太郎、柴生田稔の六人によつて批評されてゐる。一番最後に発言（発言といつても、座談会の記録ではなく、次々に回送されて書き継がれたものだらうが）した柴生田稔の分を引く。

> 知らせを受けた時の烈しい衝動を直接そのまま表した詠みぶりで、その動悸の音がさながらひびいて来るような感じまである。本村評に引かれた「漢口陥ちて」の歌は翌年一月号のアララギに載った後日の感懐であって、もともとの感動の性質が違い、優劣を比較すべきものではあるまい。中村先生の訃報の場合も同様である。また、動悸してくる暗黒を救う云々の表現は、なるほど西洋脈とも小説的とも言える性質ものであろうが、実際にはこの時作者にとってもっとも適切な表現として、自然に直ちに思い浮かべられた表現であったように感ぜられる。もちろん直ちにそう感ずるというのは、平生の用意と力量とにもとづくわけには相違ない。山口隆一氏は窿応和尚の弟子山口隆信の長男で、みずからも窿応和尚の

薫陶を受け、後青山の先生のところにいわゆる書生の役をしながら、国学院大学を卒業して、

隆応和尚時代以来先生とは縁の深い金瓶宝泉寺の住職になっていたのが、応召したのであった。先生を訪問するとき、いつもまめやかに玄関に出迎えられたその温容が今でも彷彿とするのを覚える。先生の悲しみは深く、幾たびかその話を聞き、また私が氏を悲しんで拙い歌を作ったのに対し、わざわざ礼を言われたことまであったのが記憶に残っている。

（「アララギ」昭和三十九年四月号所載）

ここにも、「漢口陥ちて」（本村はこれの方が「あやしくも」よりも優れてゐると言つたのであつたが）が、後日、心の鎮静したのちに、諦観をもつて詠んだ一首なので、「電報来」直後の三首とは、比較すべき性質のものではないことが言はれてゐる。

また、ここで「中村先生の訃報の場合も同様である。」といふ附言は、一種「アララギ」方言ともいふべき発言で、これだけでは一般読者にはなんのことかわかるまい。

これは、昭和九年五月五日に、伊藤左千夫門の兄弟弟子であり「アララギ」の同行の同志でもあり、旧い友人でもあつた中村憲吉が尾道の療養先で死去した時に、「布野に中村憲吉君を哀悼す」といふ詞書と共に、

こゑあげてこの寂《さび》しさを遣《や》らふとはけふの現《うつつ》のことにしあらず

（大意。声をあげて叫ぶことによつて、今のこの自分の寂しい気持をどこかへ捨てさるなどといふことは、とても現実に出来ることではない。つまり、そんな程度の寂寥感ではないのだよ、と言つてゐるのだらう。）

　　うつつなるこの世のうちに生《い》き居《を》りて吾《われ》は近《ちか》づく君がなきがら

（大意。自分は現実にこの世に生きてゐる。君は死んで、そこに遺骸として安置されてゐる。いま、自分は生者として、死者である君の柩に寄らうとしてゐる。）

といふ二首を含む全五首を発表した。これは春のことである。ところが、昭和九年の秋になつて、茂吉は「中村憲吉君を憶ふ」といふ五首を作つてゐる。その中には、文庫本にも採られてゐて有名な、

　　電報を受取りぬれば海中《わたなか》の浪《なみ》なぎはてしことのしづまり

といふ一首がある。これは、明らかに回想の歌である。回想の歌ではあるが、憲吉死去の電報をうけとつた時の感動を、一首にしてゐる。いま急いで日記をみると、昭和九年五月五日の頃

には「中村ヨリ夫人代筆にて喀血ノ通知アリ。夜、ソノ返事カキヰルウチニ、夜ノ九時ゴロニ電報アリテ、中村夕方ニ死去ノ通知ナリ。噫。悲シ。」とある。たしかに、この場合は電報が来てゐる。そして、秋に作つたこの歌の方が、春の「悲歎録」よりも、完成した姿をとつてゐる。「海の浪がことごとく凪いでしまつたやうな静寂さが、憲吉死去の電報をうけとつた時に、自分の胸中を宰領したことである」といつた大意をあたへてもいいと思ふが、「ことのしづまり」は「事のしづまり」であると共に「言のしづまり」でもあつたと思はれる。あの合評で、本村が言つてゐたのは、即事の機会詩よりも、一度時間の網をくぐらせたあとの歌の方が感銘がふかいといふことだつたのかも知れぬ。柴生田の本村への反論もまた、理解できないわけではないが、つき放して言つてしまへば、詩歌は、結果として出て来たものの完成度がものを言ふ世界なのである。

問題の一首は、山口隆一中尉の戦死の報せをうけた夜の茂吉の「一夜ねむれず」の状況を、象徴的に言ひあらはしてゐた。さきに見たやうに、この一首は、背景抜きで通ずるのである。一切の不安な夜の輾転反側に対して、成り立つのである。

ところが「漢口陥ちて」の歌は、これは山口隆一中尉戦死といふ、限定された動機にしばりつけられた一首で、それだけにまた現実的な迫力を持つた歌だともいへるだらう。ただ、この歌の「漢口陥ちて」の初句七音化（字余り）はなにを語るか。「漢口」は、中国戦線の目玉であり、決戦場であつたから注目は皆、そこへ行つてゐた。「漢口」はいはば中央であり、「山西の小さな村」は、辺境、辺縁である。「漢口の陥ちたるときに」では茂吉は満足できず、初句を字余りにしてでも「とどろきし」といふ形容句を入れたかつた。大喚声と共に陥落する敵の主要拠点と、かたやひつそりと誰にも知られずに戦死する、わが山口隆一中尉。かういふ対照は、人生のなにかに似てゐる。茂吉は、あんなに熱狂して漢口の陥落を迎へた国民の一人だつたのだが、その熱狂の裏側で、一人の愛すべき青年が、討匪戦（おそらく共産党のひきゐる軍との戦ひ）に失敗して、犠牲となるといふ代償をひきうけねばならなかつた。

わたしは、言ふのを避けてここまで来てゐるのだが、茂吉が、日中戦争をどのやうに合理化したかといふ点についての討議が、この一首のケース・スタディの最終の問ひになるであらう。

あからさまに敵《あた》と云はめや衰《おとろ》ふる国を救はむ聖《きよ》き焔《ほのほ》ぞ
上海《しゃんはい》戦の部隊おもへば炎《ほのほ》だつ心となりて今夜《こよひ》ねむれず
あたらしきうづの光はこの時し東《ひむがし》亜《あ》細《じ》亜《あ》に差しそめむとす

『寒雲』以下同

戦争は、このやうにして、中日戦争の勃発とほとんど同時に、茂吉によつて讃へられた。「露骨なことばで、敵国だなどと言はうか、言ひはしない。中国は、欧米の植民地となつて衰弱してゐる。それを救ふためにわが軍は出て行つたのだ」とか、「東アジアの国々にこの聖戦によつて新しい美しい光が差しそめたのである」とかいつた合理化は、しかし、にはかに作られたものではない。遠く日清、日露の戦役以来の、教育と宣伝によつて、近代日本の中に徐々に作られて行つた、一つの宗教的な信念とでもいつたもので、広大な民族的神話を土壌にして育成されたものに違ひない。いま、わたしたちは、これを充分に批判的に見ることができるが、かといつて、茂吉の中にあつた「炎だつ心」のパトリオティズム（愛国心）を、簡単に否定できるものでもないであらう。

柴生田稔が、合評の中で、山口隆一について、茂吉の書生をしてゐたころのことをあたたかく書いてゐるところが忘れがたい。これだけ、あれこれと資料をみて来たのだが、山口隆一の生年はわからない。窿応和尚が、山形県の宝泉寺から、近江の蓮華寺本山へ入山したのは、明治四十年（一九〇七年）和尚四十五歳の時であり、大本山蓮華寺住職に任命されたのは大正八年（一九一九年）五十七歳の時である。（『窿応和尚と茂吉』黒江太郎、昭和四十一年郁文堂書店刊）

窿応は、大正十一年に脳溢血で倒れ、大正十三年にも再発作をおこし以後右半身麻痺となつた。茂吉は、ヨーロッパ留学を終へて帰国した（大正十四年）のち、病床の窿応を見舞って、すぐれた歌を書いてゐる。

山口隆一は青年僧とよばれ、柴生田稔の『春山』の中でも「年わかき僧侶の君も召されゆきて遠き山西に弾《たま》に死にたり」「まめやかに師の玄関に迎へまししその面影をわれはかなしむ」と追悼されてゐる。たぶん二十五歳前後の死であつたらうと推察される。山口隆一はいつごろ茂吉の書生をしてゐたのだらう。おそらく昭和五年から十年までのころだらう。柴生田稔の年譜をみると、昭和七年ごろから山口茂吉、佐藤佐太郎、堀内通考（この三人に柴生田を加へて四高弟とよんでもよい）といつしょに茂吉の直接の指導をうけてゐる。

窿応の遷化したのは昭和六年八月十日であつたから「みずからも窿応和尚の薫陶を受け」（柴生田）といつても、すでに脳血管障害で病臥してゐた和尚につかへたのだつたらう。さういへば、隆一の父隆信は、どういふ機縁で、窿応の「徒弟」となつたのだらう。あの「電報」は、山形県西村山郡の左澤から来てゐた。そこに隆一の母、隆信の妻がゐたのであつた。左澤は、地図で見ると山形市から左澤線が走つてゐて、その終点の町である。隆信、隆一親子と窿応とのかかはりは、どのやうにも推測されるだらうが、ただ一つ、この父子は、茂吉にとつて山形といふ故郷を共にする同郷人であつたことが、重視されるだらう。茂吉は、東北の兵がどのやうに戦つたかといふことを、日露戦争の昔から、重くみてゐたのである。そのことは、『連山』（旧満洲へ行つた時の歌集）をみても明らかである。『作歌四十年』の山口隆一紹介の文中「工藤部隊」といふ名が出てくるのが、たぶん、東北の兵団なのであらう。

そして、茂吉は、幼少時、農家の三男として、自分の身のふり方を決める時に、「宝泉寺の小僧」にならうと思つたことがあつた。遠縁の斎藤紀一によつて東京へ呼ばれて、まつたく別の人生を歩くことになつたが、まかりまちがへば、「宝泉寺の小僧」になり、隆信、隆一父子と同じ道を歩いたことになつたかも知れないのである。

茂吉は、かくして、山口隆一といふ、柔和で人あたりのよささうな青年僧の中に、いく重にも、自分に似たもの――といつて言ひすぎなら、自分の分身ともいふべきものを見てゐたともいへる。他者のうちに自分とは違ふ運命を見てゐたともいへる。

6

茂吉伝に沿つて眺めてみると、昭和初年から、この歌の昭和十三年までは、まことに多事多難の歳月であつた。

第一に、近縁に死者の続出したことがある。昭和元年の島木赤彦死去。昭和二年芥川龍之介自殺。古泉千樫死去。昭和三年養父にして前院長斎藤紀一死去。昭和六年隆応和尚死去。長兄守谷広吉死去。昭和八年平福百穂死去。昭和九年中村憲吉死去。十三年の死者はさきにのべた。

第二に、昭和八年、妻のいはゆるダンスホール事件によつて、妻と別居生活に入つた。昭和九年九月永井ふさ子を識り、昭和十二年ごろがピークといはれる恋愛の間柄に入つた。

第三に、論争と著作において、もつとも旺盛で多産な時期であつた。昭和九年から十五年に到る『柿本人麿』五部作の大著は、もうこのあと、つひに茂吉はそれを超えるやうな仕事をすることがないほどの、生涯の収穫期を象徴する本であり、茂吉の散文の仕事の一大集成であつた。

このやうな私的な、重層的な要因の中に生きながら、おそらく茂吉には、ふかい寂寥と、いらだたしさ、不安、憤怒が、胸中に去来したことであつたらう。茂吉の戦争歌は、つねにこの、自らの心の中の問題を、大きく外へと開放してやるやうに働いてゐたに違ひないのである。それは、故もなく「動悸してくる暗黒」なのであつた。その「暗黒」を救ひ出すためには、一燈火をともすことが必要だつたのである。

山口隆一中尉は（戦死して一階級昇り大尉となつたが）たとへば、柴生田稔『続斎藤茂吉伝』、本林勝夫『斎藤茂吉の研究』、同『茂吉と文明』、藤原武雄『年譜斎藤茂吉』、山上次郎『斎藤茂吉の生涯』のやうな、定評のある茂吉伝または茂吉研究書のどこにも、その名を見出すことができない。

加藤淑子『斎藤茂吉の十五年戦争』には、「漢口陥ちて」を引いて十行ほど戦闘の解説があるだけである。なほ、佐藤佐太郎の『童馬山房随聞』（茂吉の日常談話の聞き書き）にも、山口隆一は出て来ない。佐太郎著『茂吉秀歌』にも、塚本邦雄の『茂吉秀歌百首』にも、くだんの一首および山口隆一は、とりあげられてゐない。

この不思議な青年はまるで、どこか異界のやうなところから、不意ににこにこと笑ひながらあらわれて、一時、寂しい時期の茂吉の身辺につかへ、やがて帰郷して教師をし僧職についたかと思つたら、あつといふ間に応召、中国のさびしい辺境の町で、帰らぬ人となつた。茂吉の家を通過して行つた一人の影、それも忘れがたい一個の影であつた。

山口隆一は、この程度に、謎につつまれてゐた方がいいのかも知れない。

柴生田稔らが、文庫本の歌集において、あへて、山口隆一の名を消したままで、

十一月六日電報来

あやしくも動悸してくる暗黒を救はむとして燈をともす

と、この一首だけを、暗黒救済のメッセージとして後世にのこしたのは、かれらの悪意ではむろんない。また、編集のころの世潮とか、歌壇の茂吉戦犯論のなごりを考慮したばかりでもないであらう。わたしたちは、「電報」といふかたちで、やって来る凶報をきっかけとして、「動悸して」止まない「暗黒」を必死に救出しようとつとめてゐる人間の、はかない努力だけを、この一言のうちに認めて、そこにひそかに共感を寄せる。そして、それで充分なのではないだらうか。

桜を歌はないエコール

わたしは、特には桜を歌はないエコールに育つた。桜とか富士とか、なにかすぐに既成の、でき合ひのイメージに結びつき易い対象は、歌ひたくないのである。歌つても、そこを避けて歌ふ。それが、近代短歌の写実系の歌人たちの行き方であつた。

むろん、桜を忌避してゐる訳ではない。森羅万象の一つとして、向うからやつて来れば受け入れるが、特別のあつかひはしないといふことである。

八王子の浅川実験林桜保存林は、毎年のやうに行つて、咲き始める前の寂けさを愉しんだ。偶然だらうが、満開の山を歩いた記憶がない。たくさんの春の木の中の桜といふのが、やすらかで愉しいのである。

農事暦と関係させた桜の民俗の方が、実際的で、わたしなどには、納得できる。

この花の一《ひと》よのうちに百種《ももくさ》の言《こと》そ隠《こも》れるおほろかにすな　藤原広嗣『万葉集』

の背景に農業生産の豊饒を祈る風習をよみとくなどといふのが、現実味があつてよい。

だから、西行でも、なにがなんでも桜に結びつけて説くのは、どうだらうね。それこそ桜に化かされてゐるんぢやないのか。

西行に限らないが、物の名の音韻といふのは意外に大切である。サクラはA母音U母音A母音の連なりからなる。A母音がはじめに来て終りにくる三音の語。ここがウメとかモモとかの場合と違ふ。開口音のAが、そして三音だといふことが障る場合もある。花ハナと言ひかへたりするのも、抽象の域を高めるといふよりも、二音でしかもA母音だけといふのを好むからなのだらう。

春になる桜の枝《えだ》は何《なに》となく花《はな》なけれどもむつましき哉　『山家集』

吉《よし》野山梢《こずえ》の花を見し日より心は身にも添《そ》はず成にき　同

初花《はつはな》の開《ひら》けはじむる梢《こずゑ》よりそばえて風《かぜ》の渡《わた》るなりけり　同

どれも有名な歌だらうが、下の句に難がある。「梢の花」だけは、美しい。「心は身にも添はずなりにき」と解説することなく、「心」をうたひたいものだと、あへて西行法師に申し上ぐ。これだけたくさん作つたのだ。あなたの執心はよくわかるし、また、自分でも自歌に満足しないからこそ、たくさん作つたのだらう。だが、わたしは、あなたでは、

郭公ふかき峰《みね》よりいでにけり外《と》山のすそに声のおちくる　『新古今和歌集』

きり〴〵す夜寒《よさむ》に秋のなるまゝによはるか声のとをざかりゆく　同

を、桜の歌の上に置く。哀切で、しかも印象が明確だ。あなたは、眼の人ではなく、耳の人ではなかつたのか知ら。

写実系のエコールが桜を特別扱ひしないことを始めに言つた。事実、赤彦にも茂吉にも文明にも、またあんなに名所の歌を作つた憲吉にも、桜の秀歌といふのはない。第一、桜の歌そのものが、少いか、ほとんど無いのである。このことは、近代の短歌を考へる上に、大事なことのやうに思へる。桜と日本人とかいつた概念を先行させて理解することは間違ひで、古代が梅だつたやうに、現代の歌人は、桜よりも、ハーブとか、西洋草花の歌の方が歌はれることが多い。むろん、例外はある。馬場あき子や河野裕子や、さかのぼつて岡本かの子には、桜伝説を

逆手にとつてテーマとした歌がある。しかし、その手は何度も使へはしない。
終りに、わたし自身の歌を一首。

雨の谿《たに》間《ま》の小学校の桜花昭和一けたなみだぐましも

わたしの信条

この雑誌の読者を念頭に置いて少しく、住職について想い出を書きます。

昨年、わたしの編集・発行人を務めている短歌結社誌（月刊）『未来』の会員で、わたしの選歌欄で学んで来られたMさんが歌集をお出しになりました。わたしはMさん（女性）のため、かなり長い時間をかけて解説文を書きました。Mさんは都内にある寺院の住職夫人で一般に大黒さんといわれている立場で、短歌作品にもその生活ぶりが生き生きと歌われていました。

Mさんの夫の住職は、フランス文学者で都内の大学の教授です。この人は親から受け継いで住職をしておられます。大学教授で詩人の彼は、文学者と僧侶を兼任しておられます。夫人のMさんもフランス語に堪能でフランス留学の経験もあります。

わたしは、このような住職がおられること、夫妻の生活ぶりが夫人の歌にあらわれていることを喜び、そこからいろいろのことを学びながら、Mさんの歌集の批評と解説を書きました。

もう一人の住職歌人が、わたしの近くにいます。まだ三十代の歌人ですが『未来』の選者の一人です。彼は関西にある国立大学で比較文学を学んだあと歌壇で若い歌人の一人として活躍して今に至っています。

ある日、歌評会の席に、頭を剃った彼があらわれてわたしたちを驚かせました。聞けば今仏教の修行中だとのことです。彼の妻になるべき人が北陸地方の某寺院の住職の娘で、いずれはその寺院の住職の役に彼は就くということです。彼の奥さんは、大学で英文学を専攻したらしく、二人は結婚後イギリス留学をしています。帰国後二人は北陸地方のある市に住み、いずれは住職とその妻になる筈であります。この二人も、文学者、歌人としての仕事を今後も続けていくことでしょう。

わたしは住職というとき、この二つの身近な例を思い出します。住職（男性）の向こうにその妻（大黒さん）の存在を想像するのです。
住職に専念しておられる方が大半でしょうが、中には、この二つの例にみられるように世俗の仕事（教職とか、詩人・歌人のような文筆業）をしている人もいる筈だということであります。

わたし、岡井隆は、一九三一年に慶應義塾大学の医学部を卒業し、北里研究所附属病院に勤務しました。内科医として勤務のかたわら、多くの先輩同僚と共に、研究室で動物実験をして肺臓の血管系について研究論文をつくり、母校の慶大から医学博士号を授与されました。

わたしは、一九四六年、終戦直後に、結社「アララギ」に入会して作歌を始めました。父の弘がセラミックのエンジニア（九大工学部卒）のかたわら斎藤茂吉門下の歌人として歌を作っていたため、ごく自然に歌人になったのです。尚、母の華子も土屋文明門下の「アララギ」の歌人でした。

　わたしは「アララギ」の若手たちと共に『未来』という結社を作り歌作を激化させました。一結社における文学活動の幅を更に大きくひろげて、塚本邦雄、寺山修司と共に（前衛短歌運動）をおこしたと言われています。

　自分としてはもっと広汎な若い歌人たちと共に短歌革新運動をおこしたと思っています。その一因として、敗戦後の日本では、短歌滅亡論（第二芸術論といわれた）が起こり、日本人たるもの短歌のような文学は作るべきではないという世論が起きたことがあげられます。一部の詩人や学者からは、けがわらしい毒きのこのように軽蔑された短歌を、「よし、それなら俺たちで新しい文物にしてみようではないか」となかば本気で、なかば世間をからかうつもりで歌を論じ、歌を作りました。これには大きく左傾していた当時の政治状況の影響がありました。宗教あるいは宗教思想は軽んじられ、マルクス主義の思想が大きく日本のすべての局面を動かしていました。

　わたしは、生活の資は、医師としての仕事を得ていましたし、生き甲斐もまた、医師として、医学の研究者としての仕事に感じていました。と同時に、歌人として、また文学評論家としての作歌と執筆に生き甲斐を感じていました。当時、研究室の先輩医師は「岡井君、二兎を追う者は一兎を得ずだよ。今まで両股をかけて成功した者はいないのだ」と忠告してくれたりしました。しかし、わたしはそれをやめませんでした。その罰だったかもしれません。そのあと一九七〇年になって、わたしは一時、医も文も捨てて、東京を去ることになりましたが、この話は今回のテーマとは別のことでありますから省略します。

宗教との関わりをここで書きます。わたしの家、岡井家は、もともと岡山県の吉井川沿いの一日市《ひといち》在の神社の宮司でしたが、明治維新と共にすべてが激変し、祖父は北海道へ渡り、やがてロシア正教の信者となりました。神道系からキリスト教へ改宗したわけです。

わたしの父は、名古屋の日本陶器（今のノリタケ・カンパニー）にセラミックの技師として勤めながら、プロテスタントの愛知教会の教会員になりました。母も敬虔なキリスト教徒でした。

わたしも、二十四歳の時、愛知教会で洗礼をうけました。仏教で住職といい神道で宮司というのに当たるのはキリスト教では、牧師（カソリックでは司祭）でしょう。わたしは、二十代の頃、愛知教会の牧師の子息で副牧師をしていた青年と知り合い、キリスト教の神学や聖書学の初歩を学ぶと共にかれとしばしば議論をしました。

住職でも宮司でも同じだと思います。一人の人格としてたよりになる人というのは、信者と話し合って、信者の疑問に答えてくれる人だと思います。こまごまとした生活上の疑問にも答えてくれる人、それがどの宗教にあっても、宗教家の望ましいあり方でしょう。

わたしは上京したあと、やはりすぐれた牧師に出会って教えをうけることができました。その後、迷いが生じて棄教したり転向したりしましたが、結局は五十代になってからプロテスタントの信者にもどりました。それでいながら、短歌の仕事の上では、神道系の歴史を背負っておられる皇室の方々の和歌御用《ごよう》掛《がかり》を長くつとめております。また、明治神宮や靖国神社の短歌大会の選者をつとめております。

　わたしの父は、戦時下に、周辺から、キリスト教徒であることを貫いたために迫害を受けつつ教会員をやめなかったのです。それでいて、道元の信念が好きで『正法眼蔵随聞記』などをわたしに奨めました。かと思えば、一片耿耿たる尊王主義者で天皇をふかく尊敬していました。また寺院があれば必ずそこで拝みます。年末には熱田神宮へわたしたちを連れて行きました。多神教というのではありません。日本人としてごく自然な態度でしょう。おかげでわたしもパスカルの『パンセ』を愛読すると同時に、道元の『正法眼蔵』を読み嚙ったりいたします。

　今は、通っている教会もなく、独りで聖書を読んだり、内村鑑三の本を読んだりしています。しかし、一番大きな行為といえば、朝昼夜の食前の祈りではないかと思います。寝る前にも、神に祈るようにして一日のことを回想します。

　わたしは、今八十七歳の老歌人です。一日一日、自分の老いをいたわりながら、一日三回ステッパーを踏んだり、速足で歩いたり、体力（筋力）をつけながら、生活しています。一日を過ぎて、こうして大病をすることなく二十四時間過ぎたことを、祈りの中で、神に感謝します。

　そして、わたしと同じように医師であると同時に文学者だった、森鷗外、斎藤茂吉、木下杢太郎という尊敬する先人三人の、歌や詩を、毎月、『未来』に十数枚ずつ解説し、三人の評伝を書くことを習慣にしています。今も丁度、夜半十二時になろうとしていますが、わたしは午後の時間を使ったり、こうして、夜半、十時ごろから午前二時ごろまでの時間をつかって、仕事をします。

神への祈りは、「神よ御心のままになしたまえ」であります。

わたしの命は、いつまで生きるか、それはすべて神にゆだねてあります。亡母が好きだった聖句「この故に明日《あす》のことを思ひ煩《わずら》ふな、明日《あす》は明日みづから思ひ煩《わずら》はん。一日の苦労は一日にて足れり」（マタイ伝第六章）の教える通りだと思っております。

木下杢太郎の夏

木下杢太郎は医師であり詩人であつた
木々の緑そのものでありつつそれを歌ふ声でもあつたが本人はある日緑葉に徹することで
歌ふ声を失つた

批評家たちは昔の杢さんをなつかしみ
今声を失つたかれをあはれみ
ある場合には嘲笑する声も聴かれた
杢太郎（大田正雄）はさういふ人に向かつて

呟く外なかつたのだ

側溝をぽたりぽつり落ちる水、それは然し
意外に清冽なのだ

大声をあげて、しかも「呟く」ことはない
小さな声は少数派の主張と同じだ
きらっきらって輝きながら落ちてゆくのだ

反歌
石の上に石竜子《とかげ》が出てる　その舌は日に輝いてゐるが無言だ
阿部昭恵夫人が語りやまないのは「つぶやき」の樹を忘れてるんだ
夫黙り妻が呟く　しかし若《も》し二人呟けば青空が来る

雨の匂ひ、ソネットと反歌三首

隅田川の河口に近づくと海が匂ふよと無性に下町情緒をしたつた杢太郎
あれはひよつとすると海ぢやない　江戸の雨の匂ひだつたのかも知れない
たしかに江戸だつて異邦だつたのだ明治の末ごろには
佃《つくだ》の渡しから見渡せるメトロポールは旧外人居住区跡に建つたホテルだつた

先日キャリイバックを曳きながらカラヴァジョ展を観てから
亀《かめ》の鳴く都美術館まで足を延ばして伊藤若冲《じやくちゆう》へ寄つたら匂ふんだね
江戸は葡萄小禽図襖絵《ぶどうしようきんづふすまえ》の細い蔓の先からでも松鶴図襖絵《しようかくづふすまえ》の鶴の脚からでも
しめやかな雨の匂ひが漂つてくる

それに比べると悪党画家カラヴァジョの画くバッカスの膝下《しつか》の果物からも
マグダラのマリアの半ば閉じられた瞼からも組み合はされた指からも
エロスの芳香はきこえても雨が匂ふつてことはなかつた

あれつ今木下杢太郎が飲んでゐた珈琲《カフエエ》は「若《わか》い珈琲」だつたのか「苦《にが》い珈琲」かと
質疑がどこからかとどいて一気に江戸つぽい雨の匂ひが隅田川河口から
海霧と伊豆行きの汽笛の中へと逃げてゆくのは誰にもとめられないのだ

反歌三首

できるだけ答へはおそくする工夫　頬には微笑　眉にたてじわ
河口ではあなたは女雛《めびな》　わたしはといへば雨つぶの王様になる
いやあ　君と並んで雨に濡れるのは刀身《とうしん》を抱くみたいなものよ

詩歌の中の神
日本人の宗教感情と近代

私の両親は組合教会に属する愛知教会の教会員で、私は生まれたときからそういう雰囲気の中にいました。もっとも、別に強要もされず、日曜学校にちょっと行ったくらいのことですが。ただ、戦争中の大迫害時代を知っていますし、中学校のときもさんざんそれをタネにしていじめられました。しかし私自身もキリスト教に対してちょっと違うなと思うのは何故なのでしょう。今日はクリスチャンの方を前に、私のような疑いの固まりみたいな人間から、それを疑問の形でいくつか提示させていただいて、またいろいろお教えいただきたいと願っております。いずれにしろ今日は、歌人として、キリスト教にはとらわれないで話すつもりです。

茂吉と日本人の宗教感情

最近「日本の五十年、日本の二百年」というシリーズの『詩歌の近代』(岩波書店、一九九九年)

という本で、日本の近代と詩や歌との関わりを書きました。日本の近代には、どうしてもキリスト教が必然的に関わってこざるをえない。日本の近代の詩歌を通じて、宗教的な感情や思想というものがどのように現れているのか。それは、実際に歌を作っている私のような人間の、切実な表現意欲と関わりのない知識的なことではなく、各所で心にひっかかってくる問題です。

まず、最初に斎藤茂吉の歌を出してみます。この人は、宗教的感情を含めて、おそらく近代日本の詩歌を代表する一人に挙げられるような人で、日本人の原型みたいなものを持っている人です。それでいて精神病医としてヨーロッパに三年半留学いたしまして、ヨーロッパ的な教養というものをいろんな形で持っていらっしゃった。その意味でも近代日本人の一つの典型と言えるのではないかと思います。この方が七十年あまりの生涯で作られた短歌の中から、三十代前半くらいの若い頃の作品を二、三ご一緒に読んでみたいと思います。

最初は大正元年、一九一二年の作品。

かの岡に瘋癲院《ふうてんいん》のたちたるは邪宗来《じゃしゅうらい》より悲しかるらむ

この「瘋癲」は、精神病という意味です。精神病院があの丘の上に建った、などと客観的なことを言っていますが、実は養父の斎藤紀一が建てた自分の病院なのです。だから本当は「たてたるは」ですね。写真などで見ると実に豪壮な、ヨーロッパ的な装飾を一堂に集めたようなすごい建物です。今ならゴミ処理場を作ろうと言うと必ず住民反対が起きますけれども、精神病院も同じでした。事実、この病院がこの歌の十五年後に火事で焼け、ヨーロッパから帰ってきたばかりの斎藤茂吉が再建にあたりますが、その最大の苦労は、周りの住民との折衝でした。この時期は明治維新からまだ半世紀経っておりませんから、西洋の医学とか学問というものが、必ずしも完全な形で日本の民衆に馴染んでいるわけではない。そこに聞いたことがない変な病院が建つ。どうやら精神に異常のある人がいっぱい来るらしいと噂される。その有様は自分が思うに――「邪宗来より悲しかるらむ」なのである。「邪宗」というのは、北原白秋の『邪宗門』という有名な詩集がありますように、切支丹バテレンのことです。近世の初頭、エスパニア、ポルトガルから長崎を中心にして西国に伝わったキリスト教が「邪宗」という名前で呼ばれた。もとからある宗教的な世界に別の形の宗教思想、宗教集団、宗派の宣教師がやってきて伝道を開始するということが「邪宗来」。つまり、一つの日本的な価値や風土が新しいものとぶつかるときに、それを「邪宗」という言葉で呼んでいる。それを、この近代人であり医学を学んだ歌人は、なにかちょっとまがまがしいことだよ、という感じで見ている。そのまがまがしさと、私のところの精神病院があそこに建ったということの一種の同質性、それどころか邪宗来よりももっと悲しいんだよという悲しみの感情として、両方を受け入れている。考えてみますと、天平の世の仏教伝来もまさに「邪宗来」です。また、古代ローマの初期にキリスト教が西に伝わったのも「邪宗来」。そういうふうに、異なった価値と思想の体系を背景に異なった風俗が入ってくることに対して土着の人間が示す一つの反応というものと、近代科学、近代医学がもたらした施設であり、斎藤茂吉にとっては自分の生涯を賭けているとも言える「瘋癲院」あるいは精神病学とを、対置したわけであります。

ほのぼのと諸国修行に行くこころ遠松《とほまつ》かぜも聞くべかりけり

同じ頃の歌です。斎藤茂吉たちの広げた「アララギ」という集団では、万葉を復古すべきであるとして、話し言葉のレベルからは全く逸脱したこういう言葉、千数百年昔の記紀から万葉にかけての古典古語に近いような文語体の文体を採用しました。明治以後の文明開化の世の中、精神病院が丘の上に建つような世の中でも、まだ言語体系としては「聞くべかりけり」「悲しかるらむ」でよい、むしろそれでなければならぬといったのです。

この「ほのぼのと」という歌でありますが、自分はこれから諸国修行に出掛けて行くところで、ちょうどお坊さんや修験者が自分のふるさとを離れて「行」に出掛けていく、そういう気分である。なんとなくほんわかとした気持ちを持っている。三浦岬の海岸べりに来て、遠くで松並木を風が渡っていく音がしんしんと聞こえているが、諸国修行に行こうという気持ちと、あの松風のしみ通るような響きを聞く気持ちとは一致しているよ。「聞くべかりけり」――自分はそれに耳を傾けようとしている、傾けるのがいいと思っている。それと諸国修行の気持ちとが一致している。つまり自分が一番親しい所にいさえすれば楽なんだけれどもそうしない。よその世界に出掛けて行ってひとりぼっちになる。そしてなるべく厳しい人間関係の中に自分自身を置く。これは西洋の修道僧、日本では山伏とかもそうですね。そういう人たちが持っていた、行というものに対する考え方。つまり一切の自分の煩悩から離れて刺激の少ない所へ行く。そして他者の中で修行をしていく。何も諸国修行なんてしなくても、自分の家でもやれそうなものでありますが、どうもそれではまずい。かつて西行、良寛が、出家遁世をいたします。二人とも十代かそれをちょっと出たくらいの年で、なぜ自分の暖かな生活を投げうっていくのか。謎に満ちています。これは日本だけではございません。聖フランチェスコもそうでしょう。

斎藤茂吉は、第一次世界大戦によって五〜六年遅れましたが、このときヨーロッパに行く予定になっていました。「諸国修行」ということには、いよいよ単身で全く風俗習慣言語の違うヨーロッパに行って、医学の勉強をしなければいけないということが匂わせてあるわけです。今のように簡単に飛行機で飛んでいける時代ではありませんから、相当深刻な覚悟をして行くわけです。

もし日本人の中に宗教感情というものがあるとすれば、それは多分、現世的なものを離脱する、泥まみれの現世的なものから救われていく——出来るかどうかは別としましてね——といったことを、何かの形で実践するということであると思う。結果としてはそれが、救われる場合もあれば地獄に墜ちる場合もあるわけでしょうけれども、形としてこれが一つあると思うんですね。

もう一つは、行動に現れるものではなく、心理的なものとしてある。つまり現世とか現実というものを、汚いもの、苦しいものというふうに見て、そこからは離脱できないと覚悟したときに、離脱はできないのだけれども、心の面だけでも何かそれに近いところへ行けないかと願う。実際には塗炭の中を転げ回っているような人生なんだけれども、しかし、心と実践とは分けてしまって、心だけでもそういうふうにならないかと考える。短歌とか詩の効用というものがもしあるとすると、その一つは、現世から離脱したり、行のような形で実践したりすることは実際はできないんだけれども、心の中で自分の今生きている世界とは違う世界に住める、その「住む」ための割合手っ取り早い方法が詩の中にあるということではないでしょうか。

草づたふ朝の螢よみじかかるわれのいのちを死なしむなゆめ

これは螢の歌。でも「朝の螢」というのは、我々が「螢来い」と言って呼ぶ、お尻に火をともした螢ではない。それが終わって朝になり、くたびれちゃって、草のところをモゾモゾと這っている螢。ベストの状態ではない、人に見られていい状態とは違う淋しい螢。あるいは、夕方再び火を灯して飛ぶまでの、お休み中の螢。これは、「昼見れば　首筋赤き螢かな」という芭蕉の有名な俳句を踏まえて、その朝の螢を見ながら、「みじかかるわれのいのち」、私の生涯はおそらく短命だろう、だけれどもその命をどうか螢よ、「死なしむな、ゆめ」、簡単に死なせてくれるなよ。つまり、生物に向かって祈っている歌なんです。

　キリスト教や仏教に限らず、おそらくこういう祈りというものが、宗教感情のかなり根本的なところにあると思うんです。斎藤茂吉という人は仏教徒だと普通言われているけれども、何かというと祈る人ですね。歌集の後記に「神よ、私を助けたまえ」書くような人です。この歌も朝の螢に向かって祈っている。つまりこの人にとっては、このときの螢は祈りの対象だったわけです。こういうのをアニミズムというのでしょうか。一木一草、あるいは生物というものを、ほとんど自分と同列かそれ以上にもっていっている。しかもこの螢は、中世以来恋の象徴とされるような、水から燃え立って上がるときの、本来のあの螢じゃないんです。すでにそれは終わっちゃって、朝、静かに憩うている。そういう日常的な螢に対してこう祈る。多分日本人の心の中には「草づたふ朝の螢よ」というような祈り、つまりこういう螢を自分の願を掛ける対象としてもおかしくないという感覚がかなり共有されているのではないでしょうか。

　私が内科の医師として最後に勤めた豊橋の国立豊橋病院は、来られる方のほとんどが農村の方でした。入院しておられたあるおばあさんが、東西に渡る廊下の、朝は東の窓、夕方は西の窓で、太陽を拝んでいました。あれはなんですかね。西を拝むのは極楽浄土というのがあると思うけれども、どうして日の出を拝むのか。でもごく自然に拝むという感じ。そのおばあさんが、「先生、私もう全部終わっちゃった。もうそろそろあちらへ行きたい」そして「食事をしません」

と宣言なさって、一切食べなくなった。ハンストですね。婦長も困って、「先生、説得してください」と言うんだが、でも私はいいと言ったんです。本人がそういうふうに納得していらっしゃるのに、無理矢理口を開けて食べさせるわけにはいかないじゃないですか。ただ、何もしないわけにはいかないから、一日一本のブドウ糖の注射だけ打たせてもらうと約束した。そして最後は本当に静かに、すっと息を引き取っていかれました。

　ああいうのはなんでしょうか。私は生死ということに関して考えたり書いたりすることがよくありますけれども、あのおばあさんの顔が忘れられませんね。つまり、新しい形の伝道とか宣教とかいうことを、もし日本で成功させようと思うならば、多分「草づたふ朝の螢」に対して祈るようなタイプの人、今言いましたおばあさんのような人の精神状況を受け入れなければだめだろうと思うんですね。そういったものを拒否して、太陽なんかを拝んで何になるんだと言うのは実に易しいのですが、果たしてそれで済むのか。日本のキリスト教は、知識人とか教師とか、そういう人たちには受け入れられるけれども、そうでないところ、いわゆる農村的なところへはなかなか染み通っていかない。常に邪宗にとどまる。たった一つだけ成功した近世初期の切支丹バテレンの九州における布教が、キリストよりはむしろマリアを中心とするカソリック的なものでした。その辺のところがとても面白いと思うんです。

『梁塵秘抄』の神観

短歌というのは万葉以来、さまざまな宗教思想の中でもまれてきた詩形です。一番明瞭なのは仏教です。その前はいわゆる神道的なもの。八百万の神々、天照大神とかいったものによって深くうがたれている詩形です。ところが天平の時代に邪宗として仏教が伝わり、宗教的闘争があって、結局は仏教的なものが染み通っていく。その間にこの詩形はかなり洗われてきた。

その一つの例が『梁塵秘抄』です。これは今から八百年くらい前のものですが、近代の文人・詩人たちに非常に大きな影響を及ぼした歌謡集なのです。もともと中世的な音曲として白拍子というのが歌っている。だから節があるんですが、その部分は伝わっておりません。分からないままに歌詞だけが残っている。その歌詞も、長いこと、そういう歌謡集があるということだけいろんな文献の中に出ていたのですが、実際には誰も見たことがなかった。全二十巻だということは伝えられているんだけれども、いくら探しても出てこない。ところがまことに不思議なことですが、明治四十四年にある学者がこれの写本を発見いたします。最初は巻二だけ、そのあとに巻一のごく断片が発見される。何故明治四十四年なんでしょうね。天の配剤としか思えませんけれども、数百年の間眠っていた文献を、明治も終わり、大正の元年に佐佐木信綱博士がきちっとした形にして刊本として出しました。これを読んで、近代の文人たち、佐藤春夫にしても芥川龍之介にしても、斎藤茂吉、北原白秋、室生犀星にしても、いろんな人が影響を受け、詩を書き、歌を書きこれを賛美したのです。

　佛は常にいませども、現《うつつ》ならぬぞあはれなる、
　人の音せぬ暁に、ほのかに夢に見え給ふ

これは巻二にある歌謡です。この詩が発見されたのが、キリスト教がすでにだいぶ前に入ってきて、日本国家の中で揉まれながらも信教の自由を一応許され、日露戦争後の思想的混乱の中である程度日本人の中に常識として植えつけられた時点だったということを、とても面白いことだと思っています。後で柄にもなく賛美歌を取り上げますが、その賛美歌がすでに長く歌われてきた明治の終わり頃に、『梁塵秘抄』のこういう歌が出てきた。私はこの詩は、神によって、近代の日本人に与えられたんじゃないかと思う。何故かと言うと、これはまさに、神とか仏とかいう絶対的な存在が常に我々の間にいるにもかかわらず、現ではない、つまり目に見えない、偶像ではない、ということを言っているからです。実はそういう超越的で我々に救済をもたらすものは、「常にいませども」、常にその辺にいらっしゃるんだけれど、にもかかわらず見えないんだよと歌っている。そして「人の音せぬ暁に」、つまり早朝のような誰もいないときに「ほのかに見え給ふ」それも「夢に見え給ふ」と言う。

この歌謡が語っているのは、近代人として読むからかもしれませんけれども、相当洗練され

た、世界宗教的な深さをもった宗教観じゃないかと思っているんです。しかもそれが実に、「佛は常にいませども」と言っておきながら「現ならぬぞあはれなる」と言っている。この「あはれ」というは感慨深いという意味ですね。人の音せぬ暁に自分が自分一人でなければ——さっきの斎藤茂吉風に言えば、行をしている、そういう個人でないと——肝心要のものは見えてこない、という思想であります。この歌が近世では発見されず、近代も明治が終わった時点で日本人の間にもたらされたという、奇しき因縁を思わざるを得ません。そして先ほどあげました「かの岡に瘋癲院」とか「ほのぼのと諸国修行」とか「草づたふ朝の螢よ」とかいうのは、これはみな『梁塵秘抄』を読んだ茂吉の歌であります。とくに「ほのぼのと」なんていう歌はその影響以外に考えられないと研究家は言っているわけです。

『梁塵秘抄』からもう一つ、あとの賛美歌とのからみで選んでみました。

静かに音せぬ道場に、佛に花香奉り、
心を静めて暫くも、読めばぞ佛は見えたまふ

ここは「佛」と書いてありますけれども、ゴッドと言ってもいい。この歌では、超越的な存在に対して純粋に人間というものが接触している。しかもこれは一部の知識人ではなく民衆が節を付けて歌った歌ですね。静かで音がしないというわけですから、「人の音せぬ暁」と同じ

であります。その静けさの中から「花香」というような人間的な捧げ物をする。心を静めてしばらくじっとしている、そうして経を読む、するとその中から初めて、自分が見たいと思っていた佛というものが見えてくるんだ——そういう詩であります。

キリスト教の賛美歌にはいろんな形がありますけれども、基本的な歌詞の選び方には和歌や歌謡の影響がすごく強いです。つまり仏教に関する釈教《しゃっきょう》歌《か》というものがずっと伝わっていて、その言葉をかなり取り入れている。そのことを言いたくて、この詩を出してみたのです。

植村正久と島崎藤村の相克

次に、訳詩に移ります。明治の訳詞と言えば上田敏の『海潮音』であり、その中にブラウニングの『春の朝』というのがあります。

時は春
日は朝
朝は七時
片岡に露みちて
揚雲雀なのりいで

蝸牛《かたつむり》枝に這ひ
神、そらに知ろしめす。
すべて世は事も無し。

五七調で暗記しやすい。私もこの詩は大好きです。老ブラウニングがイギリスの野に立って、春の朝の何とも言えない爽やかな感じを歌っている。ところが私は、植村正久さんがブラウニングのことを書いた「時鳥一声――ピッパの歌」という有名な文章を読んで驚いたんですね。これはイタリアのアソロという町の製糸工場にピパという少女が雇われていて、ある正月の朝、一年に一度の休日を与えられて、この世知辛い世の中に、楽園に入るような気持ちになるような何かをしたいと考えた。それで自分の町のいかにも幸福そうな人たちを四組選んで、朝・昼・夕暮れ・夜と四回、その人々になりすました気持ちになって、今日一日を楽しく過ごそうとするんです。最初に行きましたところはとても幸福そうな男女のところ。ところがそこでは大惨劇が起きていました。奥さんが別の男と仲良くなりまして、年老いた夫を殺すんですね。殺して、そのあとをどうしようかと相談しているところにピパが通りかかり、声朗らかにこの歌を歌って通るのであります。それがPippa passesであります。そして、この朗らかで楽天的な「時は春、春は朝」という無垢な歌に触れまして、今悪いことをやったその男女は、にわかに自分の罪の意識に目覚め、男は死に、女も死ぬわけです。つまり、われわれがイギリスの春の朝を想像して喜んでいるこの詩の背景には、人間が歌によって罪を意識して死に至るという凄惨な情景、二人の男女が力を合わせて殺した老いたる夫の死骸が転がっていると同時に、罪に目覚めて自殺をする男の死骸も転がっているわけでして、死骸が二個転がっている。その光景の上をこの歌が通過するわけであります。こういうことを植村正久さんは実に延々とお書きになり、その上で、御自分でも翻訳しておられます。

年は春、
日は朝、
朝は七時、
山腹は真珠なす露ぞ濡れ、
雲雀は飛び立ちぬ、
蝸牛は茨が上に在り。
神其の天に在り――
世界はすべて是《ぜ》なり。

こういう翻訳をなさった。これはなんでしょうね。上田敏という一人の優秀な外国文学者が、信仰を背景にしないでただ美意識だけで作り上げた詩と、この詩の背景にある物語の梗概を説明しながら翻訳してみせた植村訳とを、どうぞお比べください。やはりこういったものを味わうためには美意識以外の何かが必要なのではないかという、植村の側からの一つの問題提起が示されているのではないでしょうか。なるほど比べてみますとはるかに上田敏のほうが滑らかです。植村の訳はちょっとゴツゴツしています。たぶん上田は、原文が一行五シラブルであるのを生かそうと思って五音を基調にしたんだと思いますけれども、そういうことを植村さんは全然気に掛けないで、むしろ「知ろしめす」という、万葉語としては天皇や天照大神をイメージする言葉を避けまして、「神其の天に在り」とした。「其の」というのがなかなかいいところで、God’s in his heaven の his というのを翻訳したんですね。そこから All’s right with the world という楽天的な一つの世界観が出てくる。何故なら「神其の天に在り」だからだ、というのです。こういうことをおやりになった方が、明治二十一年の、新選賛美歌という名訳を作ったわけですね。

ゆふぐれしづかに　いのりせんとて
よのわづらひより　しばしのがる

何か似ていませんか、『梁塵秘抄』の「人の音せぬ暁に　ほのかに夢に見え給ふ」とか「読めばぞ佛は見えたまふ」に。夕暮れ静かに祈りをしようと思って、世の煩いからしばし逃れよ

うとする。すると、

かみよりほかには　きくものもなき
木かげにひれふし　つみをくいぬ

つまりこれは、暁と夕暮れという違いはありますが、超越的なものと出会う「人の音せぬ」時間なのでして、それがこういう翻訳として現れてくる。本当に日本語になりきっている優秀な翻訳です。こういうときに夕暮れとか祈りとか、世の煩いから逃れるというのは、日本語で書かれている以上は日本語が積み重ねてきた宗教感情を含んでいる。神道、仏教、修験道、あるいはそういったことの何にもないもっと原始的な宗教心であろうと、ある宗教感情のために使われてきた日本語の一つの伝統からこれは来ている。またリズムはこういう長短長短の音数でいかなければならない。こういった作詞を植村正久はやるわけです。

それから約九年の後、日本の詩歌の曙を告げ、ものすごく大きな影響を残した島崎藤村が、『若菜集』で「逃げ水」という恋愛詩を作りました。

ゆふぐれしづかに　ゆめみんとて
よのわづらひより　しばしのがる

きみよりほかには　しるものなき
花かげにゆきて　こひを泣きぬ

これはどういう意図なのか。今で言えばパロディー。新選賛美歌の神を徹底的に異性にもっていっちゃった。すごい覚悟ですね。みなあの賛美歌のことは知っているわけですから。藤村だってもともとキリスト教から出てきているわけでしょう。だから彼ももちろん植村の賛美歌を知っています。知っていて、しかも天下の名訳と言われているものをこういう形にしてしまう。これははっきりした背徳なのか、それとも瀆神なのか。それとも一つの問いなのか。恋愛という世俗の中に立った場合、じゃあ神はこの世の男女の交わりというものを一切許さないのかと。なるほど、「汝姦淫するなかれ」という言葉はありますが、姦淫ではない普通の意味の男女間はどうなのか。これは、私はすごく示唆するところが深いと思っています。藤村は、キリスト教の神、絶対者を、相対的な人間の欲求に、性欲あるいは異性に対する愛に歌い変えたのか。『藤村詩集』の序文に「詩歌は静かなるところにて思ひ起したる感動なりとかや。げにわが歌ぞおぞき苦闘の告白なる」とあります。歌人である私もよくそういうふうに感じることがあります。

ここで藤村が「告白」という言葉を使っています。亀井勝一郎さんも言っているんですが、多分キリスト教が明治の時代にもたらした大きなものとは、クリスマスだとか復活祭だとか、そういう風俗的なものではなくて、コンフェッション、およそ日本人の中にはなかった「告白」ということではないでしょうか。では誰に対して告白するか。言うまでもありません、神様に対してです。神父さんや牧師さんを仲介者として、向こう側にいるのは、「人の音せぬ暁」に現れる神というものですね。いくら悪いことを隠していても、誰も知らなくても、ただ一人御覧になっている方がいる。全てお見通しの方が一人いらっしゃるんだということ。それを感じるか感じないかということは、かなり大きなことではないかと私は思っています。この感じはどうしても自分の中の気持ちとして抜けない。私などは特にダメな人間ですから、あらゆる欲望をほぼ肯定して生きてきた。そしてそのたびに滑ったり転んだりして傷だらけであります。だから、あなたはキリスト教徒ですかと聞かれると、イエスともノーとも言い難いから黙っているんですけれども、しかしあの方は全部御存じだよという、その気持ちというのはどうしても消えないんです。これは多分、明治以来の近代がもたらしたものの中でもすごく大きなことです。藤村もそうではないか。ルソーの『懺悔録』とルナンの『イエス伝』の影響が非常に大きいということを言っていますけれども、私もそういう感じがします。

　そうだとすると、「ゆふぐれしづかに　ゆめみんとて」というのは何でしょう。「植村牧師には誠に申し訳ないが私はこの道を取りました」という告白じゃないでしょうか。『若菜集』に力があるとしたら、それはパロディーでもなければ、単なる本歌取りをしたんでもなくて、本気になって私は「いのりせんとて」ではなくて「ゆめみんとて」と言っているんだよという、その気迫なのではないかという感じするんですけれどもね。この問題というのは大きい。
戦後詩というのがありますけれども、それについても私はいろいろ書きました。ほとんどが背徳的、通常の宗教思想からすれば明らかに背いた人間、あるいは初めから地獄に墜ちている人間の歌であります。でも、その中に谷川雁という詩人とか吉岡実という詩人がおり、塚本邦雄という歌人がいます。この人たちの詩や歌というのは、私の見るところではどう考えても宗教詩だ。書いてあることは背徳的なんですけれども、絶えず彼らは、植村の「ゆふぐれしづかに」を向こう側に置いといて「ゆめみんとて」を書いた藤村の覚悟に近いものをもって詩歌を書いたように思って読んでいます。

新しい神観念と日本語の伝統との融合

さきほど仏教的な説教歌を出しましたので、一つだけ明治の始め頃の『聖詠』というのを出してみます。これは一八八三年に、聖公会の系列の方がお出しになった、賛美歌を五七五七七で歌ったものですね。まず「スピリトサント」(聖霊)を祈る歌。

久方の天津空より輝きて　臨格《きたら》せたまへ、聖神《すぴりとさんと》

「きたらせたまへ」というのに「臨」という字と「格」という字を書いています。降臨という、神が上から下りてくるときの「臨む」。私は昔から「御霊」というのがどうしてもわからない。どこにいるんだろう。天使というのはなんだ。例えばマリアさんが処女降誕のときに天使が来て何か言う。あれが多分スピリットというものとつながるんだろうけれども、何であれが必要なのか。三位一体で言うスピリットというのは分かり難いなと。それをまともに歌の中で、うまい具合に「聖神」という言葉を書いて「スピリトサント」と七音におさめた。作者は神父何々と書いてありますが、相当な力量だと思います。次のは「御あるじの生誕を誉むる歌」という聖降誕祭の歌ですね。

我罪を償ふ主《ぬし》とひれ伏して仰げば床し玉の嬰児《みどりご》

これは明治一六年です。今まで自分たちのところにはなかった宗教が入ってきたときに、それを何とかしてかみ砕こう、そして千数百年の伝統を持っている短歌という詩形によってこれを表現してみたらどうなるだろうかということをおやりになった方があるわけですね。これはすごい冒険であり、前衛的な試みだと思うんです。私がこれを見ていて思うのは、さっきの植村さんの翻訳にも見る、明治の人たちの努力です。今まで何にもないところに、出来る限りのいろいろな材料を集め、短歌という詩形に合わせたらどうなんだろうとか、あるいは歌謡というもののある部分を換骨奪胎して持ってきたらどうだ、という努力。「逃げ水」の島崎藤村は植村正久の換骨奪胎だったかもしれないけれども、植村正久は、万葉から近世歌謡に至るまでの和歌ならびに歌謡の換骨奪胎をやったとも言える。日本語というものが、外から入ってきたものを自分の言語風俗として定着しようとするときに、自らの伝統の中からいろんなものを集めてきて苦闘している例が、今日ここにお示ししたようなものの中にあると思うんですね。

平井正穂さんという英文学者が岩波文庫の『イギリス名詩選』で、このような本としては恐ろしく珍しいことを言っておられます。「おそらく多くの読者にとって、越えがたい障壁となるのは信仰の問題であるのは間違いない。」「少数の読者にとっては、ハーバートやミルトンやテニソンやクリスチナ・ロセッチイなどの詩が抵抗なく読めるだけではなくて、読むたびに胸に迫るものが感じられるだろうけれども、多くの読者はこれに拒否反応を示すだろうと思う。」「夏目漱石はあるとき、God、神というものを、無あるいは空という形でなら理解できるけれども、これをキリストという人格として理解するのは困難だといった」「このような考え方は依然として我々の国の精神風土の中には根強く生きている。」

従ってもし、単に感傷化された、感情表現として表された神としてではなくて、受肉とか、贖罪とか、あるいは原罪、三位一体などといった多少とも教義的な意味合いの強い性格を持ったゴッドを作者が体験しているような作品が出てまいりますと、当然、何が何だかわからない。平井さんは、「私はこういった問題を十分に理解できているからじゃなくて、まだよく分からない、分かろうとして苦しんでいるから、このことを指摘しておきたい」と言っているんです。信仰の問題を訳詩集の頭にもってきた人は、平井さんをもって嚆矢とするという感じがいたします。でも、これはごまかさないほうがいいすごく重大な問題ではないのか。

たとえば脳死体から臓器を提供してもらうというようなときに、人間が人間の体をどう見るか、死をどう見るかということが問題になって、非常に深い民族的な抵抗感が出てきています。それは何でしょう。脳死でもゴミ処理でも、我々が日常的に行っているいろんな行為が、いまこういうところまできた。この我々の近代というものが、近代の詩、文学、宗教、そして我々の生活を生んでいるわけです。その中で、たとえば資本主義を取り入れる時に、資本主義の精神と表裏一体のものとしてあるプロテスタンティズムを切り離して、資本主義だけもらってやってきたのかもしれません。それと同じように、詩の技法は全部いただきましたけれども、どうやらその向こう側にいたらしい西欧の神というものは切り捨てた。そういう翻訳に抵抗感を感じる人と感じない人の間の問題を、平井さんは問い、森鷗外は問わなかった。あるいは上田敏はあからさまには言わなかった。

この平井さんの問いは多分解けない。けれども、ものすごく苦しいけれども、両方を合わせて取り込み、日本語の詩としても完成するというような、つまり上田敏の技巧と植村正久の思想を合わせたような詩というのが、ほんとうは、理想状態としてあり得る。それに向かって努力しなければならないのではないでしょうか。

同様に、キリスト教界はこれだけ才能のある人たちをたくさん集めて百何十年もやってきたんだけれども、信仰というものが日本人の心の中に浸透していっていないとすれば、私が今日お話ししたようなアポリアもあるんじゃないかという感じがするんですね。今日はキリスト教関係の方が大勢来ていらっしゃると思いますので、あえてこういう問題も出してみました。自分でも今後も考えていきたいし、いろいろとお教えいただきたいと思っているのです。

（一九九九年二月二十八日　日本基督教団神戸教会主催　春の特別講演）

II　美しき時代の詩歌

美しき時代の詩歌

（一）

『詩歌の近代』（岩波書店）を書いたとき、この手の書き下しの場合はそうなりやすいのだが、好きな詩歌のうち、どれを選ぶかが、問題になった。あれは必ず話題にしたいと思っていても、論旨の都合で、つい逸れていってしまう。

　たとえば石原吉郎の詩。黒田喜夫の詩。安西均の詩がそうである。

吉岡実さん『僧侶』は、『詩歌の近代』の中で取り扱った。しかし、吉岡さんの『ポール・クレーの食卓』（昭和五五年、書肆山田刊）は、とり上げなかった。この小さな、変形本は、生前吉岡実さんが贈って下さったもので、愛蔵して来た一冊である。ただし、内容は、新聞その他一般の眼にふれる場で書いた、やや通俗的な、措辞の甘い作品が収められている。だから発表当時、作者の吉岡さんも、その点を気にして、いくつかは、他の詩集におさめなかったほどの作も入っている。そこが、また、わたしの〈拾遺集〉ごのみの気分に触れてくるのである。
この詩集の中に「家族」という十行の詩がある。

ぼくは生まれる
ところをえらばずに火事の家で
やがて水平になってゆく
坂の下の聖なる母
ぼくと同時に生まれたのはなに?

ここまでが詩の前半。こういう詩の、詩行一つ一つは、主語はなにかという事を除けば、独立しては、理解がむつかしくない。「ぼくは生まれる」といわれても、まごまごすることはない。この人は自分の出生について言っているのだと、思えばいい。
「ところをえらばず火事の家で」もそうで、「あいつは、ところをえらばず火事の家で、盗みをはたらいた」といった文章を考えることは、容易である。「やがて水平になってゆく」も、「いままでもり上がっていた土が、ならされてやがて水平にはってゆく」といった風に補うことができる。だから、詩の一行一行は、わかる詩行だが、それが、一篇の詩の要素としてあつめられた場合、別の状況が生ずる。要素に記号をつけてａｂｃｄｅとするならａ「ぼくは生まれる」

ｂ「ところをえらばずに火事の家で」云々といった、各要素の組合せによって、難解になる。あるいは、難解になるように詩人は組み合わせて行く。そういう組み合わせだけが、詩人にとって、「家族」という詩にふさわしい組み合わせなのだ。順列という見方をしてもａｂｃｄｅの順列で来ないと、この詩人はいやなのである。

問題は、読者であるわたしが、作者のこの組み合わせと順列の選びに対して、どこまで同情でき、同調でき、感動できるかということにかかってくる。

それにしても「坂の下の聖なる母」という一行は、なぜここに挿入されたのか、不可思議だ。不可思議なだけ、刺激的だともいえる。詩とは「意外性」と「理解しがたさ」（あるいは、エンプソン流に、〈あいまいさ〉というべきか）だといった人があるが、その説に順えば、ここで、火事場で出生した人が灰のように「水平になってゆく」という、わかりやすい比喩に安住しないで、もう一度、「論理的な理解からははなれること」の中へと突きもどされるためには、この「坂の下の聖なる母」という、不可解で愉快なノイズは、必要不可欠ともいえる。

とにかく、「ぼく」のうまれた火宅の家のある、その「坂の下」には「聖なる母」とよびたくなるような女人がすんでいて、「ぼく」の出生の秘密をことごとく知っていたのである。そこで詩の後半をかかげてみよう。

くらげ・貝・それともソーセージ

ぼくの観念がかわる
死が円みを意味するとしたら
二つにわれた冬瓜をかかえ
聖なる父が家を出るのを見て笑う

やはり、「ぼく」は、奇妙な兄弟姉妹たちと同時に生まれたのだ。どこから？「火事の家」から。そして、その出生は「聖なる母」と「聖なる父」との間の出生だったのかも知れない。わたしたちは、「家族」の中に生まれる。しかし、「家族」とは誰なのか、知らないまま育つ。やがて、それがわかって来るころ「聖なる」存在だった「母」についても、「聖なる」存在だった「父」についても「ぼくの観念がかわ」って行く。

「死が円みを意味するとしたら」というのは、たぶん「父」の「死」を予感している詩行なのだろう。「死」は「円み」を意味しているのかどうかは、人によって違う。父の死は、むしろ、とげとげしいもの、角の一ぱいあるものかも知れない。しかし、吉岡実が「家族」でイメージしていた「家族」の中の「聖なる父」は、死んで家を出たのであり、その死は「円み」をおびていた。だから「二つにわれた冬瓜」という、エロティックでもグロテスクでもある（ちょっと、女の尻を思わせるような、吉岡好みの）オブジェを「かかえ」て家を出て行くのだ。

このあいだ、ジョン・レノンの「マザー」を題材にして、わたしは、十首の歌を作った。ジョンは、五歳の時、家出していた父が急にかえって来て、母を選ぶか父をえらぶかの岐路に立った。たった五歳のジョンの「家族」！　そして父を選んだのに、結局は叔母のところで育ったのであった。「mama, don't go」「Daddy, come home」の叫びは、「家族」によるジョンのトラウマをいみじくもあらわしている。

無理に吉岡実の「家族」をここへ――ジョン・レノンの「マザー」にひきつける必要はない。しかし、吉岡実の「家族」は小篇ながら、人間の「家族」というものの、出生時の姿と、意識と、その変化していくさまを、たった十行のうちに暗示しているといってもいいのだ。

さて、こんな風に、わたしはこの詩を読んでみた。それがわたしの「家族」体験の反映かどうかは、わたしには分からぬ。

（二）

高橋睦郎《むつお》の『稽古飲食《おんじき》』という歌集の話をしながら、談たまたま、紀野恵の新歌集『La Vacanza』に及んだときのことである。次の二首に立ち止まった。

交《あさ》はらず愛遂ぐるてふいろくづの累卵のせて今朝の白飯《しらいひ》　高橋睦郎

☆

冬苺クリームに沈めつつ思ふ別れ来ぬれど離《か》れなで思ふ　　紀野　恵

二人ともに、世に知られた言葉つかいの名手である。凝りに凝ったことばの芸に対して、読者としては（いやだ、などとは言わずに）それなりの応じ方をしなければならない。

とはいえ「交はる」という古語は知らなかったし、「離れなで」とは、耳遠いことばであった。辞書を引いてみる。

ここで辞書を引くというのは、わたしにとって、一つの快楽であって、「なになに、交はらず、か。交はるっていう動詞があるのか」とよろこぶ。「離れなで」は、たぶん「離れないようにして」ぐらいの意味かと推測しつつ、この語を選んだ作者の試問に耐える気分になる。

「あざはる」は知らずとも、「交」の漢語が意味を暗示している。辞書には「交はる＝糾はる、からみ合うこと」といったようなことが書いてある。なんでも日本書紀か古事記に出ているそうだ。古代の日本人は、口語として「あざはる」（例の学説によればハ行はパ行に発言されたから、アザパルとでも言ったことだろうが）は、そもそも土着の言語だったのだろう。これに「交」や「糾」をあてたのは、大陸文化と日本のそれを対比したときの知慧の結果である。おもえば、交や糾は、ただからみ合うだけでなく、交戦とか紛糾とかいった熟語が示すように、二つの力がたがいに他を相手どってくんずほぐれつするありさまを言っているみたいではないか。

睦郎の歌は、「いろくづ（魚類）」が、たがいに体をからみ合わせることなく、水底の藻や木や岩に精子、卵子を放出して、いわば体外受精をする性質をいっている。ということは「交はる」ことによって「愛遂ぐる」種族の動物たち（人もむろんそこに入るし、睦郎がひそかに指《さ》しているのは、人間だが）について、反語的に言及しているのである。ここで「累卵」は、いくらとか、魚卵の美味なるものを「累卵の危うさ」といった慣用的な文句と共に、おもいうかべるのがよいのだ。

「離れなで」は、辞書は「下二段〈かる（離る）〉の連用形〈かれ〉に、完了助動詞〈ぬ〉の未然形〈な〉を加えて、さらに、打消の接続詞〈で〉を付したもの。離れてしまわずに、とだえることなく、の意」などと、解説してある。

ついでながら、『新千載和歌集』夏歌の

橘の花の宿とふ郭公かれなで今も昔戀ふらむ

という古歌が、例示してあった。古歌にぶつかっても、あわてる必要はないので、この「かれなで」は「絶ゆることなく、いつもいつも」の意味だろう。夏が来て「たちばな」の花が匂うころともなれば、ほととぎすはかならず訪問してくれるのであるが、この古歌の作者は、「昔」あなたが、せっせと通ってこられたころのことを、いつもいつも思っていますよ、と怨みごとを言ってるんだと、勝手に解いておいて、ここは通過するのだ。

紀野恵のこの歌も（夏ではなく、冬であるが）、いまは夏だろうと冬だろうといつでもある冬の苺を、クリームに沈めて食べようとしているのである。

言い忘れたが、この日の談話では、わたしは、高橋睦郎の「飲食」というテーマに、紀野恵の本からの引用歌も、同調させた。だから、この「冬苺」の歌を引いたのだが、話をしているうちに、ただ最初は気軽に対応を試みていた、人間の飲食の行為について、考えながら話すことになった。冬苺の紅を、白いクリームに沈めながら食べようとしている。その時に、「別れては来たけれども、あなたのことを、つねに思っているのだよ」という性愛の苦しい思いが重ねられるというのは、どういうことなのだろう。

食事が、単に飢餓をしのぐためのものではなく、一つの文化として成立しているのはいうまでもない。しかし、その底には、人間の生理的欲求としての食欲があり、自己保存の本能があることは、かくれもないことである。状況さえ変れば、人肉を食むところまで行くのが人間なのである。それが生きとし生きるものの現実でもあることを、わずか五十年ほど過去の日本は証明している。

飲食が、性の現象と並列されて一首をなすということの中には、わたし（たち）の中の欲望のふかさを刺激してくる構図があるのだとも思えてくる。

晝の餉を了へし口邊《こうへん》のごひたるナプキンは處女《をとめ》の如辱されぬ　高橋睦郎

☆

降る雪の重さうになる午後の果て蜜を勧めてゐるカエサルに　　紀野　恵

こんなような対比を作ってたのしんでみてもよい。「ナプキン」という食事の時の儀礼的な小道具に対して、それが飲食によってよごされたことを「処女の如辱されぬ」という。他方で、紀野恵の場合は、降る雪の、次第に水分をたくさん含んで重くなって行く午後、『ガリア戦記』に出てくるような「カエサル」なのだろうか、それとも元老院へ出かけようとしている暗殺される寸前の「カエサル」だろうか、かれに「蜜」をすすめているとはなんだろう。「蜜」とは、なにか性的な存在の暗喩ではないのだろうか。

古語と同時に、「ナプキン」とか「カエサル」のような、明治以降の日本の近代がとり入れた西欧語の（習慣として片仮名で表記される）ことばが、なにかおもしろげに、食欲そして性欲の混交するデザインに奉仕している。

（三）

毎朝、小さな人生論のコラムを書いているので、人生論ってなんだろうと、いつでも思っている。人生論は、即ち幸福論なのか、これもいつも考えていることで、人生といった大きな粗い把握からは、幸福は来ないのかも知れない。

人生を感じさせるような詩歌を引用するときに、とりわけ、現代詩や翻訳詩では、一篇全部を引用するわけにいかない。コラムだから、引用部分は五〇字以内なのである。解説文だって一二〇～一五〇字。ちょっと長い詩なら、ほんの一、二行の引用、つまり摘句《てきく》になる。

京都の詩仙堂に住んだことで有名な江戸の文人石川丈山の詩に次のようなのがある。むろん漢詩であるが、山岸徳平訳の読み下し文で読む。それ以外に、わたし（たち）には読めるわけはない。

　　帰鴉《きあ》を
日日　夕陽《せきよう》に及べば
群り飛んで　閃閃《せきせん》たるは
一碁《ご》に　白　全く　輸《ま》けたるか
満紙に　墨　漫《みだり》に　點じたるか

こういう四行詩である。むろん原文は正字で「日日及夕陽／群飛而閃閃／一碁白全輸／満紙墨漫点」というのを、さきのように読み下したのである。

わたしがおもしろくおもったのは、夕方巣へ帰るからす（鴉は、ハシブトガラス。カラスの総称として鳥を用う、と注にある。そうなのか、と初めて知る。）を、碁の勝負にたとえたり、一枚の白い紙に墨が点々ととんでいるさまにたとえたりしている、丈山の連想の自在さである。漢詩というと、つい、型通りの季節詩だったり、人生観がつよく出たりするのを予想してしまうが、この丈山の詩は、いわば嘱目詠のような、軽いタッチの詩なのである。

ただ、夕空に群れる鴉をみて、昨夜の碁で自分のもっていた白い石が皆負けてしまって盤上、ただ黒石のみといった口惜しい記憶をよみがえらせている隠士石川丈山を想像したりするのはたのしい。これは、わたしが詩仙堂を数回訪れたことがあるのと、多少関係があるのかも知れない。「満紙に」墨を散らすというのも丈山の生活の中では、ごく日常的だったのだろう。

この詩で、いまのわたしにとって難しいのは「輸」という漢字である。ふつうは輸送、輸血などと熟して、「おくる、さし出す、はこぶ」といった意にはなれているが、「負ける（勝負に負ける）」の意があるとは、漢和辞典をひくまで知らなかった。もっとも「一籌《ちゅう》を輸する」（ちゅうは、竹冠に寿という字）という熟語は、なんとなく知っていた。ちゅうというのは、勝敗を算える竹の棒なのだそうである。

この詩は、直接人生には関わりのない詩である。それだけに「一碁に　白　全く　輸《ま》けたるか」は、なにかホモ・ルーデンスの感動が出ていて、仲々いいと思った。だが、これは、コラムには用いなかった。

わたしは『古典文学大系』（岩波書店）の「江戸漢詩集」でこれを見ている。すると丈山の「夏の夜の病吟」という、短歌でいえば病床詠も出ている。引用してみよう。

身は　衰へて　齢《よはひ》　将《まさ》に終りなんとすれば
心は　閑《しづか》なれども　夜は　寝《い》ねられざるに
蛙聲《あせい》と　鵑聲《けんせい》とは
雨に和して　病枕《びょうちん》を砕く

「病枕を砕く」は、山岸氏の注によると、「病中の眠りを破る（こわして眠らせない）」の意だそうで「砕く」とは、いかにも漢詩文らしい比喩だとおもう。こういう比喩は、短歌には直接入って来ないだろう。言ってみれば、やや大げさにひびくからである。

和歌の昔から、短歌は詩の表現からたくさんのものを摂取したに違いない。近代が西欧詩や現代詩からたくさんのものを受けとって近・現代短歌を作ったのと、あるいは匹敵するだろう。ただ、漢語は、そのままでは歌には入らないのである。「夏の夜の病吟」は、いかにもしみじみとした佳吟であろうが、「蛙声」「鵑声」（蛙のこえ、ほととぎすの声）という短縮したことばは、歌では活きないだろうとおもったりする。京都東山のふもとの詩仙堂の池や、木立をおもって読んでいるといい気持になるが、人生というより、ここには、短歌の病床詠に通ずる、その場の外界との交流がある。

結局、わたしは、江戸漢詩集からは、中江藤樹の「甲戌之冬舟／中見月有感」（一六九四年舟にのって冬の月を見て感じたことをうたった）を選んだ。

念慮《ねんりょ》に　一毫《いちごう》も　差《たが》えば
酬應《しゅうおう》は　千里も　訛《あやま》る
人心は　宜《よろ》しく　静《せい》を主とすべく
明月は　波に　沈まず

というのである。「はじめに考えたことが、髪の毛一すじほどでもちがっていると、結果としては千里ものひどいあやまちを生じてしまう。だから、心は静かに理性的に保って明察をとつとめなければならない、あの明るい月が波に沈むことがないように、明察は、この世の波浪に消し去られることはないのだ。」

　いやだねえ、とおもわず、この道学臭に異和感をおぼえる人もあるだろうが、いや、これだって中江藤樹が、琵琶湖に舟をうかべて、寒い冬の月を仰いで、自分自身のやったことを後悔しながら、「あの時に、もっとよく考えておけばよかったのだ。そうすればこのような、千里も距ったズレを生ずることはなかったのだ。人の心は、やはり静寂で、明晳でなければならない。ああ、月よ、おまえはこの湖の波に沈むことは永遠にあるまい」と嘆いているのだ、と想像してみれば、そう毛ぎらいすることもあるまい。

　わたしは、この詩の後半二行を摘句して、ある朝のコラムに供することとしたのであった。

（四）

　与謝野寛（鉄幹）になれ、あるいは成り変れるものなら、成りかわれ、と言われて、そんなふりをして朗読の会に加わったことがある。なりかわれ、といわれても、鉄幹は、わたしからすると、外《よそ》の人であった。嫌いではないが、その書くものに親しんで来た文人ではなかった。わたしは、自分の好きな歌を、『相聞』（あひぎこえ）から選んで読んだ。（ついでにいうと、「あひぎこえ」を吉田精一は、「さうもん」としている。『日本詩人全集4、新潮社』）
　この歌集は、『東西南北』（第一歌集）からかぞえると七番目の歌集で、明治四十三年（一九一〇年）に明治書院から出ている。
　明治四十三年は、明治六年（一八七三年）生まれの寛にとって三十八歳である。しかし、かれの人生を通観すれば、もう下り坂にかかっていた。「明星」は、その前々年明治四一年に、百号をもって終刊となっていて、『相聞』は、すでに世が自然主義の時代になってから、浪漫の馬に――おとろえかかった馬体に鞭打って、最後の一戦におもむいた歌集だといっていいのである。
　三十八歳で、最後の一戦！　そういうこともあるのだ。かれは、その後パリへ行き、帰国してから、京都府から衆議院議員の選挙に立候補し、見事に落選している。（九九票しかとれなかったと伝えられる。）それが一九一五年のことで、そのあと、一九一九年には慶応義塾大学文学部教授になっている。さまざまな活動を止めてはいないのだが、詩歌人としては影がうすい。

わたしは、そこのところが気に入っているのである。寛は、『相聞』において、とどめをさすという折口信夫の断定を、同時代に生きていた人の証言でもあるとおもって聞いてよろこぶ。折口信夫の評価を、いま、手近なところで読むためなら、角川文庫の『世々の歌びと』の中の「与謝野寛作歌抄」とか「追い書きにかえて」を読めばいい。

「『相聞』の鉄幹は技工において、ほとんど、及ぶ人の稀なところまで、短歌史上の位置に上った。赤彦より空虚なところはあるが、技工のおもしろさは、確かに根岸派第一の赤彦の腕も、これだけ水際だってはいない。」

こんなふうに、折口は、鉄幹と赤彦をくらべて言っているところが、おもしろくひびく。なぜなら、現代のわたしたちは、晶子を云々しても、鉄幹与謝野寛のことは、なにも言わない。根岸派（いわゆるアララギ系のことをいうのである）の代表としては、茂吉をあげるが、赤彦にはなるべく言及しないようにしている。事実は、ひとの噂話にたよってことを判断することが多いのであって、『相聞』もよまず、島木赤彦では一等よい歌集とおもわれる『太虚集』なんて、見むきもしないのである。それでいてきいた風の事を言う。

『舞姫』以後の与謝野晶子は、夫の寛の存在を、徐々に薄いものにして行ったように言われている。しかし折口は、

「しかし鉄幹ははたして晶子の下風に立ったのであろうか。私はどの時期においても、晶子は鉄幹の敵でなかったことを知っている。これは晶子が、一番よく知っていたに相違ない。晶子の最盛期『夢の華』をとってみても、鉄幹の「相聞」の大きさに達していない。」と言っているのであった。

　わたしは、(昭和五七年八月であるから、今から十七年前のことだが)『相聞』を一読して――はじめて一読した、といっていいだろう――一文を草したことがあった。「与謝野寛、夜明のらむぷ」というその文章の中では、

大空《おほぞら》の塵《ちり》とはいかが思《おも》ふべき熱《あつ》き涙《なみだ》のながるるものを
大名牟遅《おほなむち》少那彦名《すくなひこな》のいにしへもすぐれて好《よ》きは人嫉《ねた》みけり
いにしへも斯《か》かりき心《こころ》いたむとき大白鳥《おほしらとり》となりて空行《そらゆ》く

といった、よく知られた歌と並べて、

蝶《てふ》ひとつ黄《き》なるぞ来《(きた)》る夕《ゆふ》ぐれの木《こ》のもと歩《あゆ》みものを思《おも》へば
かなしきは浅草寺《あさくさでら》の本堂《ほんだう》の扉《とびら》しまりて火《ひ》のともる時《とき》

をあげて、その二句切れの技巧や、初句一音足らずの、わざとした技巧の冴えにも注目した。

とりわけ、

しろがねの瓶《かめ》よりたらら、ら、ら、ら、ら、
と圓《まろ》く静かに流《なが》るる　PIANO《ピアノ》
いたましく机《つくゑ》の上《うへ》に残《のこ》りたる夜明《よあけ》のらむぷ
褐色《くりいろ》のらむぷ

といった、後の世のモダニズム短歌を予言するような、円熟したうで前に脱帽した。

今度、また、『明治文学全集　51』（筑摩書房版。ちなみに、この全集は、ちょっとした図書館には、大てい揃っていて、ほとんど死蔵にちかい状況にある。わたしも、今度近くの市立図書館から借り出して読んだ。）の『与謝野鉄幹、与謝野晶子集』で、『相聞』一〇〇〇首という歌数の多さに圧倒されながら、拾い読みしていた。

わが妻《つま》は藤《ふじ》いろごろも直雨《ひたあめ》に濡《ぬ》れて帰《かへ》り来《く》その姿《すがた》よし
子の四人《よたり》そがなかに寝《ね》る我妻《わがつま》の細《ほそ》れる姿《すがた》あはれとぞ思《も》ふ
あたたかき飯《いひ》に目刺《めざし》の魚《うを》添《そ》へし親子六人《おやこむたり》の夕《ゆふ》がれひかな
五人《いつたり》の子等《こら》が冬着《ふゆぎ》に縫《ぬ》ひ直《なほ》しさもあらばあれ親《おや》は着《き》ずとも

のような、このごろでいう〈家族詠〉が、目についた。これは、（子の四人、といっているところから、光、香、八峰、七瀬がそろっていた明治四〇年ごろ以後の歌だろうが）、石川啄木の晩年の生活苦の歌と通うところがある。つまり、浪漫派といわれながら、寛の鋭敏さは、つねに、時代の動きに応じていたのであった。その一方で、かれは、

彼《か》の空《そら》に似《に》たるむなしきおそるべき大虚言《おほおそごと》を書《か》かむと願《ねが》ふ

のような志を捨てていたわけではなかった。

（五）

このあいだ「るしおる」の近号に、詩人の平出隆が短歌を発表していた。父親への挽歌で、

大連作だった。その歌について話すのではない。平出隆（一九五〇年生まれ）の詩集『旅籠屋』（一九七六年）から、どれか詩をえらんで読んでみたいのである。昔、もう今から二四年も前に、この第一詩集を読んで、興奮したことを思い出したのである。興奮したけれど、平出と同時に出て来た若い詩人たちの中では、荒川洋治の方がよくわかり、共感できたのであった。因みに、平出隆のこの処女詩集『旅籠屋』は、荒川洋治の経営する出版社紫陽社から出ている。

平出隆の詩は、むずかしい。どうしてむずかしいのだろう。そこをはっきりさせてみたい。巻頭の詩を読んでみよう。

微熱の廊

病むひとの肩車で、梁にわたしは刻む《旅籠屋》。
ゆらめいてそのまま
雨ふる次頁へ傷む、
栞となって立って眠る。

まずはここまでだ。二一行ある詩のはじめの五行。ここまでで、なにかがはっきりしないと、読者は、あとを読めない。なにかはっきりしているか。少くとも「《旅籠屋》」という字は、「梁《はり》」に刻まれたのだということがわかる。「わたし」は、病人に肩車してもらって、梁に手をとどかせて、そこに「《旅籠屋》」だよと、刻印したのである。ここの家は、表てにどう書いてあろうと、実は《旅籠屋》なのだ。なぜ《　》がつくかといえば、表て沙汰ではなく、実質は、（ホテルでも宿屋でもなく）ハタゴヤ。辞書的な知識によると「旅籠《はたご》」とは、「旅行の時、馬の飼料を入れて持ち運んだり、食糧や手廻り品を入れる器または食糧そのもの」のことで、いずれにせよこれは、現代の宿屋ではなく、馬が主たる乗物だったころの言葉だ。なぜこの「わたし」は、梁に、無理に病人の肩にのってまで、ここは《旅籠屋》だと刻んだのだろう。かれは、そのまま、ぐらりと体を揺らせて「雨ふる次頁へ傷《いた》む」。こういう、飛躍した文章法は、戦後詩のなごりともいえる。「栞」となってとあるから、これは「本（次頁や、栞は、本の縁語なのだ）」というものを寓意として使っているのだとわかる。とすれば《旅籠屋》は、書名なのであろうか。

　通俗的にいえば、人生は旅、いまいるところは旅籠屋。馬の匂いのする場末の宿。

めざめれば睡りも夢で
粗末に欠けた斜洞にふたり横たわりあり
焚きつけの本にくられた湖にひたい浸して
炎えるおまえ、わたしの

手は断固、紙背に廃れたひとつの星に
幾重の馬楝《ばれん》をあてている。

これが次の五行。相変らず、読者には、不明の符諜ばかりが、次々に手渡される。「馬楝」は、見慣れないことばだが、これは木版印刷に使う器具で、「版木にあてた紙の上をする器具」である。「斜洞」は、わからない。「焚きつけの本」はわかるし「湖にひたい浸して」もいいだろうが「……にくられた」というのが、わからない。わからないところは飛ばすことにする。（斜洞は城《シャトオ》のもじりか。）

「ふたり」がいるのである。この二人は、たぶん男女、恋人同士だろう。「本の」比喩はここにも活きている。なにしろ古い昔の、旅籠屋のある時代だ。木版の手刷りの「馬楝」が出て来てもかまわない。「炎えるおまえ、わたし」というのは、どうやら病んでいる恋人の二人づれなのである。次へ進もう。

椎の葉や夕波や、草も来し方もないこの旅の
靴底に暗礁を運ぶようにと
禁じられた使命、紐をとけ。
掬えるだろうかそこに宛て名、刻まるべき滞在は。

「椎の葉」「夕波」「草」「来し方」すべてこれらは、古典的ともいえる歌ことば。実は、近代短歌が、保存して来た歌ことば。現代詩がきらって来た、湿気をもったことばだった。「紐とけ」とは、古語か。旅籠に休めということだろうか。二人は、「滞在」をねがいつつ、滞在できないままのようなのだが。

ひとりの岸から病床は流離する。
曳かれる熱は都市をわたる。
畳まれる廊また廊にわたし立ち
恋するひとしかつめたくみとらぬ、　薄明に
あわただしく青息つめて落ち崩れ
葉むら裂き、
旅籠屋は発つ。

ここで詩は終っている。ここへ来ると、旅のイメージは、いよいよ濃くなって来るが、はじめに出ていた「本」の寓意は、次第に消える。詩はきびきびとしてリズムがいいが、イメージがしばしば転換されて、わかりにくさが漂うあたり、これはやはり若書きの詩。未熟さがうい

ういしさと混在する。「恋するひとしかつめたくみとらぬ」は、四音四音とかさねられる詩行で、「薄明に」「葉むら裂き」「旅籠屋は」という、八音の頭韻もあざやかな詩句。病床に伏すのは、一人なのか二人なのか。「病床は流離する」。つらい運命によって、「滞在」をのぞんだ二人だったのだが「旅籠屋」である二人の家は（病床は）出発して行くしかないのだろう。

昔、はじめて読んだ時にも、どことなく難解でありながら、妙になまなまと感情が流れ出ているようにおもったが、そこが、また、わたしが当時現代詩にのぞんでいたものとは違うようにおもって警戒したのかも知れない。

わたしは、二〇〇〇年の正月に、この人もまじえて、四、五人で歌合せをすることになっているのだが、どうやら平出隆は、若書きの詩からして、抒情的だったと、今わかって来た。歌人に近い詩人だったのだ。

（六）

このところたのしめる詩歌が多い。とくにその詩や歌を相手におしゃべりしはじめるととまらなくなるような詩も歌も、多いのである。栗木京子さんの歌集『万葉の月』。水原紫苑さんの『くわんおん』。加藤孝男氏の『十九世紀亭』。みな、別々の味で、それぞれ違うかたちで此の時代を反映しているのだが、わたしなりにおもしろい本だ。栗木さんの本については批評会がひらかれて、わたしは皆の批評言辞をたのしむことができた。批評は、一ころ作品に追いつかないと言われたことがあったが、作品が少しずつ、時代と歩調を合わせて来て、いわば歩調がゆるやかになったためもあって、批評言辞が成熟して来ている。若い人の肩ばかりもつわけではないが、言うことが、仲々のもので、これは油断してはおられぬぞよ、と思えてくる。

さて、一月に亡くなった辻征夫の詩にふれて書くことはつらいのである。『辻征夫詩集成』(書肆山田、一九九六年刊)という本は初期の『学校の思い出』から『河口眺望』までを収めている。現代詩文庫で読むこともできるけれど、辻さんの詩は、単行本詩集で、一段組みのゆったりとしたレイアウトで読みたいとおもうのだ。どの詩集にも、引用したくなる詩があるが、『鶯』の中の「ファラオン号の数え唄」という、やや難解な詩をあげてなにごとか言って、辻さんへの追悼の言葉としたい。(ほんとうは、辻さん、こんなに早く死んじゃいけなかったんだよ。)

ファラオン号の数え唄

ひとつとせ
留め金こわれた鞄かかえて
日暮れの雑踏から倉庫の裏へ
ちょろりと駆けこむ襤褸服小僧《ぼろふくこぞう》

見たかい　あれが
むかしのきみさ
五歳のみどり

ここまででは、なんのことか判らぬであろう。ただ、なにやら音数律っぽいリズムが走っているのには気付く。数え唄なのだから当然だ。トメガネコワレタ、カバンカカエテは八・七音。以下二行も、破調ぶくみだが、八・七律。「見たかい」以下は皆七音。内容は、「むかしのきみ」と、現代の「襤褸服小僧」とを重ねて、なにやらなつかしい下町の寸景をとらえているみたいだが、それはなぜなのかは、ここまででは、まだ判らない。

毬栗頭《いがぐりあたま》の
虱《しらみ》小《こ》僧《ぞう》がんちゃんも捕まって
白いお窓の施設に行き
いよいよ頼るは路傍の紳士ばかりと
思い知った浮浪の子供の肌に降る
昭和二十年代前半の
錆びた雨

トタン屋根を吹き渡る
痩せた小さい鼠の風

ここまで読むと、昭和二十年代前半に五、六歳の幼児だった作者が、あのころの「浮浪児」(いま風にいえば、ストリート・チルドレン)の、戦後風俗的でもあり、いまにまで伝えられる、屈託のない悪童ぶりを、回顧しているだけのように見えるが、そうではないのである。次行をみるがよい。

(それじゃなにか
これを黙って渡せばいいと
それだけいいわれてきたんだな?)
(ごくろうだったな
ところでおまえの凄い叔父さんは
ほんとに帰ってくるのかい?)

この( )の中は、引用である。「ファラオン号」というタイトル中の一語からそれはわかる。この詩(だけでなく)は、辻さん独特の「引用詩」。いわゆる下敷きのある詩。下に敷いているのはデュマの『モンテ・クリスト伯（または昔風に巌窟王とよんでもよい）』である。恩人の破産（そして自殺）を危うく防止するために、富豪のモンテ・クリスト伯が、人を介して「黙って渡」そうとする財宝（または借金を帳消しにする書類だったか？）は、この小説の中でも、（復讐譚のすぐ前に置かれているだけに）もっとも感動的な場面に出てくるのだが、辻さんもやはり、そこのところを読みすごしてはいなかった。少年時代か青年時代かの愛読書として、『モンテ・クリスト伯』はあったのだ。ここでいわれている「おまえの凄い叔父さん」は、むろん、エドモン・ダンテスことモンテ・クリスト伯にも重ねられているが、また一方で〝遠い戦場でか、海の上でか、戦争のために死んだ「凄い叔父さん」を指してもいるだろう。「むかしのきみ」は、いつだって、そのうちに帰って来るはずの「凄い叔父さん」を自慢しながら、浮浪児をやっていたのだ。

帰ってくるさ
あした
夜明けに
岬のはなに
沈んだ筈のファラオン号でと
嘘ばかりはすらりと吐いて

ふたつとせ

ここで詩は終る。ファラオン号は、ダンテスの恩人の何とか商会の持ち船で、貿易に出てインドかどこかで沈没したのであったが、モンテ・クリスト伯が財力によってよみがえらせたいきさつは、この小説の読者なら今さら説明するまでもあるまい。「数え唄」は、しかし、「ひとつとせ」だけで終り「ふたつとせ」以下は、ない。このような唐突な終り方も、辻さんの編み出した一つの手法であった。

だれでも、幼児期をおもい出すとき、仲間にむかって、いつか帰ってくる「ファラオン号」船上の「凄い叔父さん」を吹聴しなかっただろうか。それは「嘘」にちがいないが、「すらりと吐」かれるだけに、より一層切実で、ちょっと泣きたくなるほどなのである。

（七）

一月二十六日に亡くなられた永井陽子さんは、その晩年に（といっても四十九歳の死は、あまりにも早すぎる晩年であるが）、名古屋市東区橦木町《しゅもくちょう》というところに住んでおられた。この橦木町というのは、江戸時代の名古屋城の近くの、屋敷町の一隅にあったので、今でも、なんとなくその面影は、この辺り一帯に残っている。

わたしは昭和九年、棣棠《やまぶき》小学校に入学して、東区の主税町という所に住み、そこで米軍の空襲にあって炎上するまで、十二年ほど住んだ。主税町は、橦木町のとなりの町筋であり、くだんの小学校は、橦木町にあったので、この界隈こそ、わが少年時の追憶の濃くのこっている場所なのである。シャルガフというユダヤ人の思想家(かれは著名な分子生物学者でもあるが)は、故郷とは、幼年時に身のまわりにあった一木一草の匂いや風の音のことだと言っている。かれは、ドイツの、そうした風や草の匂いのする場所から〈移住〉を強いられて、アメリカへ渡らざるをえなかった。シャルガフにいわせると二〇世紀とは故郷を強制的に棄てさせられた群団を大量につくり出した世紀である。

わたしたちは、亡命という体験や、国を逐われ、シャルガフのいわゆる故郷喪失の憂き目に会う体験は少ない民族といえるだろう。もっとも、旧植民地から内地へ引き揚げた人たちは、まぎれもなく、移民させられた人たちで、そこからかずかずの文学が生まれたのでもあったが。

ところで、永井さんの、一番最後の歌集は『てまり唄』である。その「あとがき」には「地下鉄の出口から交差点を渡ると、通りはゆるやかな上り勾配になっている。広い道路、街路樹。ビルの上を夕雲が流れてゆく。仕事を終えて帰って来た時に見るこの光景が、いちばん好き。転居してもうすぐ二年になる。」という一節が見える。ここにのべられているのは、おそらく、名古屋市の橦木町の近辺のことだろう。しかし、永井さんは、長く瀬戸市（あの、瀬戸もので有名な愛知県の町）の城屋敷町に住んでおられた。

「瀬戸市城屋敷町――樟の木が大きく枝を張る静かで平穏な地に、母は何十年住んだのだろう。姉が嫁ぎ、父が死に、私とふたりきりになってからでも二十年あまり。終日家より離れることのない母は、初午だの火祭りだの土地に伝わる行事を毎年同じように繰り返しながら、てまり唄でもうたうように、少しずつ少しずつ老いていった。そして、八十歳過ぎの二年あまりをほとんど老人保健施設で過ごし、立春を待たずに父のところへ旅立って行った。」

これも『てまり唄』の「あとがき」の一節である。永井さんが、自死されてから、こうして読みかえしてみると、「てまり唄」というタイトル自体、母への追慕と、瀬戸市城屋敷町という〈故郷〉への郷愁をこめて、つけられていたことがわかる。

冬瓜が次第に透明になりゆくを見てをれば次第に死にたくなりぬ　『てまり唄』
春すぎて飛行機雲を見しものはいのちながらふべきにもあらず　同

こんな歌が目につくのも、今さらながらのことというべきで別段、これを予兆などというべきではあるまい。永井さんは、いつだったか、橦木町に移られてから、そこに大きな樟の木があることを私信だったか、何かの小文だったかで言って来られた。わたしは、戦災で焼けてしまった母校の小学校や、その近辺のおそろしいほどの変りようを見るのが好きではなく、あの辺には、一度行ったことがあるだけなのだが、永井さんの見た橦木町の樟の木は、おそらく、瀬戸市城屋敷町の樟の木の代替物として、一種の呪力を発揮していたのかも知れない。「ああ、あの木なら、覚えがありますよ。小学校の時の図画の時間に、水彩やクレヨンで、写生させられたものでした……」とわたしは返事をした。わたしにとって〈故郷〉というべき土地の樟の木が、焼けのこって今も生きている。永井さんは、瀬戸市から、いろいろ理由で移住して来て、よその土地の地霊の象徴のような樹にむかって、いわばよそ者としての挨拶をしたのだったかも知れなかった。

　永井さんといえば、必ず次のような歌が引かれる。長いとはいえない生涯のうちに、何首かの代表作をもったということは、やはり永井陽子のなみならぬ才能を示しているといってよいだろう。

夜は夜のあかりにまわるティーカップティーカップまわれまわるさびしさ　『葦牙』

べくべからべくべかりべしべきべけれすずかけ並木来る鼓笛隊　『樟の木のうた』

あはれしづかな東洋の春ガリレオの望遠鏡にはなびらながれ　『ふしぎな楽器』

これらの歌については、解釈はなかなかにむずかしいところがあり、わたしは今までにもしばしば言及し解読したことがあるので、もうここでは註釈は止めにしておく。

鹿たちも若草の上《へ》にねむるゆゑおやすみ阿修羅おやすみ迦楼羅　『てまり唄』

という歌がある。さびしくなると奈良へ行って阿修羅や迦楼羅《かるら》に会ったということが、「あとがき」にもあった。奈良の仏像は魂のふるさとのような気がしたのだろうが、この人の故郷は、やはり、瀬戸以外にはあり得なかった。同じ屋敷町でも、名古屋城のふもとに移住してからは、さまざまな異和感が、土地がらみで、匂いのちがいとして、永井さんをおそったことであろう。永井さんの死の理由は、もとより、わたしにわかるわけはないが、移住によってデラシネ（根なし草）になった人間のさびしさは、史上の移民たちの運命が教えてくれるところ。たとえ同じ国、同じ県下でも故郷喪失はおこりうるのだ。
とすると、わたしのような流氓は、一体どういうことになるのか、と考え込んでしまう。

（八）

仙台へ行くことがあって、萩原朔太郎や室生犀星の研究で知られる久保忠夫さんと久しぶりに会って、ゆっくりとお話をうかがった。久保さんは、〈戦後詩〉を認めない人で、わたしとはその点、意見を異にする。けれども、わたしとて、久保さんを説得する力はない。『詩歌の近代』を昨年書いて、吉岡実の詩を解読したりしたが、おそらく、戦後詩嫌いの久保さんは、納得しなかったことであろう。残念なことだ。

　抒情詩という、曖昧な言い方がある。〈戦後詩〉と一般によばれるのは、純粋な抒情詩を否定して出て来たように見える。思想性がつよく、抒情性は弱い。そういうくくり方が大よそのところで、出来るのだろう。鮎川信夫、黒田喜夫、谷川雁、吉岡実、石原吉郎、といった人の名を思いうかべることができる。

　詩といへば、抒情詩で、感情にうったえてくる言葉と考える人は多いに違いなく、わたしもまた、半分はその考えである。

　だが、その半面で、今名をあげた人たちの思想詩、思弁的な詩、形而上学的で難解な詩が、好きなのである。

「美しき時代の詩歌」という時に、「美しき」という形容には、むろん、わたしなりのアイロニーがこめられている。しかし、詩の美しさを支えるのは、詩の背後の時代でもあるのだ。いい詩を、まことにいい詩として解読できたとすれば、その詩を生み出した時代がわかったともいえるのである。

　石原吉郎の詩は、〈戦後詩〉の中でも、わたしの気になってならぬ詩であった。『サンチョ・パンサの帰郷』に収められることになった詩、とくにシベリア抑留中の体験が、抽象性のつよい表現で、石原の詩の中にあらわれているのを、一九六〇年のころに塚本邦雄に教えてもらった。あれ以来、なんどとなく解読しようとして果たさなかった。

なぜなら、シベリア抑留中の石原吉郎のことが、わたしには判らなかったからだ。今度『石原吉郎「昭和」の旅』（作品社）という多田茂治の丹念な評伝を読んで、たくさんのことを教えられた。シベリアで石原吉郎が、大よそのところ、どういう目に会ったのか、判ったような気がする。『望郷の海』という石原の散文集がある。抑留中の体験についても書いてあるが、日本へ帰って来てからの記録もある。だが、石原の散文も、また、詩のように、創作のように書かれている。感銘はつよいが、生活の記録ではない。多田茂治の評伝は、同じ収容所に収容されて、同じような、言語に絶する体験をした人たちの記録や回想やその人たちからの聞き書きをもとにして、石原がおそらく体験したであろうと信じられる抑留の生活を再現しようとしている。よみ終ってしばらく声が出ない種類の本である。第二次世界大戦は、一人の日本人（いな、多くの日本人）を、こういう地獄に追いおとしたのだ、と一応言っておこうか。地獄などという比喩が何の意味ももってはいやしないのだが。

多田氏の評伝をよんで、それなら石原の詩が、ぐんと近くなったか。なりはしない。謎は深まるばかりだ。それだから、また、石原吉郎の詩は、わたしを捉えて離さない。作品を引いてみよう。

しずかな敵

おれにむかってしずかなとき
しずかな中間へ
何が立ちあがるのだ
おれにむかってしずかなとき
しずかな出口を
だれがふりむくのだ
おれにむかってしずかなとき
しずかな背後は
だれがふせぐのだ

二番目の詩集『いちまいの上衣のうた』（一九六七年）の巻頭の詩である。

この詩を読むと、第一詩集『サンチョ・パンサの帰郷』（一九六三年）の巻頭の「位置」を思い出す、そういう仕掛けになっている。「位置」を改行せずに引いてみると、「しずかな肩には／声だけがならぶのでない／声よりも近く／敵がならぶのだ／勇敢な男たちが目指す位置は／その右でも　おそらく／そのひだりでもない／無防備の空がついに撓《たわ》み／正午の弓となる位置で／君は呼吸し／かつ挨拶せよ／君の位置からの　それが／最もすぐれた姿勢である」というのである。

　引用しながら、この「位置」を書いたときの作者、石原吉郎と、あの「しずかな敵」を書いたときの同じ作者、石原吉郎とのあいだに、なにかが変ったように思えたのだが、違うだろうか。「しずかな肩」は、「しずかな敵」の「肩」なのだろうか。詩は、そう書いてはいない。「しずかな肩」があり、その「肩」には「敵がならぶのだ」といっている。つまり、そこに「しずかな肩」が立っており、その「肩」の隣りに、「声」もならぶのだが、同時に「敵」もならぶ。「しずかな肩」を中に置いて、その左右に声がならび、敵がならぶという構図であろう。そして、「君の位置」は、その「しずかな肩」の右でも左でもない。「しずかな肩」のある「位置」だというのであろうか。論理的には、そうなのだが、その「位置」は、たやすくとることのできる「位置」ではない。

「しずかな敵」という、もう一つの詩は、「位置」を補足するように見えるが、たぶん違う。この詩には、断定の口調は少ない。むしろ「何が（立ちあがるのだ）」とか「だれが（ふりむくのだ）」とか「だれが（ふせぐのだ）」といった、疑問符がならんでいて、作者が答えをためらっているようにみえる。しかし、それは見せかけのためらいである。「しずかな敵」がいて、その「敵」が、「おれにむかってしずかなとき」、その「敵」と「おれ」との「中間へ」なにかが「立ちあがる」。そのなにかが立ちあがったことに対して作者のあげる叫び声、それが「何が立ちあがるのだ」という、疑問文の形をとった驚きと抗議の声なのである。

（九）

　荒川洋治という詩人の詩や文章を、わたしはずい分たくさん読んで来た。此の人の出発は『水駅』という詩集で、一九七五年、今から四半世紀前だ。わたしが歌作りをやめて、もっぱら詩論、詩人論を書いていたころの出発だったということもあって、わたしは興味をもって、よく読んだ。よく読んだというのは、なにか自分の内部と呼応するものが、此の福井県出身の若い詩人の詩にあると思ったからなのだろう。

『空中の茱萸』という、一番あたらしい詩集を読み、なんども深くうなずいて読み、これは何とか賞をもらったそうだが、世間がそう簡単に理解してしまってはいけない詩集だろうと思いながら、考え考え読む。文章のタネにするつもりもなく、ホテルの朝、曇った名古屋の空を時に見やりながら、また詩にもどる。正確には、詩の中の任意の詩行にもどって行くのだが……。

　この詩集に限らず、此のごろの荒川の詩は〈詩について〉〈文章について〉〈日本語について〉書かれることが多い。自己言及っていう奴である。かといって、大上段にかまえた持論や日本語論なんかではない。

　荒川は「口語の時代は寒い」に代表されるように、キャッチフレーズの名手で、その点は、初期の詩から今まで変らない。一行で、時代の特徴を言いあてるところが、読者からみて、とてもおもしろく、スリリングなのである。

荒川の詩論には、たとえば「詩は女であらねばならない」とか「詩人になるには、いくらかかるか」など、タイトルだけで、詩論そのものになっているのがある。中を読むと、タイトルだけではなく、タイトルの一行から増幅された、ものの考え方が次々に繰り出されてくるから、刺激は大きい。持論を行分けにした詩と、持論とのあいだに、かなりな程度、共通の部分があるには違いないが、かといって、詩は（たとえ自己言及の詩であっても）詩論と違う。あえていえば、詩論は率直にメッセージ性を昂めるかたちをとるが、詩は回遊し、低徊し、反転し、入れ子型からクラインの壺にまでなって行く。一行一行の展開の中に詩があるのは、どの詩人のどの詩でも同じだろうが、荒川の詩の場合は、一行ではなく、一行の半分ぐらいから、奇妙な風が立ちはじめて、そこまで書かれた詩行を別の部屋へとはこんで行く。

『空中の茱萸』に「眼帯」という詩がある。その始めに、

昔というもの は　一段高いところにある

と書いてある。これも詩の中の一行で、前書きではなく、立派に詩に参画する詩行。ただこの詩行は、前後に一行分空きがあり、その上、他の詩行より、六字下げて組まれているから、特

別の位置から、全詩を支配する一行だということがわかる。
続く部分は、（行分けせずに、／で分けて書けば）次のようになっている。

「子供のころ電気がよく消えた／戦争もすっかり終わっていたので／桃子夫人とぼくはいっしょに柱時計を眺めた／「停電」で町全体が突然／袋に入る／一週間に一度　草の林とぼくの家は真っ黒だ」

「眼帯」というタイトルは、まだ、ここまでのところでは、詩の内容とつながらない。だが「昔というものは　一段高いところにある」とは、つらなっている。「昔はよかった」などというときの「昔」は、たしかに、今と比べて「一段高いところにある」。「昔」はいつでも今より優位に立っており、今を軽蔑している。そういう「昔」を、みなで容認している。人間は、大昔からそういう「昔」をもって生きて来た。それを否定するでもなく肯定するでもなく、さらりと一行に書いて、いつもながらのキャッチフレーズ作りをしているのが荒川洋治なのである。
荒川洋治は、一九四九年生まれだから、戦後四年たって生まれている。「子供のころ電気がよく消えた／戦争もすっかり終わっていたので」というのは、おわりの「ので」というところを除くと、荒川自身が詩の語り手だということ、「ぼく＝荒川」ということは間違いないだろう。戦争は一九四五年八月に終わったが、「すっかり終わっ」たわけではない。荒川が生まれた次の年に、第二次大戦の落し子のような朝鮮戦争がはじまって約一年でそれも終わった。第二次大戦の連続というべき、アメリカの日本占領は、荒川の二歳の時に終わっている。荒川の「子供のころ」は、一九五〇年代であろう。まだ電力が不足していて、定期的に「停電」したことがあったのか、記憶をさぐっても思いあたらないし、一九五〇年というとわたしは、大学に入って上京し、東京は高円寺とか代々木、山谷とかに下宿した年だが、どうも定期的な停電はもうなかったようだ。食糧は不足していたが。

してみると、これは福井県だけの事情だったか。「戦争もすっかり終わっていたので／桃子夫人とぼくはいっしょに柱時計を眺めた」というが、「桃子夫人」とは誰なのか、これだけではわからないし、わからないように書いてあり、当然読者は、「桃子夫人とぼく」がなぜ一しょにいるのか、といぶかしく思いつつ、次のフレーズを待ちうけることになるのだ。

だが、その前に「停電」で町全体が突然／袋に入る」とか、「草の林とぼくの家」とかいうときの「袋に入る」「草の林」という表現に注意しよう。詩の匂いがする。それも「昔」の詩の匂いだ。

そして「ぼくの家」といっているのだから「桃子」という、誰かの奥さんは、「ぼくの家」にいる人である。子供である「ぼく」の「夫人」ではない。かといって、「ぼく」の母ではないだろう。

「いっしょに柱時計」を見たのは、むろん停電の時刻が、町から予告されていたので、おやもうそんな時間になったのか、と時計をみたのである。それも腕時計ではなく、一家共通の「柱時計」を、である。

「桃子夫人」探しの話の続きである。それは次の七行で、わかってくる。（作者が、打ちあけてくれるのである。）こういう、問い（謎）が先に出て、答えが後になるのも、詩（ひろく文学）の常に用いる兵法である。

次の七行は、

> 「桃子夫人は「どうしよう、また停電」と／心配そうに真っ黒のなか／紫の眼帯のまま横になる／桃子夫人の夫である、ぼくの叔父は／戦地から帰ったばかり／ロウソクをさがす／三〇分ほど大地は古代を通過し　電気は戻る」

というのである。わたしは、詩の展開とは別に、いろいろと気になって考える。たとえば「真っ黒」という表現がある。「真っ暗」ではない。停電すれば、「真っ暗」とはだれでもが言うが、詩では「真っ黒」と、色彩をいう。それは「紫の眼帯」にこだまして行く。それにしても、心配性《しょう》の「桃子夫人」は、名前のとおり、いささかエロティックで可愛らしい女性に描かれており、すべて「こども」である作者（ぼく）の視点から見られた「桃子夫人」である。「桃子夫人」は、「ぼく」の叔父のつれ合いであるから叔母とよんでもいいのに、詩では、叔父の妻であるところの叔母としてはとらえられていず、あくまで「桃子夫人」という、独立した人格――「ぼく」のただならぬ関心をよびおこすような女人として立ちあらわれる。

それにしても「桃子夫人」は、なぜ眼帯をしているのか、それもよりによって「紫」の眼帯などを。なお、この七行は、そのすぐ前の六行（引用ずみ）とは違って、詩行の頭が、すべて一字下げてある。この詩は、こういう風に、六字下げた一行から始まり、ふつうの高さの六行のあとで、一字下げの七行が続く。あまり特別の意味をもたないように思えるが、こうした字下げをして、各段落ごとに、微妙に位置をずらすことが、入れ子型の構造とはまた別の、表記法上の工夫のようであり、それもあまりわざとらしくなくやるところが、さりげなくていい。

ところが、この詩は、次のところで大変動おこす。一行あけたあと、いきなり、「ぼく」は東京へ来ていて、大学生になっていて、「同じクラスの友子が詩を読みたいというので／日本の詩歌の二七巻『現代詩集』を／池袋「ぱるこ・ぱろうる」で買った／女学生が詩を読んでどうするのと思い／ぐずぐずと友子に渡したら……／実はぼくは渡さなかったのだ／友子がくるまでにまだ時間があると思って／ぼくが　読みはじめた」

ということを言い出す。大学生になっていたというのはわたしの想像だが、いずれにせよ、フィクション臭のつよいところであり、これがなぜ、どのようにして「紫の眼帯」をした「桃子夫人」の記憶と絡んで行くのかは、詩の後半をよまぬとわからないので、次回には、そこのところを考えながら読む。（今、近鉄特急が八木をすぎ大阪へ向かっているところだ。）

荒川洋治の詩集『空中の茱萸《ぐみ》』は、思潮社刊の詩集で、一九九九年十月十五日発行。十六篇の詩が入っている。今読んでいる「眼帯」は「現代詩手帖」の一九九七年十一月号に発表された。この詩集の中の詩は、「文學界」「すばる」に発表された各々一篇ずつを除くと、あとは「現代詩手帖」「ユリイカ」のような詩の専門誌にのったもので、従って読者も詩を読みなれた人たちであると想定して、作者は書いているのだ。

（十）

荒川洋治の詩集『空中の茱萸』の中の「眼帯」という詩を読んでいるところである。「同じクラスの友子が詩を読みたいというので／日本の詩歌の二七巻『現代詩集』を／池袋「ぱるこ・ぱろうる」で買った」という三行にさしかかったところである。

わたしは今、東京にいるから「池袋「ぱるこ・ぱろうる」」などといわれても驚かないが、東京の池袋を知らない（たくさんの）読者は、これは何だと思う。想像はできるが、池袋もぱるこ・ぱろうるも、位置や価値の座標では測れない。同じように「日本の詩歌」といわれても、それが昭和四〇年代に出た中央公論社の詩歌全集だとは知らない人も多いはず。二七巻とか『現代詩集』とかいわれても荒川氏が、一種のアイロニーを込めて言っているのがわからないだろう。

手許には、中公文庫になった『現代詩集』しかないが、荒川氏の詩の中のこの本は、文庫化される前のシリーズ本に違いあるまい。文庫本初刷が一九七六年。荒川氏が『水駅』を出したのが一九七五年。「同じクラスの」というときの「クラス」を一応(詩の上での話だが)早大生だった荒川氏の「クラス」と思って置いていいだろう。

　詩歌のシリーズ（全集）というのが、大手の出版社から次々に出た時代があった。わたしが「美しき時代の詩歌」と呼ぶのは、あの時代と関係がある。大ていの詩歌全集は、近代から現代（一九七〇年ごろの「現代」）までの詩人歌人俳人をあつかった作品全集であった。大歌人大詩人らは一人で一巻を占め、やや小ぶりの人は二人三人で一巻を成した。歌人や俳人は、その存在の大きさとは関係のないところで、詩型が小さいため、収録に頁を要しないために、四・五人で一巻を作る場合が多かったのである。

　全三〇巻のシリーズの「二七巻」に『現代詩集』がある。『現代詩集』とはふしぎな命名だが、文学全集などでは、いつのまにか定着した名である。すなわち、一人で一巻を成すにはほど遠い中小詩人で、今までに編みそこなった詩人をここにあつめたという、暗黙の約束がある。荒川氏は「六四人の昭和・現代の詩人が数編ずつ読めて／天野忠「米」とか木原孝一「声」とか／これまで読めなかった関根弘「民衆駅」とかもどんどん／読めて／阪本越郎の「文章」など半分しかないようなへんな詩までみんな／読めて」と要約している。だが、六十四人から天野忠、木原孝一、関根弘、阪本越郎を取り出してくるところも荒川氏らしい作戦である。なぜなら、これらの人は、今はほとんど忘れられている詩人だからだ。そして、坂本越郎が福井市出身の詩人（一九〇六―六九）だと知れば、同じく福井県出身の荒川洋治が、阪本のそれほどでもない「文章」という詩の名をあげているのも、うなずけるように思えてくる。

　こころみに「米」「声」「民衆駅」を読んでみる。すると、これらの詩は、すべて暗い。ネクラ、ネアカという古い言い方をすればネクラ。時代が大きく影をおとし、貧困、戦争、民衆、政治的反抗といった単語が連想される詩ばかりである。『現代詩集』には、のちには優に一人で一巻を形成できそうな詩人となった人、たとえば田村隆一、谷川俊太郎、大岡信、吉岡実、石原吉郎も含まれているのだが、荒川氏は、それらを選ばずに、今は忘れられてしまった木原や関根や阪本をあげて言う。こういうところにも、この「眼帯」という、停電のあったころの福井地方のどこかの家（「ぼくの家」）の桃子夫人をあつかった詩には、それにふさわしい、いろいろなものがかきあつめられているのだという証拠がある。たとえば、『現代詩集』を渡すつもりの相手「友子」（このさりげない人名の、古風であたたかい印象こそ「昔というものは、一段高いところに」あったことの、いい証《あかし》でもあるのだが。）と「ぼく」との、たぶん貧しい学生同士の恋愛（？）友情（？）が、「叔父」とその妻「桃子夫人」とも、うまく伴奏しているように思えるのである。

　たとえば、もう一つだけ言うと、次のような詩行があるのだが、これはどうだろう。「停電という事態に、叔父はあわてる／戦争中の軍隊で凄惨な目にあい、あるいはあわせてきた彼にとって／（満州の中国人たちが首を切られ、／白い板の上にそれを並べた写真が叔父の引き出しのなかにあったのを／従姉妹たちの目が見つけ、一〇数枚は一〇歳のぼくを捕囚にした）／戦後の停電なんてたいしたことではないのだ」

　これでみると桃子夫人の夫は、あのころの若い、戦争がえりの日本人の男がすべてそうだったように、「凄惨な目」にあったり、相手にあわせたりした過去の上に、自分の現在をきずこうとしていたが「一〇歳のぼく」にはそのことがそのままっすぐには見えていなかったということなのである。

「「おばさん、そこは夜だよ。また停電だよ」とぼくはいう／でも／「ううん。歩きなの。眺めていくの」と／桃子さんはいい／ぼくの姿も見えなくなった」という五行でこの詩は終るが、終り方も謎めいていた。

（十一）

　荒川洋治氏との対談には、今年の「現代詩手帖」三月号の特集「荒川洋治の挑戦」を読んで行った。この特集の中に、荒川氏にインタビューした記事がある。その中で荒川さんは、自分の詩法について述べている。

　自分の詩法については、解説しにくいものだが、インタビューの中の氏の発言は、なかなか率直なので参考になった。一つは、氏の『空中の茱萸』（だけではないが）の詩は、大体、百行前後を目やすに書かれているということだ。二つ目には、氏が、いわば「長篇小説」を書くみたいな気持で、主人公を二人、三人と出して、筋を展開しているといっていることだ。百行の長篇小説？　語の矛盾という人もあろうが、詩の一行は、散文の数百行に相当する凝縮力をもっていてもいいはずだから、氏のいうことは必ずしも誇張や矛盾ではない。

　これで思い出したのは、『江戸漢詩』（岩波同時代ライブラリー）で中村真一郎が言っていた、漢詩の七言（一行）は、日本語の何字分に相当するか、という議論である。中村氏は、自分の若いころの（たぶん「マチネ・ポエティック」の）試作押韻詩の経験からいうと、漢詩の七言は、日本語の十七字（たとえば五・五・七など）ぐらいに相当するとおもうといっていた。これが、たとえばフランスの詩のアレキサンドランの十二字分に相当するようだ、ともいっていた。要するに、日本語は、漢詩の七言分や、アレキサンドランの十二字分にあたる意味をカバーするのに、十七音は要《い》るというのである。

　この十七音相当というのも、ふつうの散文の十七音ではないこと、中村氏が俳句の五・七・五を例にとっているところからわかるように、凝縮度とか飛躍性とか象徴味の強い表現である。荒川氏のいうように、一行一行を積んで行って、長篇小説風の展開を考えるというのも、当たっていないとはいえない。

　前回にふれた「眼帯」も九九行であった。対談で氏に問いただしたら、「眼帯」には、三つのモチーフが入っているという。第一は、「桃子夫人」とその夫との戦後まもないころの夫婦像（子供の目に映ったそれ）。第二は、戦争（戦地）の体験の意味といったこと。第三は、現代詩と読者（ここでは、女子学生「友子」）との関係。三つのモチーフには微妙な軽重がある。氏の口ぶりでは、第一のモチーフが、一番、ふかい関心の的である。

　対談が終ってから雑談していたら、蜂飼耳さんという新進詩人（二十五歳の早大大学院生）がやって来て紹介された。蜂飼さんは『いまにもうるおっていく陣地』（紫陽社）によって、昨年度の中原中也賞を得た人。

　この詩集には、頭の冴えた時に読んだ方がわかりやすいという部類の詩が、十五篇入っている。作者によると、比較的短期間に、この十五篇は書かれた。上代文学を学んでいるというだけあって、あちらこちらに、上代歌謡の匂いがただよっている。

「午睡」という詩を、ちょっと読んでみようか。

　むかしはよかった歯並びの
歯のない　口先で汁を　吸いきり

虹を接いだ座蒲団の　たしかな縫い目は
ひまごにゆずるわやしゃごにゆずる

こんな風に詩は始まっている。最初の二行と、次の二行とは、行の頭で二字分下っていて、そういう書き方によって、なにかが区別されている。始めの二行は、客観的に一人の老婆をみているところ。次の二行は、（少くとも「ひまごにゆずるわ云々」の行は）どうやら、そのおばあさんの発話のようだ。

わたしは、蜂飼さんが当然影響をうけただろうとおもわれる荒川氏の『針原』という詩集の中に出てくる「登場人物」のおばあちゃんを思い出した。（蜂飼さんは早稲田で荒川氏の講義を受けており、その詩集は荒川氏の「紫陽社」から出版されている。）おばあちゃんの描き方に、荒川氏の昔の詩と、蜂飼さんの「午睡」とは、なんとなく通い合うものがあり、どちらも読んでいて愉しい。ただし「午睡」の「彼女（老婆）」は「歯のない」口で浅蜊の汁を吸いきったあとで「あかい膳の縁に浅蜊の殻をならべはじめる」ような、一見奇怪な行為をする人である。さきに引用した詩行に「ひまご」「やしゃご」という言葉が出てくる。

このごろ、孫をよんだ短歌がよく見かけられるが、孫といわないで「幼（おさな）」とか「少年」とか呼ぶのは、よくないな、とちらっと思いながら「ひまご」「やしゃご」の歌もそのうちに出てくることだろうかと余計なことを思いうかべる。

「午睡」の中にも過ぎし大戦のなごりが出てくる。孫の世代である作者（発話者）は次のように、聴き手になる。

「手の甲に視線を落とし　聴いている／その時分はな、／（え）／おおぜいの人が　海へはいった／（浅蜊の模様をなぞるしかない）／かえってくるとおもったけれど　かえっては／こなかった　出征の彼女の男　もっと／もっと若いのも」という風に詩は、第二のモチーフへと展開して行く。そして。

「わたしは　この場にあって／聴いてはいるが　ほんとうに聴いているのか／わからない　わたしは　わたしたちの世代は／その事について　言葉を　もたない」と、この詩の中で、「わたしたちの世代」の一人である作者は言っている。次の言葉も目を引く。

受け継がれるものは人々のてのひらの温度に
かたちを変えてすすむため
配られるのは　だいたい、本当の事ではない

「世代」を口にする若い詩人が、「坐ったままねむる老婆」の話を聞く。このごろでは珍しい詩があらわれたのだ。雑談の後、蜂飼さんは、銀色のペンで、のびのびとした書体で詩集にサインをしてくれた。

（十二）

飯島晴子さんが、急逝されたときいて、わたしなりに思うことがあった。飯島さんは大正十年生まれだから、もう七〇代も末にかかっておられた。「馬酔木」系の俳人で、「鷹」（藤田湘子主宰）の主要メンバーとして、論作両面で活躍されたことは、誰しも知るところだろう。

二〇年ほど前に、東京で現代短歌シンポジウムがあった。一九八二年か。わたしは飯島さんと詩人の清水昶氏と三人で鼎談をしたことがある。はじめから酔っぱらった状態であらわれた清水さんが、しきりにわたしにからむのを、飯島さんはなにか面白がるような顔で、冷静に見つめて発言しておられたのを思い出すのである。

女流俳人に論客はきわめて少ない。最近でいうと正木ゆう子さんがおられるが、飯島さんは珍しく論の立つ俳人であって、抒情的というより論理的にものを言うたちであった。評論集も二冊ほどある。

飯島さんの俳句を引きながら、俳句の時事性という、今まったく流行らないテーマを話題にしてみたいのである。手はじめに、飯島さんの作をいくつかあげてみる。

泉の底に一本の匙夏了る　　晴子

これは初期の句であるが、まずは無難な句である。「夏了る」が季を示している。夏休みが終って、山の避暑地などから人が去って行く。泉のまわりで食事をしたりキャンプしたりした夏。その夏のなごりの「匙」一本、泉の底に沈んでいる。こう解釈するのは容易である。

わたしが注意したいのは「いずみのそこに」の七音である。五音がきまりなのに七音。初句の七音化の大家は中村草田男であって、七・七・五という変型の俳句が目立つが、大方に許容されていた。

いくさよあるな麦生に金貨天降るとも
浮浪児昼寝す「なんでもいいやい知らねえやい」　（二句とも草田男）

などというのが有名である。草田男のこうした時事句を引いたのは、わたしに底意があるので、社会性俳句のところへ話をもって行くための伏線引きでもある。

さて「泉の底に」の七音化は、昭和三十年代の破調容認の俳句界の環境を、こうした晴子の句もまた、如実に示している証拠でもある。初句を七音化するから、「いくさよあるな」という文句が頭に来る。ふつうなら俳句で七音を入れるなら第二句目にしか入らない。（句またがりは別にしての話であるが。）初句が五音から七音にと、二音増すことで、描写域が広がる。すこしおしゃべりになる。俳句は寡黙な詩型といわれるが、ほんのすこしおしゃべりになって、短歌に近づく。「泉の底に」でも「底に」までいえたのは、初句が七音化をしたためである。

（ここまで書いて、ちょっと思い出したので注をつければ、先回、十二音綴（アレキサンドラン）のことに触れて十二字といったのはまずかった。あれは十二シラブルというべきであった。）

ベトナム動乱キャベツ一望着々捲く　晴子
旅客機閉す秋風のアラブ服が最後　同

どちらも、第一句集『蕨手』所収。おそらく昭和三十四年、三十八歳で俳句を作り始めて間もないころの作品だろう。ベトナム動乱は、のちにベトナム戦争とよばれたのを「動乱」とよんでいた初めの段階を示している。一九六〇年代、アメリカが介入してからのベトナム情勢を指すのだろう。初句が八音化しているのに注意。つまり、時事句（あるいは社会性俳句）は、どうしても既成の新聞用語を用いざるをえない。そうなると、字余りに傾きがちである。

　この句の生命は、「ベトナム動乱」で切って置いて「キャベツ」云々につなげたところにある。一見乱暴だが、俳句は切れ（切れ字を置くか否かは場合によって違うが）によって、二つの事物を接合するところに、短歌とは全く異なる詩型の特徴がある。ベトナムで動乱が起きたことと、眼前の日本の農村の冬野菜のキャベツの畑が一望され、そのキャベツが皆、着々と葉を捲いて玉を作り始めていることと、この二つのことの間に直接の関係はない。ベトナム動乱――それは、アジアにおける民主主義の武闘という意味で、刺激的であった。その反面、日本が安全保障上の同盟を結んでいるアメリカが参戦したことで、日本への脅威は増大した。そう思ってこの俳句を読むと、よくわかるというわけではないが、当時、この俳句は一瞬のうちに読者に理解されたと思うのである。眼前のキャベツ畑は平和の象徴であり、それは、かつての戦争の日のようにいつ破壊されるかも知れなかった。ベトナムの農村がそうであったように。

「旅客機閉す」の句も字余りが著しい。おそらく、テレビの映像で、旅客機の扉のかげに次々に機内へ消えて行く要人の姿をみているところだろう。その最後にアラブ服の人がいた。それが最後に、機は扉を閉ざし、どこかへととび去る。そんな場面が思われる。

想像すれば、この句も、アジア・アフリカ民族主義の政治的な擡頭や、第三世界の世界政治への参加などを、西側の一員としてある日本から、望見している面もちの句である。しかし、こうした俳句は、一九七〇年代以降は、急速に減って行く。前衛俳人、社会性俳句の人でさえ、表現の中から、時事性を消去して行く。自然に、破調、乱調の俳句は減って行き、やがて消滅してしまう。

待つてゐる死があり谷の夏火鉢　　晴子

菖蒲園ころしなれたる声聞こゆ　同

いずれも人事句を引いてみた。どちらも含意のふかい句だが、二つの事物（死と夏火鉢。菖蒲園と声）のあいだに、そう大きな落差はない。

「待ってゐる死があり」は、夏も寒い谷間の村などで、火鉢を出してつかっているところだろう。そこに作者が住んでいるわけではない。あるいは、父の郷里で、晴子もそこで生まれた京都府久世郡富野庄村（現、城陽市、京都市と奈良市の中間にある）がおもいおこされているのかも知れない。


　晴子には「やっと死ぬ父よ晩夏の梅林」の句がある。この「父」が、晴子の父だとすれば、これは回想句である。晴子の父は、商社員として長くニューヨークに住んだ人で、晴子の幼年期は、富野庄村で母と住んでいたのである。そして父は、晴子が十九歳の時、つまり俳句とは何の縁もなかったころ、昭和十五年に死亡している。「やっと死ぬ父よ」は、自身の父の死をあつかっているのだとすれば、回想だろうし、また、「父」によって父性、あるいは父の影響をあらわそうとしているのだとすれば、それはそれで理解できる。「鷹」で藤田湘子が、俳句の「私詩からの脱却」を説いたことがあり、たしかに境涯句からのなんらかの離陸なくしては、俳句は、時事性へも、人事句の深みへも達しえないだろうと思われる。

「待ってゐる死があり」は、これだけでは、「死」が、死神が、だれかを待ちうけているという意味なのか、だれかが、もはやどうしようもない状態になって「死」を待っているというのか、どちらにもとれる。たぶん、後者の意だろう。死神が待ちうけているのはすべて死すべき存在である人にとってあまりに一般的だからである。だれかは、もう余命いくばくもなく、この夏なお寒い盆地の谷間の村に、夏火鉢をかかえながら死を待っている。そう解して、人事の句としてすぐれた句ということができる。

「菖蒲園」の句は、いわゆる声を殺してひそひそ話しという慣用句を逆用しているだけのことで、菖蒲園をゆきめぐりつつ、女たちが、平素の習慣どおりに声をころしてひそひそと話しているというのだろう。なんのへんてつもないが、「ころしなれたる声」に因習への批評があるように思われる。人をころしなれた人物などを、ここで思いおこすわけはないのだが、それでも「ころしなれたる声」という表現は、声にさえその生命を奪うべき音調の出し方と、人間の習性があるのだということをあらためて思い出させる。

さて、飯島晴子の俳句では、「旅客機閉づ」や「ベトナム動乱」が本領ではなく、そういう初期の作風が、次第に純化して行き、破調もなくなって行ったことは、納得できることである。定型詩は、やはり定型の土俵で勝負するのがいいのである。しかし、とはいっても、晴子の句には、闇があり謎がある。「夏火鉢」の句にあったような、わかりにくさの魅力がある。

川の夢蘭を投じてをはりけり　『朱田』

というような句をあげてもよい。「川の夢」は、川が夢をみている、ともとれるし、川に託した作者の夢ともとれる。その両者をあわせて考えてもいいのである。

「蘭」の花が、川に投じられる。その瞬間に「川の夢」は終る。瞬間とは無に近い時間だが、哲人レヴィナスは、分節化できる時間と考えた。「川の夢」をみていた長い時間が、蘭の投下によって終る。その瞬間は、充分長さを持っている。蘭を抱いた女人が、蘭を手にもって川面に向かって投げ終るまで、瞬間は、分節化され構造をもつ。

「をはりけり」の詠嘆は、アリアのように長いこだまを生んで川面にひびく。

（十三）

時々、相田みつをの詩について考えることがある。あれは詩といっても、わたしの関心をもつ「詩＝現代詩」ではない。別の〈詩〉である。詩というより檄とか志《し》といった方がいい。荒川洋治の本をよんだり、荒川洋治と話していると、相田みつを現象について考えることになったりする。

　では、相田みつをと、武者小路実篤の詩とでは、どこが違うか。そんなことを言いあった記憶もある。

相田みつをの本は、本屋で立ち読みしたことしかないので、ここでは、武者さんの詩を引いてみよう。なるべく短い詩の方が（相田みつをとの相似という意味でも）いいであろう。

武者小路実篤

大きな木を
全部的に見ろ
そこにある虫葉許《ばか》りを捜しだすな。
こら。小僧。

こういう詩がある。一読して、胸がすっとする。その通りだ、と思う。大きな仕事をやりとげて、ほっとしていると、その大きな仕事の中の、ケアレス・ミスのような「虫葉」ばかりを針小棒大に言いたてて、まるで森全体がくさっているみたいなことを言う「小僧」があちらこちらにいる。「小僧」は、自分の平素のジェラシイやら、怨みつらみを晴らそうとして、そんないじましいことをしている。「こら、小僧。」「全部的に見ろ」といいたくなる。武者さんが、わたしの気持を代弁してくれたようになって、胸がすっとする。

　そういうことなのだろうと思う。これが「武者小路現象」である。人生応援歌のたぐいの効用である。

もう一つあげてみよう。武者小路実篤作。

喜びよ、お前は何処《どこ》からくる、
深い、深い処からくるね、お前は、
たしかにお前は、自然の子だね、
さもなければ人類の子だ、
お前は。
個人から生れるにしてはお前は深すぎる。

この詩になると、単純な「人生応援歌」とは違う感動を、そこから汲んでいるのだと思う。「喜び」は、（しみじみと湧いてくるようなしずかな喜びのことであるが）なかなか、実人生では、味わえないものである。それでも、時として「喜びよ、お前は何処《どこ》からくる」と、よびかけたいような瞬間に会うこともある。

この「喜びは」の詩は、自分の体験を一度客観視して（「対象化して」という言い方をすることが多いが）見ているところがあり、「武者小路現象」というより、武者さんの詩というあたりへ、移行しつつあるといった印象をうける。

喜びは、あたかも「個人から生れ」たもののようだが、その深さ（「深い処からくる」性質から考えてみると）は、人類的なもので個人を超えている、というのである。

いろいろなことを考えさせる詩である。考えているうちに、ちょっと自分の、喜びの体験とは、ニュアンスが違うことに気がつく。深いところからやってくる喜びは、やはり個人の中の深いところから湧いてくる、ごく個人的なものである場合が多いのではないか、といった反論も、すぐに思いつく。

だが、喜びの、あまりの深さに、あまりにこんこんと湧いてくるその力づよさに、これは個人なんてけちなところから出て来たものではないのではないか、と思ったとしても、それも当然ありうることだ。ほんとうの喜びというものは、一人のものではなく、二人のわかち合うもの、何人かの人のわかち合うもの、ひいては、世界中の人のわかち合えるものでなければならない、といった、それこそ武者さん的な楽天的な考え方が、すぐにそこには、感じられて、「ほんとうかネ」とうたがいの目を向けたくなることもあろう。

すこし、方向をかえてみようか。川崎洋といえば、大岡信や谷川俊太郎ら、「櫂」の仲間の現代詩人であるが、愛誦すべき人生処方詩もたくさん書いている。

あいすばん　　川崎　洋

盛岡の雪道をはしらせながら

タクシードライバー氏は
雪よりもアイスバンが難敵ですよ
お客さん
と言った
そうとも
愛する晩は技術が要ります
ゆきはよいよい終りが難しい
それは　詩でも何でも

これは一読して、微笑したくなるような詩である。相田みつをの詩と違うのは、詩に構造があり展開があるためだろう。話は「アイスバン（凍結した車道のこと）」を「愛する晩」とすりかえた、日本語お得意のもじりであり、語呂合わせであるが、最初の盛岡の雪道云々のところで、現場の臨場感を出しながら、結局は「それは　詩でも何でも」という結びに到らせている「技術」の冴えが、この詩の場合大切なのである。「ゆきはよいよい終りが難しい」という一行も、ふつうの文句なら「帰りがこわい（難しい）」となるところが、「終り」となっているところなど、やはり「技術」のよろしさというものであろう。

そう思って、武者小路実篤をみ直してみると、終りの行が、武者さんなりの「技術」を示しているように思える。「個人から生れるにしてはお前は深すぎる。「こら。小僧。」というのが、単純なつくりではあるが、一つの構造を示していて、この終行へ来て、カタルシスが、ことんと、わたしの胸に落ちる。

人生詩と、人生詩現象との違いは、どうやら、ことばではげまされたというよりも、ことばの技術によって納得させられたというあたりにかかっているのではないだろうか、というのがわたしの今の考えである。

（十四）

『定本　種田山頭火句集』（大山澄太編）という本を、図書館から借りて机上に置いていた。山頭火のことは、すこしずつ読みかじり、聞きかじりで全く知らないというわけではなかった。

この定本句集には『草木塔』のほかに、拾遺があつめられているが、結局、『草木塔』でいいのだろう、山頭火は、この一巻に尽きるのだろうと思っている。

「大正十五年四月、解くすべもない惑ひを背負うて、行乞流転の旅に出た」と詞書があって、有名な一行の自由律俳句がある。

分け入つても分け入つても青い山

一体、自由律の「自由」ってなんだろう。有季定型とどこがちがうのだろう。「自由」というのは「自由詩」の「自由」とも同じだが、西欧的概念だろう。西欧にも、十九世紀末から二十世紀はじめにかけて、ソネットなどの定型詩からはなれて「自由律」をもとめる動きがあった。その、明治以後の舶来思想が、日本の俳句や短歌にも「自由律」の運動をもたらした。だから、あれは一種の思想運動だともいえるのだ。

大ていの自由律は、短詩型の場合、いまはおとろえてしまったようである。それはなぜだろう。ひとり、放哉や山頭火が、漂泊放浪の生き方のために、あがめられ、したわれ、人気を保っているのは、おもしろい。

へうへうとして水を味ふ
鉄鉢の中へも霰

のようなのが、自分は好きだが、自由律の中でも、五・七・五より短い（短章という）のと、長い（さきほどの「分け入っても」のような）のとあるが、あれはどうちがうのだろう。そんなことも話しながら、金子兜太と対談した。（「俳句現代」の「山頭火読本」のため）金子さんは、山頭火についての本もある、いわば専門家であるから、いくらでも疑問を提出して答えてもらえる。もっとも、わたしもいろいろと、私見を言ったが。

山頭火を他人とかんがえてはいけない。たとえば行乞。ギョウコツは、乞食ではない。鉄鉢の中へ喜捨をうけながら歩く。世間師とよばれる飴売り、薬売り、大道芸人、その他の木賃宿仲間の中にまじって、各地を放浪する生活が、楽なわけがない。知友のなさけにすがって生きている。送られてくる郵便為替を待ちわびている日記の文もある。庵にこもっての生活も、極貧の質素であり、孤独はたえがたいほどだ。ふつう、人々が、「隠者」の境涯の自由をおもいみるようなものであるわけがない。西行とて、良寛とて、芭蕉とて、同じことだ。

その中で、かれは、関東大震災のあとの日本の農村とか、世間師たちの生活とか考え方とかに触れながら歩いた。だから、飢餓の中の農民をうたった作品もある。決していい作品ではないが、そういうところから作ろうともしている。昭和初年の大恐慌のときに、マルキシズムへ行かなかった山頭火は、しかし、思想的にはゆれている。単なる「へうへうと」して行乞してあるいた世捨て人なんかではない。

だからこそ「支那事変」（中日戦争）にさいして「銃後」といった連作が生まれた。もちろん、反戦句ではない。

日ざかりの千人針の一針づつ
月のあかるさはどこを爆撃してゐることか

雪へ雪ふる戦ひはこれからだといふ
みんな出て征く山の青さのいよいよ青く
音は並んで日の丸はたたく

こうした作品がある。どれもいいとわたしは思うのである。いま、あちらこちらで、戦争詩歌を、（戦争をまっすぐに、あの当時の国民の気持のままに）かんがえ直そうという動きがある。その中で、こうした山頭火の作品の読みも深まるだろう。

山頭火は、昭和十五年に死んだから、大東亜戦争、つまり日米戦争だが、あれを知らないままに終った。ほっとする。それでよかったと思う。

金子兜太と対談して、すぐあとに、詩人の平出隆と対談した。（「現代詩手帳」〇〇年十一月号）この時は、田村隆一の全詩集の話から入って、平出隆の『弔父百首』という近刊の歌集についても話し合った。

わたしは、たしか、この連載で、平出の『旅籠屋』のことを書いたと思う。そのあと、わたしは、平出隆をフォローしないままで、うかうかと二十余年たった。まちがっていたことに今ごろになって気付いた。

岩波書店が肝いりしてくれてやっている「乱詩の会」で平出隆とはじめて会って、この詩人のことをだんだんに知ることになった。

その縁をよろこび大切にしたいと思っている。ここでは、ふれることができないが詩集『左手日記例言』(白水社)は六年前の詩集だが、おそるべき作品だった。

わたしが、この「美しき時代の詩歌」でとり上げて来た詩人たちは、わたしの好きな詩人であるが、ある意味で、わたしとは異質の人であった。だから、気軽に、その作品をたのしむことができた。

平出隆は、わたしより二十歳以上若いが、どうやら、わたしと同質の詩歌人である。わたしは、強敵あらわるの感を抱かざるをえない。『弔父百首』(不識書院)を評価しつつ、注文をつけたくなるのもそのためである。このことは、次回にでも書くつもりである。

この機会に、『胡桃の戦意のために』『家の緑閃光』といった詩集についても、(文庫本ではなく)単行本でよみ、よみ込んでみたいと思った。

平出隆との対談でも出たのだが、ベンヤミンの『一方通行路』の中の「力は即興にある。決定的な打撃はすべて、左の手でなされるだろう。」(野村修訳)は、わたしの座右銘でもあったが、『左手日記例言』は明らかにベンヤミンを下に敷いている。

(十五)

ヴァルター・ベンヤミン。『ベンヤミン・コレクション』の紹介文では「一八九二(Berlin)

〜一九四〇年（Port Bou）。二〇世紀ドイツの最も異彩を放つ思想家・批評家。きわめて緻密で繊細な文体をもつ卓越した文章家。」となっている。

原文のドイツ語をドイツ人と同じぐらい読みこなせるわけでは、もとより、ないので本当に「緻密で繊細な文体」なのか、「卓越した文章家」なのかは、わたしにはわからない。しかし、翻訳家たちのお蔭で、日本語に移されたベンヤミンの、散文詩といった方がいいような文章の構造には、ふれることができる。

岩波文庫本の『ベンヤミンの仕事』の訳者は、野村修である。野村氏も、もう亡くなられた。野村修は、高安国世の弟子であった。ドイツ文学の上の話である。野村氏自身は詩人で、左翼系の知的な詩を書いたように記憶している。だが、その詩が、いまわたしの手許にあるわけでもない。わたしが野村氏とかわした往復書簡は当時の「塔」に二回ほど載ったはずである。六〇年代のころ。お互いに若かった。高安さんのすすめで、新宿の小さな喫茶店で、ベレー帽の野村氏と会って、往復書簡について相談したことがあった。（ひょっとすると五〇年代の終りか。）この企画は、わたしの私的な事情で、打ち切られた。

そんなことが、ベンヤミンになんの関係があるわけでもないが、ぼんやりと記憶の霧の中から、若き日の野村修の姿があらわれ、「岡井さん、ヘルマン・ヘッセではやはり『ガラス球遊戯』ですよ」などとささやくのを聞く。野村さんは、マルクス主義の影響のつよい詩人のようにみえたが（その点は、わたしとて同じだった）、話はとても柔軟で、カロッサについてもイデオロギー的な裁断はしなかった。高安さんの晩年には、ドイツ表現主義の文学の研究を一しょにやっておられたのか、と思う。

そんな淡い、ほんとうにかすかなつながりの人、野村氏の訳で、ベンヤミンを読むのもなにか縁を感ずるのだったが、そうこうしているうちに、詩人の平出隆さんと話をする機会があって、平出さんは、ベンヤミンを調べるために、一年間ベルリンに留学したぐらいの人だから、談たまたま、ベンヤミンの翻訳書にふれたとき、ちくま学芸文庫本の三巻もののベンヤミン・コレクションが、今のところ、読むには、一番いいだろうということになった。

かくして、わたしの鞄の中には、いつもこのベンヤミンがある。それも、第三巻の『記憶への旅』という、詩にもっとも近いとおもわれる散文集で、しかも〈回想〉という、このところわたしの固執している方法を縦横に駆使した作品の翻訳である。

ベンヤミンは、こんなことを書いている。

> 注釈および飜訳の、テクストに対する関係は、様式（シュティール）および模倣（ミメージス）の、自然に対する関係に等しい。つまり、同じひとつの現象を、異なる観察方法で見たものだ。注釈と飜訳は、聖なるテクストの木にあっては、永遠にざわめき続ける木の葉にすぎず、世俗のテクストの木にあっては、しかるべき時に熟れて落ちる果実である。
>
> （『一方通行路』久保哲司訳）

わたしたちは、（そして、この「美しき時代の詩歌」を書くわたしは）、さまざまな作品――とくに詩や歌の作品――について、注釈をほどこして来たが、その際の『テクスト』（つまり、詩や歌のことだが）が「聖なる木」なのか「世俗の木」なのか、それは、わからない。ほんとうのことをいえば「聖」と「世俗」の対立でさえ、西欧のキリスト教文明におけるそれのようには、われわれの場合、明確ではないのかも知れない。しかし、漠然と、「聖」と「世俗」の対立について、あたりをつけるのなら、大よそのところ、わたしは、「世俗の木」に注釈を加えて来たことになるだろう。願わくは、その注釈が「しかるべき時に熟れて落ちる果実」であらんことを。

今回注釈を加えるつもりであった平出隆の『弔父百首』から、ずい分と遠いところへとさまよって来てしまった。

『弔父百首』（不識書院刊、二〇〇〇年七月）は、次のような序（のような）文をもって始まっている。

「一九九九年七月八日、これまでの不孝を少しは埋め合そうと、早めに夏休みをもらつて小倉に着き、その足で紫川のほとりの小倉記念病院へ向つた。父はすつかり死相を帯びた。この日は譫言に「戦争」をくり返していたが、それは酔つて曲直に厳しくなるかつての口調と変りなかつた。瀕死の人としては理屈がちの休みない喋りに、二人部屋に隣り合せで夫君に付添う婦人も、つい一緒に噴き出したりしたものだ。
七十七歳の生涯を五年の度重なる入退院に終えようとしている父の、最後の病室に通うひそやかな日々が、こうしてはじまつた。」

右は、この『弔父百首』という歌集がつくられるに至った動機を、かなり明確に語っている。ここで触れられている二人部屋の隣人夫妻も、この歌集の中では、なかなか重要な役をはたしている。

平出さんは、さらに語をついで、こんなことを言う。

死の枕許の記録は、記録者の心のうろたえもあつて、筆の運びがつかえがちとなる。差し迫つた状況で大切な瞬間を留めるために、短歌の形式が力をもつかと気づいたのは、門司の家に帰つて翌朝、父の机についてからである。日記の記述をおしのけるようにして、はじめて歌作ということをした。

はたして、短歌が「瞬間を留めるため」の「記録」として有効なのかどうか。この一冊の歌集は、その一つの例証でもあった。

(十六)

平出隆の歌集『弔父百首』のはじめのところから歌をひいてみる。

帰らぬと決りし父のアトリエをつぶさに見つつ物試し書く
青柿のちさきがふたつ落ちたるを庭より持ちて母微笑せり

すこしずつだが、定型に入れるために「試し書」きしている過程であろう。言い足らないのではないか、と思われる部分がある。「帰らぬと決りし父」という言い方も、その一つだ。「帰らぬ」は死を意味すると同時に、このアトリエには二度と帰って来ないの意を兼ねているが、どことなくあいまいだ。「物試し書く」は、わかるが「物」が入るなら「試し」に「書く」ではないかと思われてくる。二首目も、むろん状況明瞭な歌だが、「持ちて」ではなく「持ち来て」ではないかと、クレームをつけたくなる。こうした、書き慣れないものを書く人の、ういういしいともいえる口調を、一々(気にはなるが)咎めるのではなく、一つ一つの詩の言葉のこぶのように思って読んで行く。どこか詩のような歌なのだ。

譫言《うはごと》は壁の幻ひた指しに　見ざる者への咎めなきまで

譫言のおもしろきゆゑ臨終はかくも愉快とはやまれる昨夜《きぞ》
この顔に幻の端かかるかと聞けば浅みて「そんなことはない」
死の床に死の理を論じゐる人の魚族《いろこ》のまなこいよしあたらし
「いつの日も死ぬのは他人」といふ箴言以上を暗みたる人が説く

作者は、瀕死の父の「譫言」を記録しようとして歌を作り始めたといっている。散文体でも散文詩でも、記録は出来た筈だが、作者にとって短歌が、記録するのにふさわしいと思われた。どうしてか、わからない。瞬間に手が動いて記録したら、それが結果として、平素よみつけぬ短歌だった、というのだろうか。わたしは、そうではなく、この詩人は平素から五・七のリズムで、古語古言をあやつりながら、〈書かれざる〉短歌を、詩の向う側に書いていたとおもわれる。そして、大ていの詩人は、日本語で詩を書く以上、そういうことをしている。あとは、近・現代詩史でよくみかける〈詩のことば〉を使うか、近・現代短歌史でよくみかける〈歌ことば〉を使うか、それぐらいの違いでしかない。

「いつの日も死ぬのは他人」は、古来、いろいろな人が言って来た箴言で、近くはマルセル・デュシャンの言葉として知られている。この歌で「箴言以上を」というのは何だろう。「箴言以上の（内容をもった）ことを、瀕死の父が（「暗みたる」は意識の暗くなった人の意だろう）説いた。この「以上」の使い方も、少し特殊である。いわば現代詩っぽくひびく。「臨終はかくも愉快」なものだと、はやまって結論したのは、つきそっている息子である作者であろう。

一首目の「見ざる者への咎めなきまで」というのもまことにおもしろい「記録」の仕方である。父は幻像を壁に見て話している。見えるかといわれても見えないと答える他ないのだが、父親は、そのことを咎め立てはしないまま、うわ言をしゃべる。

作者は、その父につきそって、しかも、あくまで冷静な記録者となる。父の状況をなにも記録する必要はないし、まして、短歌でそれを記録するのは、あくまで子の側の勝手であるが、この記録と抒情とのアマルガムにこそ、子の心情の一切が託されていた。

斎藤茂吉の「死にたまふ母」を思い出すまでもなく、父や母を哀悼する歌は、史上おびただしい量にのぼるだろうが、父親の死の床につきそって、父親の言葉、挙措、隣りのベッドの人との交わりなど、一首一首にこまめに記録した連作というのは、今まで見たことがない。

こうした試みは、なぜ生まれたか。ここで平出隆の、『弔父百首』の一つ前の作品集である詩集『左手日記例言』に触れたくなるところである。先回にも名をあげたが、ヴァルター・ベンヤミンの『ベンヤミン・コレクション』の第三巻にも、ついでをもって触れたくなるところでもある。

記録する文体で書かれた歌。

うたい上げる文体、情をのべる文体で書かれた歌の、ちょうど反対の位置にある歌。

それでいて、どちらも五・七・五・七・七の短歌の形をとる。近代短歌が、実は、その歴史の上で〈散文化〉などと言われている方法をとったことは、よく知られている。新即物主義といわれた昭和初期の土屋文明の歌をおもい出してもよい。記録する文体は、平出隆が使っているような、ゆったりとした、徹底した使い方ではないにしても、わたしたちのよく知っている方法だったのだが、こうして平出によって細かく、歌の形に表現されているのをよむと、おどろいてしまうのだった。

さきに「浅みて」（けいべつして、といった意味だが）という言葉が出て来た。平出はどちらかというと、北原白秋系の修辞のくせが、好みのようで、「浅む」のような今の歌人のだれも使わない言葉を復活させて歌う。

汚れたる紫川を離郷への理由とせしがいまや澄みそむ
橋づくしあはひに鷺の一羽づつこのへだたりの清しきいはれ
むらさきの水照《みで》りは鷺に蘇りほとりに父の朽ちがてに寝《い》ぬ

この『弔父百首』のもう一つのモチーフは郷里北九州への賛歌である。父の死を述べて行き、死後の母の家を述べて行くうちに、おのずから、郷里の山、海、川への思いが、たまって行き、あふれて行き、それも一つ一つくっきりとした記録として、（感傷としてではなく）

形象化されて行く。そのあたりまで読むことが出来れば、『弔父百首』の大かたを読んだといえるだろう。

（十七）

一冊の詩歌を読むとは、どういうことかといえば、一首一首の歌を読み、読み進んで、終りの頁に至るということである。それは、大層にエネルギーの要ることである。

小説を一冊読むというのでも、小説によっては大層に時間がかかり、中には五十年がかりで、まだ読み通していないのもある。しかし、大ていは数時間か数日で読み切る。そして、くり返して読み、読む度に印象がかわるということは、すくない。

ところが、歌集は、一首一首が、散文の一篇に当る場合が多い。（連作の場合は、すこしく事情が違うが。）読み返すたびに、読後感が変るということがおきる。

わたしは、カルチャー・センターなどで歌の話をする時、新刊・近刊の歌集類を材料に話すが、同じ本を資料にして、何度も話しているうちに読後感が微妙に変ってくることがある。一首の解釈も、いろいろと動いてくるから、おもしろいものだと思う。

時評などでは（わたし自身も、その例に洩れないが）つい、一方的に評価して書いてしまう。実は、後になって、「あの時の評価は違うな」と思い返すことがある。ということは、他人が評価した言葉を、たやすく鵜呑みにしてはいけないということでもある。評者自身が、その後意見を変えているかもしれないのだ。

小池光の『静物』という歌集が出て、おもしろく読んだ。大体のところ読み切ったつもりで、あちらこちらの場所で、くり返し話題にしているが、時々解釈が揺らぐ。

たとえば、小池光は「偶成」という題で次のような二首を並べている。偶成というのは「たまたま心にうかんで出来上がること」という辞書の解があるが、漢詩などの例では、大てい、作者の人生観が披瀝されている作品である。

千歳飴のふくろすなほに下げをれる写真出てきてものおもひけり
ごきぶりをみればかならず撲殺し女になりてゆくむすめたち

前の歌で、七五三の千歳飴を「すなほにさげ」ている写真というのを、わたしは、小池自身の幼年期の写真かと思って「ものおもひけり」は、いろいろと、自分の幼年期をおもいかえして、現在の自分に思い及んだのだろうと思い、そう話したりしていたのだが、だんだんと、これは「むすめたち」の七五三風景かも知れないと思えて来た。聞いていた人がわたしにそう質問し、わたしも思い直してしまった。しかし、歌としては「むすめたち」だとすれば、内容は、（あとの一首とかかわりつつ）やや単純になってしまう。

ここで、わたしに弱味があるのは、七五三の風習に、幼時期以後、慣れ親しんだことがなく、自分自身も親としてこの風習をまったく無視して来たので、千歳飴というものについても経験的に推定することができないということである。

ごきぶりの歌は「撲殺」という一語がおもしろくひびく一首で、「むすめたち」は一般に少女たちを指すのでもいいだろうが、「十七歳になれるむすめとをりをりに将棋さすことあるさいはひよ」という、やや甘い歌も集中にあるから、ここは、作者自身の娘とうけとっておきたい。そうすると、いまや「女になり」つつある娘にも、あんなに素直に「千歳飴」を下げて立っていた頃があったのだという、父親小池光の感慨というあたりに、（この二首をこめて）すべてが落ち着いた。

『静物』には、興味ぶかい歌が、いくつもあるので、くり返し読んで、飽きないのであるが、たとえば、次のような歌も見逃すことができない。

　どくだみの花白うあるくさむらにあるかなきかに雨は入りゆく

　耳もちてぶら下げしとき家兎《いへうさぎ》あはれあはれ葱のごときしづかさ

「あるかなきかに……入りゆく」「葱のごときしづかさ」というところに、人々は修辞の冴えを感ずるであろう。このごろ、修辞《レトリック》について、その冴えをいやがる言説をきくことがあるが、どんなに素朴にみえている歌でも、人を打つ歌には、それなりのレトリックが物を言っているのであって、そもそも修辞を馬鹿にしていたら、一首の歌といえども成功しない。そして、時代の先端を切りひらく人たちのレトリックの成功例は、ことごとくあとからついて行く「素朴派（と一見みえる人たち）」の歌にも、影響を与えて行くものなのである。

たしかに人は、自分の能力（この場合は、職人芸としての芸の能力のことだが）以上のことはわからないし、わからないものを忌避したり呪ったりするものだが、それを見ていて安心したり、同調したりするのはおろかなことなのである。

『静物』には、「四人」と題する四首一組の連作というか、組歌というか、それがあるので、ここに挙げて、読者に解釈と鑑賞をたのしんでいただく。

かじかめる手をば擦りつつ雪の日の水場までくだり来しソクラテス
信長が斃《たほ》れし齢《とし》にわれなりて住宅ローン残千八百万
パンのみに生くるにあらずラズベリイ・ジャム、フランシス・ジャム右にひだりに
ああ、そこに居る者は「妻」　ダイドコロにて食器打ち打つ音は烈しく

いうまでもないが、ソクラテス、信長、フランシス・ジャム、「妻」の四人は、単に人名以上のものを指示しており、さまざまな連想を、読者ひとりびとりにおこさせるのであるが、も

はやその連想の拡がりについては、作者の小池光も関与し得ず、拡がるままにしておく他ない。そうした連想の波をどれだけ豊かにひきおこすことができるか、レトリックとは、その源泉をなす技術《テクニック》である。

（十八）

わたしの筆が遅々として進まないのは、心がうっ屈しているからで、そういう時は、大てい他人の詩を読むと治る。そこで今夜も、北川透さんから『黄果論』をもらっていたので、その中の詩をいくつか読んだが、北川さんの詩は、心をしずめるタイプの詩ではないから、かえって心が乱れた。

「ＴＨＥ　ＫＩＬＬＥＲＳ――最期から三番目の詩」は、この詩集の一番おわりにある詩であるが、その書き出しは、次のようなぐあいである。

どどどヲコロスソウダンハ
ドンナフウニスルノダロウ
ドコカシラナイトコロカラ
フラットヤッテキタヤマイヌノフリヲシテ

イッポンノ**どどど**ノミキヲオル　チカラノイレカタヲ
テブリミブリデハナシアウノカ

短歌をつくるときに、この詩のような発想は、はじめから心の中で削除されているので、こういう詩を読むときに、短歌を意識したり、音数律をおもい出したりすることはないが、ふしぎなことに、この詩の書き出しの部分は、次のような音数をとっている。

七音、五音
六音、六音
七音、五音
四音、五音、五音、五音
五音、七音、六音、五音
七音、七音

五行目の音数の算え方に少し無理があるのは承知の上で数えた。みられるように、七・五とか五・五・五とか、五・七・七・七などの、いわゆる五・七（または七・五）の影のようなものが、詩句の中を走っているのがわかる。しかし、大切なのは、にもかかわらず、わたしたちが、この詩を読むときには、音数を意識せず、むしろそれを無視して散文的に読む。「どどどヲコロス、ソウダンハ」などと切っては読まない。にもかかわらず、行分けにしてあるために、無意識の世界では、音数が鳴っている。

むろん「どどど」とはなにか、という問いも、はじめから心に生じている。しかし、これは、この種の詩を読むとき、一たん放置しておいた方がいい問いで、詩を全部読むまでは「どどど」というものの正体は、はっきりしない。いや、詩を全部読んでも、わかるかどうかわからない。わからないままに、読みすすむうちに、「どどど」は、つまり、その「どどど」にすぎないのであって、作者の北川さん自身にも、漠然としかわかっておらず、「イッポンノどどどノミキ」などというから木の名前のようでもあり、「どどど」は別の詩行では、「ヒキコロス」対象にもなるから、地上によこたわっているようでもある。また「ケシゴムデケシテイク」ことのできる文字のようでもある。

第二節（というほどはっきり分かれているわけではないが）のところに「へみんぐえいノコロシヤタチノヨウニ」という、ヒントのような十四行の挿入部分がある。うろ覚えにしかおぼえていない「殺し屋」（ヘミングウェイ）を、もう一度読んでみようと、書棚を眺めたら、貧しいライブラリィにも奇蹟のように、これが見つかって、この高名な短編小説を、わたしは読んだ。

みると、この短編の原題は「The Killers」というのであった。活字の大きさはちがうが、北川さんの詩の題と似ている。北川詩では「シワクチャノオッキサマヤマネキネコトンキョウナコエデ／ワラウハシラドケイヲ　アラナワデシバリアゲタリ／サカサヅリニシタウエデ」ということにデフォルメしてあるが、原作で「修道院のお熱い尼僧カップル」みたいに縛り上げられるのは、コックの黒人サムと、たまたまジョージのレストランに居合わせた客のニック・アダムスであって、「オッキサマ」でも「マネキネコ」でも「ハシラドケイ」でもないのである。そして、原作では、不気味な殺し屋二人組は、たしかに「イッテキノチモナガサズ　イチモンタリトモウバワズ／タカワライヲノコシテ　トウソウスル」ようにも見えるが、はたしてどこかへ逃走したのだろうか。そのへんにひそんでいて、もうすっかり殺されることを観念しているスウェーデン人の元ボクサーのオーリー・アンダースンを明日にでも殺すのではないか。それに、原作では「タカワライヲノコシテ」去ってなどはしていない。

　しかし「殺し屋」という、ハード・ボイルド小説の原型みたいな小説の切れ味のよさが、殺しの場面がないところにあるのも本当だ、などと北川さんの詩からはなれて、思念がほかの方へそれて行く。

「ソノ**どどど**ゴロシニミセラレタゲンゴ」というような詩句があるところから、どうやら「**どどど**」の正体、あるいはその在処は見当がついてくる。「**どどど**」を求めて、あなたの中に住んでいる「**どどど**」を探してやってくるのは、「ゲンゴ」つまり言葉らしい。「アノムクデケンコウナ　セイケツデウツクシイコトバタチ」であるらしい。

この詩のおわりは、「エイエンニカノウスルコトノナイココロヲモッタショウネンタイガ」「モウジキヤッテクル　アナタノトグチマデ」という、おそろしい期待と不安の場面である。結びは次の四行。

「**ドドド**さんおいでですか。」
「どなた?」
「うつくしいれいきゅうしゃです。」
「おはいり。」

してみると「**どどど**」は、最後に「**ドドド**」となり、死あるいは屍を暗示するものとなる。殺し屋である、ご清潔で健康なコトバドモに殺されてしまう「**どどど**」あるいは「**ドドド**」は、詩を書くものの誰のこころにも住んでいる大事ないのちの源のようなものにもおもわれてくる。

北川透さんは、豊橋市にわたしが居住していた十数年のあいだに得た友人で、ほとんど同期に（九〇年代はじめに）、わたしは東京へ、北川さんは西国山口県下関市へ移住した。梅光女学院大学の先生になったのである。その二年ほど前に、わたしも京都の京都精華大学の教員となっていたから、大層よく似た経過をとったが、詩人としての北川さんの鮮烈な活躍ぶりは、わたしとは違う。これは北川さんの詩人として評論家としての経歴によるが、また、一九三五年生れという年齢もかかわっている。わたしより七歳若いということである。北川さんとは、豊橋にいたころ、主として北川さんの家（当時、わたしのところから自転車で十五分ぐらいのところ）で酒をご馳走になりながら政治、思想、文学の談論をしたのであった。いっしょにシンポジウムや詩歌の朗読会、講演会などもした。けれども、北川さんとわたしはお互いに異見をもっていて、しかも妥協せずに愉しく話し合うことができるという、ありがたい関係であった。たとえば、近着の「現代詩手帖」でも、北川さんは、わたしをやんわりと批判し、『弔父百首』（平出隆の詩集）についてのわたしの評価に異をとなえている。『黄果論』にいたる北川さんの詩集や評論集の大方を、わたしは読んでいるつもりであるが、時々わからなくなることがある。

「九」という同人雑誌（というには、大きすぎる存在で、半ば詩・思想の総合誌だ）が昨年秋に終刊したが、この九州福岡の出版社から出ていたメディアの中心になっていたのが北川透であった。この雑誌は、はじめから24冊で終るつもりで一九九六年秋に創刊された。『黄果論』の詩の多くの部分が、この「九」に掲載された。しかし、「九」で人の目を惹いたのは、巻頭に必ずのった北川さんの評論で、これはほとんど、東京のジャーナリズム、中でも「現代詩手帖」に拠った三十代四十代の若手詩人との喧嘩文章であった。北川透は、もともと、歯に衣きせず、ずけずけという人であるが、この文章は、現代詩の現況への批判を含んで、烈しいものであった。

今度『黄果論』をよんでいると、一九九五年二月〜七月、中国の北京外語大学日本学センターに派遣されて大学院で詩を教えた時の体験が（この本の「あとがき」にも、自分で書いているが）陰に陽に、働きかけ、影をおとしているようである。「黄果論」は、むろん、かの「黄禍論」のもじりでもあるが、集中にしきりに中国の〈黄〉（たとえば黄土、黄河）が出てくるのもおもしろい。

今回、わたしがとり上げた「THE KILLERS」に関連して、ちょっと言っておきたいのは、「仮名文字表記」のことである。これは、もう万葉仮名以来の日本人の詩歌表記の宿命のようなものだが、仮名（二種ある）だけで表記して漢字も排したい、言文をこの形で、一致させたいという欲求はつねにあったわけで、明治御一新のときにも、ローマ字表記論と同じく、仮名表記論はおきたのである。

だれでも知るように、漢字は見ただけで概念がわかる。仮名は一々それをたどって頭の中で漢字に変換してから意味を知る。この差が、結局、現代まで、仮名漢字混り文を主流とさせたのであったが、「THE KILLERS」をよむうちに、漢字への変換は容易で、かえってその手間が、読者に考える時間を与えるという効果があることがわかったのはおもしろい体験だった。

（十九）

ＮＨＫ学園でも、（ほかのところでもやっているように）毎年、全国大会にあわせて、小中学生の短歌を募集している。そして、「ジュニア百人一首」など作ったりしている。ＮＨＫ学園の短歌講座の仕事をはじめたのは、わたしが「未来」に復帰して編集の責任をとるようになった年であった。十八年前のことだ。長い期間のことだから、いつから小中学生の歌を募集するようになったか、はっきり記憶していない。ただ、年々にその選にもたずさわったことを思い出す。はじめはわたし一人でやっていたが、そのうち篠弘氏の協力を得、さらにこのごろは学園の方で下選をするようになり、選者も河野裕子さんや俵万智さんへと変わった。

　小中学生の短歌は、読んでいてほほえましいというのが一般の通念だろうが、そしてそのことに反対する必要もあるまいが、わたしは、時にその幼稚さに耐えられないことがある。かれらは、あんな歌では表現され得ないような心理を抱いているはずだが、いわゆる〈よい子ちゃん〉の歌になっている。それは教師や父母（祖父母もあろう）の目を通ってから発表されるという事情にもよるだろう。大人の指導の仕方にもよるだろう。九谷才一氏がいうように、古典の名歌の模倣から入って、現代語調を排し、古典古語による「和歌」の基礎を身につけること、恋歌をもっと作ることなどが（およそ反現代的、非現実的なすすめではあるが）かんがえられる、もう一つのやり方であろうが、今の教育制度とその雰囲気では、ちょっとむつかしかろう。

　土屋文明が昔言ったように、短歌（あるいは詩歌のすべて）の適齢期は、十代後半の、性的に成熟した、いわゆる青春前期と考えられ、小中学生は、例外的な人しか、ほんとうの詩歌は書けないということかも知れない。
「短歌朝日」（朝日新聞社）という雑誌の投稿欄があって、わたしもその選者の一人だが、そこで二年前に宮崎あいりさんという関西に住む中学一年の学生が投稿して来た。

十一の教科の先生の特徴がわかるこの頃くちなし匂う
くつ箱の回りも廊下もかん高いおしゃべりはじけて今日から二学期
ニューヨークから届く寝起きの父の声と交信しているバスルームの声
宮崎あいり

といった作品を十二歳で作った。余計な感情表現をしない、妙に甘ったれない歌い方がよかった。たぶん父母（のどちらか）が歌を作っているのだろうが、こういうのは本人の才質なので、他人から教えられるものとは違う。三首目など、時差のあるニューヨークの父親と交信している母親をとらえたものと読んだが、鋭い把握である。わたしは、人の歌には甘くないから（特に小中学生にはきびしいから）安心してみていたわけではないが、はたせるかな、その後あいりさんの歌は、ふつうの「ジュニア短歌」になりつつあり、二年たった今、ちょっと辛そうである。注目度が高まったのか。中学も三年ともなると周囲の眼も違ってくるのか。いろいろ理由はあるだろうが、しばらくは（続けるとしても）苦闘する外ないだろう。学生短歌には、おのずから限界がある。アウトロウになってしまうなら別だけれど。（学生のアウトロウは、引きこもりってこと。ドロップアウトするには早すぎるだろう。）

以上は、序説《イントロ》なので、実は、永田紅さん『日輪』（二〇〇〇年十二月刊、砂子屋書房）の話をしたかったのであった。『日輪』は「初期歌篇」を、含んでいる。これは、今大学院生である紅さんの、中学・高校の時の作品八〇首から成る。興味ふかい初期歌篇なのである。

うちの猫なまずのようなひげをしてドアのすき間の寸法はかる
赤犬があんまり速く走るからからすのえんどう見るひまもない
一枚がもう一枚の影となり里桜の葉今日もまだ若芽
永田　紅

こういった歌が中学生の歌のはじめのところに並んでいる。わたしには、どれもおもしろい。これが、たとえば作者のことは知らされないで投稿されたとしたら、わたしは採っただろうか、といえば、それは判らない。やはりこうしてみると、『日輪』の中の「初期歌篇」として読んでいるのだという気もする。わたしが紅さんにはじめて会ったのは、「荒神橋歌会」でのことだから、大学の農学部へ入ったばかりの紅さんを見たわけだろう。むろん、永田和宏、河野裕子夫妻の長女として見ていた。「荒神橋歌会」に提出される歌も非凡で、そのうちに「歌壇」賞という新人賞をとった。理系の大学生として作歌しているという点で、なにか後輩をみているようで応援する気持があったし、そういえば、二代目（父母とも歌人）というのも（父母の知名度を別にすれば）似ていたのかも知れない。

そういう作者の歌だということを、今さら度外視せよといわれても、それはできない相談なのである。短歌は、短い詩だという理由もあり、それ以外にもわけがあろうが、「私」詩であって、作者を知っているか否かで、読みが変わることを認めないわけにいかないのである。（そういえば宮崎あいりさんにもわたしは会っている。）

ここにあげた三首では、はじめ二首は、新鮮な好奇心といったものが、かいま見られる。それを表現する手段は率直で、また、技巧的（生得のものであろう）といえる。犬や猫の視点というか、立場に自分が同化しているのが成功の理由だろう。三首目は、「里桜（八重の桜）」と品種をはっきり指定して、その「若芽」を描写することで詩を作っているあたりも、写実の根本に見事に通じているのであって、凡でない。

こうした歌を作っていた中学生が、高校・大学と進むと、どういう風に変わっていくのか。または、余り変わらないのか。それは次回に書くことにする。

（二〇）

『日輪』（永田紅）の話の続きである。

眼が覚めてももう会えないと気づく　でも誰のしずかな鎖骨だったか
対岸をつまずきながらゆく君の遠い片手に触りたかった

　なにもつけ加えて言う必要はない歌というものがあるのだ、と思う。永田紅は、中学、高校と歌を作って来て、大学生になったとき、このぐらいの技量はたくわえていた。「気づく　でも」の句割れなど、ごく自然に用いられている技法だが、このころもう、歌界では常識になっていた句またがり（句割れということでもあるが）を、易々と習得して用いている。「鎖骨」「片手」といった、身体語についても同じようなことが言える。

　その時代には、その時代なりの歌の作り方（読みのあり方でもあるが）が、一つの常識として、ある歌人層には、ゆきわたって行っている。それに気づく人と気づかない人があるのも、ありふれた事実で、「気づいているな」と思うと、嬉しくなるのも事実である。

　中学のころの歌を、もう一度眺めてみる。

いつからが夏だというのではないのだし私の夏は明日からにしよう
星がただ星座をなしているように傘の端から雫散らばる
日時計は三時をさしているだろう三角フラスコの水が沸く間に

三つともに、擬似三句切れである。正確にいえば「ないのだし」は切れているわけではないが、文法的にはともかく、ここで下の句へ移る時、ある切断の感覚が生れるのは余儀ないことだ。二首目も「いるように」で切れてはいないのだが、大きく他の方向へ振れている下の句をみると、あそこで、切れたのだと思えてくる。三首目は、文法上は切れているが、これは倒置法にした為で、三句が結句を代行しているのである。昔の歌なら、下の句は体言止めで、重々しく結ばれた。「三角フラスコに沸き上がる水」という風に。それを「いるだろう……間に」と、時間論みたいに画いてみせるところが、軽妙である。しかし、ここでうたわれている、一人の学生の心理は、そう単純ではない。含みが大きいのだ。

　こういう歌を作りながら中学を卒業したということは、相当に大きな財産のように思えてならない。一人の人の過去は、どのようにも計量されるだろうが、歌を作って残したということは、「記憶」が形として残されているということで、これがどのくらい大きな財なのかは、まだ永田紅はわかっていないだろうが、いずれわかるはずである。

　ついでながら「星がただ星座をなしているように」とは、なんだろう。傘をふって雫が散るのは、だれでも知っている情景だが、その雫のありさまから「星座」を想い出し、その星座とは、「星がただ……なしている」という平素の観察（つまり、星座なんていうものは人間の幻想と、利便のために出来上がった記号の集成にすぎず、それでいて、人間の運命や行為とかかわったりすると、歴史さえ作りかねないものだという、漠然とした見解）が、ここに、すっと、出てくる。奇妙に新鮮な歌なのである。
高校の時の歌からは、わたしは、次のような歌をとり上げて、語ることが多かった。

西洋の寄宿舎にもつあこがれは暗き湯船の底に沈めつ
風の音が碧い流れに変わりゆく風呂とトイレは暗いのがいい
のこぎりのきずが机についたまま文化祭後の分詞構文
街なかのアワダチソウの空き地から昼の花火を見たような午後

どの歌も、技法的になにか言いたくなる歌である。つまり、一見してうまい歌である。そうすると、技法上のおしゃべりをしているうちに（本当は、技法は、思想と同じものなのだが、それを忘れてしまうと）、なにを歌おうとした歌なのか、という原初の問いは、どこかへ行ってしまう。

実例をあげるのはやめるが、たとえば『卒業』（東洋大学・田中章義選）といった、一般の高校生の歌の入ったアンソロジーがある。そういった本の高校生の応募歌は、いわば、アマチュアの率直さをもって、高校生の思いを語る。前回にいったように、それは高校生の心の「虚像」なのだと、わたしには分かっているが、歌は安易に、〈わかりやすい〉ことだけを目がけて作れば（作らせれば）こういう文集にしかならない。

それとは、まったく違う世界が、たとえば『日輪』の中の、右にあげた歌にはある。もうこれは、高校生の歌ではなく、一人の歌人の歌なのである。材料はたしかに「分詞構文」とか机の「のこぎりのきず」とかであったりするが、歌われている心の深さは、年齢とかかわりのない、一人の女性のそれであり、技量の上では、わたしたちのライヴァル、それもかなり小しゃくなライヴァルである。

十代の最後の日なり人々がずっと遠くに小さく見える
俯けば尖る鼻すじ　レナ川を波分すすむ中洲のようだ
二十年良い子だったしこれからもそう　クロ・リュセに光る紅薔薇

レナ川を、地図でたしかめたり、レオナルド・ダ・ヴィンチの終焉の地クロ・リュセがフランスのどのあたりにあるのか、レオナルドは、あそこでなにをしていたのか、などと調べをたのしみながら、こういう歌を読む。いずれも大学へ行ってからの歌だが、わたしの目には、もう高校も大学もないように思えた。「歌壇」に、河野裕子とペアで連載されていた歌篇など、むしろ『日輪』の後の、ある危ない崩れをさえ感じさせて、永田紅は、「良い子」ではない歌人となった。

（最終回）

最近、不思議な歌を二つ見た。もっと正確にいえば、二人の歌人を知った、ということである。二人とも現代の人ではなく、明治時代に名をなして、昭和まで生きた人である。

わたしのこの「美しき時代の詩歌」という連載も、「未来」の五十周年記念号の前に、切りがいいところで終ることになるが、最終回に、こういう現代ばなれした、「美しき時代」であると同時に矛盾をはらんだ時代でもあった、あの「大日本帝国」の時代の歌人をとりあげるのも、なにかふさわしい気がしてならない。

一人は、柴田宵曲の随筆集『団扇《うちわ》の画』（岩波文庫、小出昌洋編）の中に回想されている香取秀《かとりほっ》真《ま》である。

なんだ、秀真なら、正岡子規の弟子で、子規庵に集《つど》うた連中の中のひとり、子規の歌の中にも出てくる鋳金家で、よく知られているじゃないか、と言う人もあろう。むろん、わたしとて、『子規歌集』の中の「秀真へ」と題した消息歌（はがきの歌）を知っていた。

秀真へ（五月十日）　　正岡子規

今日《ふ》ゆのち新聞おくる新聞の月々の代は拂ふに及ばす

原千代子《はらちよこ》きのふ来《きた》りてくさぐさの話ききたりかすてら喰ひつつ　　同

まことにのびやかな歌で、こうした子規の歌の中の秀真を話しはじめたら、（好きな話題であるだけに）わたしもとめどなく語り続けることになろう。

わたしがいうのは、宵曲が「香取先生」「香取秀真先生の著書」（あるいは、ついでといってはなんだが「無始無終」の中で回想されている寒川鼠骨《そこつ》のことも含めていいが）で紹介している、子規以後の秀真である。

秀真は、子規の死後も、歌人であった。しかし、「アララギ」が置き忘れて来た歌人たちの一人であった。短歌史は、子規の弟子の中でも、伊藤左千夫、長塚節をクローズアップした方向に進んだ。書かれた歴史が、いかに多くの人を置き忘れるか、忘却してしまうか、というのは、一般に〈歴史〉の特質といっていいが、短歌史の場合も同じである。それはやむを得ない仕儀である。（近年の例でいえば、前衛短歌を中心にして語られることの多い現代短歌史が、その好例である。）しかし、こうして、柴田宵曲のような、見事な文章を書く文人がいて、〈その後の秀真〉を伝えてくれるのは、ありがたいことである。秀真は短歌史を動かす人ではなかったが、大正十三年から子規庵歌会を毎月ひらいたらしい。「当時は出席者も割合に多く、兼題《けんだい》を読上げられるのが先生の役ときまっていた。」と宵曲は書く。

大正末から昭和初期へ、歌壇は激動の時代を迎えたことは、よく知られている。「アララギ」を例にとっても、島木赤彦の死（大正十五年）を境にして、帰朝後の斎藤茂吉、昭和五年に「アララギ」の編集人になった土屋文明を中心にして、新人たちの活動がはげしくなった。短歌史の、そうした表通りの、いわば裏側のところで、秀真たちは歌会をひらき、雑誌「日本及日本人」に歌会記をのせていたのだ。秀真をかこむこの一群の歌人たちの交流のありさまが、宵曲の筆によって、生きいきと伝えられている。はたしてそれは短歌史の裏通りだったのだろうか。いや、裏だ表だなどということはどうでもいいことだ。

六月のころ東北地方を旅行しつゝありしなにがしに

むつをいでていではのくにゝいりなばか田うゑの唄を聞きつゝやあらむ　秀真

この歌は、秀真の歌集『還暦以後』にあるのだが、陸奥を出て出羽の国へと旅をしている友人に今ごろは「田植の唄をきいているころだろうね」とよびかけた、のんびりとした手紙歌のようにみえる。ところが宵曲の解説によると、これは、秀真が、宵曲にあてて書いた歌なのであり、宵曲はこの時（昭和九年であった）別段、東北旅行などしてはいなかったのである。宵曲は、本業は鋳金工芸家である秀真の助手（文筆の側の手つだい）として『鋳物師人名録』という「横綴《よことじ》の写本の中の人名を書抜く」作業をしていた。この写本はどうやら各地の鋳物師を、地理分布に従って書きとめたものらしく、秀真は宵曲の労をねぎらって「鋳物師人名録御世話様に御座候、陸奥《むつ》を了し出羽路《でわじ》に入られ候よし松島に遅桜《おそざくら》御覧なされ候と存《ぞんじ》候」という手紙をやっている。この、のどかな歌は、短歌というより和歌といった方が似合うが、どこか子規晩年の俳諧味を伝えた歌のようにも見える。鋳物師の人名抜書作業のすすみ具合を、実際の旅行にたぐえて、かるく挨拶しているのである。

秀真のことにかまけて、もう一人の歌人については、ほんの少ししか触れることができないのは残念だが、また機会もあろう。その人は詩集『孔雀船《くじゃくぶね》』（明治三十九年刊）で知られる伊《い》良《ら》子《こ》清白《せいはく》の、これまた『孔雀船』以後の短歌（詩ではなく）のことである。わたしは、伊良子清白の研究家でもある詩人の平出隆氏を通じて、清白が晩年は短歌を作り、「志《し》良《ら》珠《たま》」という雑誌に発表していたのを知った。そして、そのいくつかを読んだのである。

清白の短歌は一五〇〇首ほどあるというが、歌集にはなっていない。三重県の鳥羽に住んで、診療所の医師をしていた清白が、どのような短歌を作ったか。それは「世界に誇るに足る卓れた浪曼芸術」（日夏耿之介の言葉）とたたえられ詩史にのこる新体詩集『孔雀船』の創作と、どのような関係をもつというべきなのか。『孔雀船』自体にも、わたしは親しさを覚えないますぎて来たのであるから、評価ということになると、一層とまどう他はない。ただ、すでに六十歳をすぎていたはずの清白が、だれに知られることもなく、歌誌の片すみに、

島宇宙アンドロメダの星雲まざまざと今宵は見ゆる恐《おそろ》しきかも　清白　昭和15年

わが住むは微少の地球父の星太陽は老いてすでに昏きに　同

といった宇宙観の歌を作ってみたり、当時来日したヒットラーユーゲントを讃美する歌を作ったりしていたことを、これも短歌史の裏街の風景として、奇異の思いで眺めたのであった。

歌人が考える日本語の美醜

ときどきヨーロッパの国を旅することがある。その国の言葉を多少習っていく。すると、誰でもそう感ずるように、それらはよく似ているのだ。ラテン語が基礎にあるといわれる。ラテン語の方言なのだといわれる。なるほど、かれらは数か国語を話すはずだ、とわれわれは負け惜しみをいう。日本でいえば、列島の東北部の方言と西南部の方言ぐらいの差ではないか、それならすこし練習すればできるよなあ、などといって悔しがる。

フランス人がドイツ語を烏《からす》の言葉などというのだって、要するに方言対方言の比較にすぎない、などと思ったりする。

日本語は美しいか、といえば美醜はしらないが、われわれにとって天与の言葉で選択の余地はなかったのだから、なつかしい言葉だとはおもう。美醜ということなら、共通語――江戸方言に薩摩《さつま》や長州の方言をいくらか混ぜてつくられたとかいわれる、いわゆる標準語――と自分たちの地方の方言とが音楽的に美醜の違いがあるかどうかという程度の話であろう。つまり美しい日本語も人によってみな基準がちがうという話である。

　では、このごろの日本語は昔に比べて醜くなったか。これも美醜の基準がないのだから、言いようがない。ただ昔とは日本語も変わったことはたしかである。短歌をつくり続けて五十数年、このごろでは「三笠の山に井でし月かも」の「かも」という感動の助詞を「そうかもしれない」の「かも」と混同する世の中になった。いまでも古語由来の文語をまじえて歌をつくるわれわれは、「これは口語の『かも』ですか、文語の『かも』ですか」と聞いてから批評する。こういうことは昔はなかった。しかし、このことは、言葉は変わるものだという言語の鉄則をしめしているだけのこと、なにも嘆くにあたらない。

　このごろ、短歌の朗読会をしている。五年ほどになる。若い人のあいだで、ちょっとした流行になっている。絶叫でもなく、朗詠でもなく歌会始め風の詠唱でもなく、しずかにたんたんと読むやりかたである。それと、かならず自分の歌を読む。わたしの場合はだいたいは、新作を披露する。聞き手は五人十人のこともあるし、三百人のこともある。そうすると、この新しい体験はいろいろのことを教える。たとえば、五七五七七というときの五とか七とかいう音数は、絶対的なものでなく、六にも八にも、ある場合には九や十にもなることがわかる。読み方によって、八音、九音、十音でも七にちかい長さで読める。かなりの字余りが朗読では許される。

　古来以来そうだったのだ、万葉のころは声にだして歌い耳で聞いたのだから、おそらく乱調破調は日常茶飯事だったのだ、などとも考えてしまう。文字文化の時代になってはじめて、五七五七七が定着したのだ、そしてそうなると定着した五七五七七が威張りだしたのだ、などと考えてしまう。

短歌とともに、いまは滅びてしまった施頭歌《せどうか》とか仏足石歌《ぶつそくせきか》とかも試作することがある。五七七、五七七が旋頭歌。五七五七七七（。）が仏足石歌。するとこの短歌によく似た詩型がまるで新しい別の歌を奏《かな》でることがわかる。

日本語の基礎に音数律があり、五七調があるなどとかるくいわれるけれど、五と七との組み合わせが大事なのだと思われてくる。五七七と五七七が組み合わされる旋頭歌は対話（ダイアローグ）の歌、短歌はそれにくらべて独語——モノローグの歌なのだ。そう思えてくるから不思議だ。仏足石歌では最後の七音が曲《くせ》もの。それまでの五七五七七を一気にひっくり返してしまうからおもしろい。

わたしの考えでは、将来の日本語の美は、読み方の洗練にかかると思われる。声の日本語としてはそうで、文字の日本語としては横書きの美しさを求めていくことだろう。いまのパソコン文字は単調で美しくない。横書きの短歌の時代となれば、横書き文化としての日本語の美しさの探求が深まるだろう。

III　孤心とうたげ

『精選　折々のうた』をよむ――「孤心とうたげ」の実践として

「折々のうた」の連載は、一九七九年一月から始まった、ときくと、七〇年代の終りごろってどんな時代だったかなと、自分史をかえりみる人もあろう。まだ生まれていなかった世代の人も、今度の『精選　折々のうた』三巻の読者には、たくさんいらっしゃるだろう。そして、わたしは、このお仕事は、大岡信さんの詩人として、評論家として、また「連詩」をはじめとするイベントの精力的な推進者としての活動の、どのあたりに位置するのか、それを考えてみたい。

一九七八年、つまり「折々のうた」が企画されて、著者が準備しつつある年には成田空港が（さまざまな政治的葛藤の果てに）開港し、また日中平和友好条約が調印されている。そして七九年（昭和五十四年）は、共通一次試験が実施され、東京サミットが開かれたといえばなにかを感ずる人もあろう。講談社から『昭和万葉集』の刊行が開始され、村上春樹の『風の歌を聴け』が出版された年でもあった。

大岡さんは、「折々のうた」を連載し始めたとき、四十八歳で、前年十二月に詩集『春　少女に』を出している。この詩集は、後期大岡信の出発という人もあるぐらいで、詩業として節目の詩集であった。一七五六頁におよぶ大冊の『大岡信全詩集』(二〇〇二年十一月刊)を開いてみる。その年譜をざっとよむ。私の記憶では『春　少女に』の一つ前の『悲歌と祝禱』(一九七六年)の印象がつよかった。「和唱達谷先生五句」という作品は、俳人加藤楸邨の句に「和唱」したものだ。「とこしへの秋のうた」は「藤原俊成による」という副題に示されているように古典和歌に和《わ》して作られた。つまり評論集『うたげと孤心』(一九七八年刊)の「合わす」技を地で行った作品たちである。こういう傾向が急に大岡さんの中にあらわれたわけではないのはもちろんだが、理論というか、詩歌の考え方としては、一九七一年大岡さん四十歳のときに出して、詩歌や古典に関心ある読者に衝撃を与えた『紀貫之』あたりから、次第に熟して行った考えだったのだろう。『紀貫之』は、周知のように、日本の近代を長いあいだ支配して来た正岡子規の『古今和歌集』否定(ということは『万葉集』偏重ということだが)の常識を一気にくつがえした本である。(といって万葉を否定したわけでないことは、この『折々のうた』を見てもわかる通りである。)

　もうすこしゆっくりこの点を大岡さんの文章によって解説する。

「日本の詩歌発生の場を考える上で、『うたげ』という概念がきわめて重要な鍵をにぎっているのではないか」「『うたげ』という語は、掌を『拍《うち》上《あ》げ』ること、酒宴の際に手をたたくことだ」「『うたげ』とはつまり心の感合であり、笑いの共有である。そこには必ず複数の人間がいて団欒している。」「私は元来が酒宴のような宴席について言われる『うたげ』という語を、酒宴の場から詩歌・文学創造の場へ移してみることによって、日本文学の中に認められるある種の顕著に独特な創作・享受・批評のあり方について、より鮮明な観察が得られるのではなかろうかと考えたのだった。」

以上は、一九九〇年に書かれた「車座社会に生きる日本人」という文章から、要所だけをつまんでみたのである。

「うたげ」は、つまり二人以上の複数の人間が、こころを「合わす」、ことばを「合わす」原理から発する。この「合わす」「合う」「合い」は、もともと日本人の人間関係についての「古い時代からの敏感な気遣い、配慮を如実に反映している」のだろうと、大岡さんは考え、その詩歌への反映が、「歌合《うたあわせ》、連歌、連句」から近・現代の結社組織や同人雑誌の盛行や、座談会（きわめて日本的な読みものだと従来からいわれている）の隆盛にいたるまで「強力に日本文化の大動脈として一貫している」「うたげ」の原理なのだというのである。ここまで、たどってくると、わたしなどは一九七〇年の終りまでは、まだ日本人の古い時代からの「合わす」心性がのこっていたのだなあ、それはいま、かなりはげしい勢いで失われていっているのではないか、と思わずにおれない。

むろん、大岡さんは「うたげ」の原理と同時に「孤心」つまり、人間の孤独・孤立・個に閉じこもること、これも大事な詩のこころだということを言っている。「合わす」だけでもだめであり、「弧心」にとじこもるだけでもだめなのである。この二つの原理の絶妙なバランスの上に、すぐれた詩歌が生み出されるのだろうと大岡さんは考えた。

こうした詩歌についての考え方が熟して来た時期と、「折々のうた」の始まりの時とが重なり合っていることに、注意したいのである。そして、大岡さんの詩の作品の上でも一転化というか、一つの深化が生まれている時期とも、重なっていることに、今度あらためて『大岡信全詩集』を読みながら気付いて、おどろくとともに、深くうなずいたのでもあった。

すこし、実際に「折々のうた」を見て行こうか。わたしの見ているのは、今度の精選本の上巻、つまり新聞の連載では比較的初期のところであるが、あらためてなつかしい気持ちで読むのである。

今の季節に合わせて「夏来る」としてまとめられたパートを読んでみる。

おそるべき君等の乳房夏来《きた》る　西東《さいとう》三《さん》鬼《き》

まずこれが出ている。毎日毎日、大新聞の第一面を飾るのである。自分の作品を掲げるのではなく、他者の作品で勝負するのである。なによりも、「今日はどの詩、どの歌、どの句で行こうか」という選抜が大切。もうなにを選んだかという段階で、九〇％が決まってしまう。これは、こういうアンソロジーの類いの仕事をした人なら、誰しも知っているところだろう。

選ぶこと。それは「合わす」ことに外ならないのではないか、と気付く。たとえば西東三鬼という俳人のこの句は、どこから、その日に、大岡さんの頭の中へやって来たのだろう。それは若いころからの長い間の読書や、文筆業や、そして制作のきっかけを求めて読む勉強や、そうした一切の行為の中から、ぽっと咲き出た花のようなものだろう。本人にも、なぜ三鬼だったのか、なぜこの句だったのかは本当のところは判らない。そうした偶然も作用しての選び、しかしそこに強い必然の勢いも流れこんで来ての選びだったにちがいないのである。

著者は、しかし、ただ選んだという時点で西東三鬼のこの句と、著者自身の詩心を「合わ」しただけではない。目にみえない形で、今まで三鬼をめぐって論じられて来たさまざまな論議や、三鬼を生み出した日本近代俳句のたくさんの作者や作品とも対話したのであったろう。解説文では次のように言う。

『夜の桃』（昭和二三）所収。明治三十三年岡山県生まれ、昭和三十七年没の俳人。新興俳句運動の中心的存在だった。長く歯科医だったが、風狂な生活ぶりを自伝『神戸』ほかに活写している。

ここまでが、三鬼の経歴についての言及である。コラムの内容としては、正統的でまっすぐに、作者三鬼をぎりぎりのところで要約している。わたしは、たまたま歌人であり、三鬼についてもある程度の理解をもった読者として、これを見事な要約だと思って読む。しかし「新興俳句運動」とか「京大俳句事件」といったことをまったくご存知ない人には、わかりにくいかもしれない。このスペースでは止むを得ないのでもあるし、大岡さんが対象として考えていた読者が、やはり詩歌への関心度の比較的高い日本人だったのだということはわかる。むろん、ここから、一体「新興俳句運動」とはなんだろう、とか、「神戸」という「自伝」も探して読んでみようとか考える読者も、予想されていたのであろう。

　昭和二十一年、戦争が終わってから最初の夏の作。長い間制服やモンペに押さえつけられていた若い女性の胸が、誇らかに豊かな張りを示してはばからぬ時代が来た、その夏の解放感。初句は親密率直な讃辞。

これが、三鬼の作品についての解説である。わたしは、この簡潔であると共に、含みの多い解説に驚くのである。そして、また、昭和五十四年という、敗戦後三十数年たったころに始められた「折々のうた」の、初期のころの叙述の、一つの典型をここに見る。

まだ、七〇年代の終りごろとは、高度成長期である。八〇年代に入って、短歌でいえば、八六年、八七年ごろ俵万智さんの『サラダ記念日』が出て、短詩型文学の状況が一変してしまう、そのすこし前の時代だったのである。戦後はたしかに遠くなってはいたが、この三鬼の句への解説文にも示されているように、戦時下の女性たちの心身の閉塞感と、それからの解放といったことも「そうそう、そうだったね」とふり返られるような、その程度の遠近法が成立していたのでもあった。それにしても、この解説は三鬼のエロティシズムを、大岡さんなりにうけとめていて清潔である。そして時代的背景への言及も暗示性に富む。

わたしは、一つの例だけを挙げた。ここからわたしに見えるのは、やはり「孤心とうたげ」理論の、まことに多彩微妙な実践という一事である。

たとえば、季節という日本的風土に対応するとき、大岡さんの「弧心」はとぎすまされたことだろう。そして、季節の詩歌を通じてその背景となっている日本の季節の「折々の」風景と対話していたことだろう。それは多くの物や事との「うたげ」にことならないであろう。

たとえば古典詩歌をとりあげた場合にそれは顕著になるのだが、日本人としての大岡さんは、広い行動範囲と深い教養にうら打ちされて、おのずから、他国の、中国やヨーロッパやアメリカの詩や詩人と「うたげ」していると考えられる。もっと広くうけとれば、その時代というもの、その時代に生きる人々との間で「うたげ」をもうけておられる。そして「折々のうた」がこれだけ広く読まれ共感されたのは、大岡さんが「弧心」と、大勢の読者の「うたげ」の協演の結果だったのだろう。

※大岡信著「精選　折々のうた　日本の心、詩歌の宴」（上・中・下）は朝日新聞社より二〇〇七年七月刊。

詩歌人・鷗外の謎と魅力——日露戦争従軍の体験詩歌句集『うた日記』から

『うた日記』の中には、森鷗外の作った新体詩（漢詩でない詩）五十八篇、訳詩九篇、長歌九首、短歌三百三十一首、俳句百六十八句が入っているから、その一つ一つを読むのは、愉しみでもあるが、苦労もする。わたしは二年ほどかけて一つ一つを読んで来た。

鷗外は第二軍の軍医部長として日露戦争に従軍した。その軍旅の旅日記が『うた日記』。ただし、短い詞書《ことばがき》を除けば、散文による日記はない。全部詩歌句で占められる。しかも、詩のあとに短歌が来たり俳句が来たり、また詩が来たりと、三つの詩型を自由に使って書いているからおもしろいと共に、相当の読解力をもってないと読めない。一つ一つの作品につき合ってねばり強く読んでいくと、思いがけない鷗外の心情や思想がみえて来たりする。

日露戦争は明治三十七年から三十八年に日本と帝政ロシアとの間で、満洲の地や日本海で戦われた。日本の国家としての存亡を賭けた戦争であった。鷗外は軍医部長だから直接実戦には加わらず、軍の後方部隊として、朝鮮半島北部から次第に満洲へと入っていく。さまざまな戦闘を、すこし後方から見て、詩を作り歌を詠み句を作っていく。戦争という政治の世界へ、文学者でもある軍医として詩歌をもって参加していく。それを読んで、約百年後のわたしは共感したり疑問を抱いたりわけのわからない思いをしたりする。なにより、鷗外の詩歌をつくる腕前はなかなか確かなものだから、詩歌を読むよろこびも同時に味わうわけである。これは単なる戦争の記録ではないのだ。

『うた日記』は復刻版が出ているから原本の挿絵、写真、装幀造本を知ることはできる。やはり原本または復刻版で読むのが一番だろう。『うた日記』の内容は（一）「うた日記」（従軍日記）、「隕石《ほしいし》」（訳詩集。ドイツとハンガリーの詩人九人の戦争詩九篇）、「夢がたり」（やや謎を含んだ鷗外の個人的体験をうたった詩や歌のあつまり）、「あふさきるさ」（戦場から内地の人にあてた手紙のはしばしに書きとめられた詩歌）、「無名草《ななしぐさ》」（内地にいる妻志《し》げになりかわって作った詩歌）の五つのセクションに分かれている。わたしははじめの「うた日記」の部分がこの本の中心だろうと思うし、分量もここが一番大きい。しかし、「夢がたり」以下の三つのセクションも、単に「うた日記」の補遺篇とばかりはいえないと思う。折りにふれこれらを読むが、解読するたびに違った印象をうける。やはり五つのセクションを総合して『うた日記』一巻は成っているのだと痛感する。

　鷗外の生涯にとって日露戦争の果たした役割は大きかった。『うた日記』のあとに、鷗外の文学のいわゆる「豊熟の時代」が来るのである。『ヰタ・セクスアリス』、『雁』をはじめとして鷗外の小説や翻訳や『沙羅の木』（詩集）などはみな、『うた日記』のあとに書かれている。日露戦争あとの晩年の鷗外のすべての原点のようなところに、『うた日記』はある。そういう意味でもたいへん重要な本なのだが、いまだに謎のような、読み解かれていない部分がいっぱいある。それが『うた日記』の魅力でもある。

解説　関川夏央著『子規最後の八年』講談社文庫版

正岡子規という魅力ある人物については、これまでたくさんの人が本を書き、また映画になったり、座談会で話されたりしてきた。文学の雑誌の正岡子規特集号なども数知れず出されている。

子規は明治三十五年（一九〇二年）に三十五歳で死んだ文人である。どうしてこんなに人の心をゆり動かすのだろう。その謎に迫った本として、この関川夏央氏の一冊もある。はじめ「短歌研究」という、歌壇を代表する月刊誌に三年半にわたって連載された。二〇〇七年から二〇一〇年にわたる期間に、著者は、世界と日本の現在を眺めながら、一章一章と、書き進めたわけである。

そのことを特につよく感じさせるのは、たとえば「明治三十年」の「『蛮力』の世界」の章に見られる秋山真之《さねゆき》をめぐる挿話であろう。真之は「子規と同郷で一歳年少の友」であるが、ただ単に松山藩士の子弟としてすんなりと海軍に入ったわけではなかった。明治維新という革命の時代にあって、止《や》むをえない必然の道でもあったことが、真之の兄の秋山好古《よしふる》が陸軍に入ったいきさつを含めて詳述されている。

兄の好古は旧松山藩主家の久松定謨《さだこと》に随行してフランスに留学してサン・シール士官学校で騎兵科に学んだ。同じように弟の真之は、明治三十年にアメリカへ留学した。

「ひとかどの日本海軍にするために自分はアメリカで学ぶのだ。清国海軍には辛勝したが、つぎの敵ロシア海軍はもっと手ごわい。これを打ち破るにはどうしたらよいか。当時のエリートは、軍・政・官、みな日本の運命と自分の運命を自然に重ねあわせてあやしまなかった」などというくだりを読むと、わたしたちは当然、現代の日本、あるいは日本人のことを連想するのである。

日本という東洋の島国の地政学的な位置は、明治のころと全く変っていない。隣国として中国がありロシアがあり、はるかに海をへだててアメリカがある。戦後七十年のあいだに多くの日本人がアメリカに留学しヨーロッパに留学した。それもすべて日本そして日本人を独立させるためであった。そうした連想を自然にひっぱり出すように、「『蛮力』の世界」の記述は詳細をきわめる。

そしてその中に「秋山真之ノ米国ニユクヲ送ル」という詞書《ことばがき》のもとに作られた、

君を送りて思ふことあり蚊帳《かや》に泣く

という子規の句があったのである。とすればこの「泣く」というのも単なる、惜別の思いをのべたものではないのである。国を思い日本人を思う、ナショナリストの思いが託されていたと解くべきだろう。

　ここまで、子規をとりまく日本と世界の状況について紹介してきた。関川氏のこの力作評伝の中心は、むろん、そういう話にあるわけではない。子規の文業にあるのだ。

　子規の短歌の弟子の一人、伊藤左千夫の系列が、「アララギ」という結社で、この結社の中でわたし自身、歌の道に入ったのだから、よく分かるのだが、子規庵に集まった歌人や俳人の歌会や句会が、実は、現代にまで続いている結社の原型なのである。

「十二月二十四日、子規は第一回蕪村忌を自宅でひらき、みなで記念撮影をした。（略）蕪村忌は盛会であった。会した二十名のうちには、碧梧桐、鳴雪のほか、虚子の顔もあった」（明治三十年）。中心に魅力のある人物がいて、その人の家に集まって批評の会がある。それは子規が肺結核と、それからひろがったカリエスによって「まさに地獄だ」というべき苦痛の中に病臥していたからである。

「明治三十一年」の「その一『歌よみに与ふる書』以後に詳説されているように、子規庵には実に多様な才能の人が集まった。

「歌にも俳句の『座』を持ちこむ。会した面々が相互批評のうちに刺激を受けあい、その結果、歌のあらたなおもしろさが引出される、それが子規のもくろみであった。人好きな子規は、どんな文学ジャンルであれ、他者との関係を重んじずにはすまなかった」と関川氏が説いている通りである。「座」の文芸として、人との直接の関わりを通じて、俳句も短歌も、近代化を遂げた。その淵源のところに、死病と闘う病子規がいた。

子規は、短歌・俳句の外に新体詩（西欧の影響をうけた自由詩）も漢詩も作り、小説も試作した。しかし究極において、俳句と短歌の近代化にだけ成功した。それは「座」の文芸に一番ふさわしいのが歌・俳という、短い定型詩だったからだ。

当然、人間の集団であるから、好き嫌いも生ずる。人間と人間の葛藤も生ずる。虚子を後継者にしたい子規と、そこに微妙な間隔を置きたがる虚子。そしてそこへ入り込んでくる碧梧桐。この人間模様も、本書では詳述されている。この微妙な人間模様は、子規の死ぬ明治三十五年まで続くのだ。あるいは、子規の死後まで続いているといってもいい。

「明治三十三年」の「その一　左千夫と節《たかし》」もおもしろい一章である。虚子と碧梧桐とはちがうが、伊藤左千夫と長塚節という（年齢もはなれていたが）性格もちがい、それまでの経歴も対照的な人物が、子規のところへやって来たのは偶然なのだろうか。まるで天の配剤とさえ思いたくなるのだが、これも子規の人物のおもしろさなのであろう。

左千夫は、後に「連作論」を書いて子規を祖述することになるが、要するに一首の歌だけでなにかを表現するのではなく、七首なり十首なりの連作によってその時の詩心を表現する方法である。もとは連句など俳句の方から子規が発明し、実作した方法だが、この連作が、近代短歌から現代短歌にひきつがれてその内容を豊かにしたことはいうまでもない。これに比べると節の場合は、状況がだいぶちがっている。子規の文業に与えた影響もちがっていた。またそれだから、両者が子規のそばに在った意味もあった。

「先生と長塚との間柄は親子としては余りに理想的で、師弟としては余りに情的である、故に予は之を理想的愛子と名附けた」（伊藤左千夫「正岡子規君」、明治三十五年十月三日付「日本」）という関川氏の、結論めいた引用も、内容は深いのである。そして、子規が試行しながら成功しなかった小説の分野で、この二人の子弟が『野菊の墓』（左千夫）『土』（節）という、今に語りつがれる名作をのこしたというのも、文学史の皮肉というべきかもしれないのである。

もう一つ、本書の中でとても面白い、読み出のあるテーマというか、話題というのは夏目漱石の、子規との関わりである。

関川氏の本は、タイトルは『子規、最後の八年』である。はじめはその八年に集中して構想されたのかもしれないが、結果としては、子規の出生から明治二十七年までのこともかなり詳しく書かれている。のみならず、文学史的な記述も、正岡子規に局限されているわけではない。明治の文学から、ひろく現代の文学にいたるまで眺望はひろがっている。その眺めの中に晩年の八年間の子規が浮かんでくるという仕掛けなのである。

ここで扱われているのは、作家以前の夏目金之助（漱石）である。漱石が『吾輩は猫である』を執筆して小説家の道を歩み出したのは子規の死後、一九〇四年のことだからである。それにしても、漱石が二十二歳で、学友として子規を知って、以後子規の死ぬまで、深い交友を続けたというのも、奇縁以上のことと思える。

松山と東京という、二つの場所の物語ともいえる、子規と漱石の関係。そこへ俳人漱石という存在も関わって、両者の関係は文学的にも深まる。そうした一切は、本書に詳しく書かれている。

その中でも、とりわけ、「明治三十四年」の「その一　倫敦《ロンドン》消息」は、漱石自身のかかえていた、文学的、個人的な悩みをつぶさにつたえていて読みながらため息の出るような一章である。そして、その章につづいて「その二　藤の花ぶさ」を読んでみると、こちらは、「結核文学」ともいわれる子規の、晩年の随筆集『墨汁一滴』について詳しくのべられている。中には明治三十四年五月十一日に書かれた「試《こころみ》に我枕もとに若干の毒薬を置け。而して余が之を飲むか飲まぬかを見よ」という、有名な、子規の自殺願望のエピソードも出てくる。関川氏のこの件についての解釈は、次のようなものだ。

> ひどい痛みに苦しめられても子規は自殺を考えなかった。生来、自己破壊衝動の乏しいタイプなのであろう。その独特のオプティミズムこそ、病床でつづける仕事の動力であった

わたしなどは、子規の「結核文学」の比類のない精神的健康さを前にしてしばしばとまどう

のであるが、右のような関川氏の断定は、たしかに子規文学を解くのに大きな示唆を与えるものだろう。

飯島耕一、辻井喬を悼む

飯島耕一の第一詩集『他人の空』（一九五三年十二月、書肆ユリイカ刊）を、現代に生きるわたしが読んでみた。わたしは『ゴヤのファースト・ネームは』（一九七四年五月、青土社）以後の読者なので、新鮮な気分で読んだ。飯島さんは一九三〇年生だから、わたしより二歳若い人だ。お互ひに、敗戦と共に大きく変つた日本の空を知つてゐた世代だ。「友人たちは予科練、海兵と次々に入り、自分自身も陸軍の航士に合格、すぐに日本敗戦をむかえ、四六年六高に入学。」（今、わたしが拡げてゐる東京創元社の『現代日本名詩集大成　11巻』の『他人の空』に付いてゐる「小伝」の中の言葉で飯島氏自身の筆と思はれる。）の書き方、航士（陸軍航空士官学校の略）とか六高（旧制第六高等学校のこと）とかいつた略号が、すべてなまなましい実感と共にわかる世代である。

だから、「〈すべての戦いのおわりⅠ、Ⅱ、Ⅲ〉」のやうな、大テーマの詩もわからうとすればわからなくはないが、今日は少し別の詩を読んでみたい。

おまえの探している場所に
僕はいないだろう。
僕の探している場所に
おまえはいないだろう。

この広い空間で
まちがいなく出会うためには、
一つしか途《みち》はない。
その途についてすでにおまえは考えはじめている。

（「探す」全篇）

ここで「おまえ」「僕」と呼ばれてゐるのは特定の二人の人ではあるまい。人と人が出会ふために「一つしか途はない」と直感し信じてゐる二十代の青年は、現代のわたしたち自身でもある。その「一つの途」については、次の「途」といふ、九行の詩が暗示する。

やがて僕らも一つの音をききわける。
器物のふれあうかすかな音のなかに。

風の歩み去る音、
水を漕ぎわける櫂が作る音のなかに。
僕らの内なる音のなかに。

そのなかに一つの途を探す。
そこに一人の女の顔を探す。
途は数知れずある。
けれども僕らの運んだ途は一つであるように。

（「途」全篇）

なにか、作者の迷ひの感じとれる詩だ。「途」は「一つ」の筈なのに、「途は数知れずある」といふ断言が、すぐに出てくる。そして「けれども僕らの選んだ途は」、結局は「一つであるように」願ひつつ、この短詩は閉ぢられる。

飯島さんは、今、生涯を了へられた。その間「一人の女の顔を」探し当てることができたのか。「一つの音」だけを聞き分けて進まれた人生だつたのか、それはわたしの知るところではない。

しかし、定型詩の模索にいたるまで、自分の詩を発見するための「一つの途」を歩まれた人生だつたと、わたしは思つてゐる。その最初の実験が『他人の空』だつたと、あらためて、この第一詩集を読みながら思つたのである。

*

辻井喬の『死について』（二〇一二年七月、思潮社刊）の「Ⅷ　終章」の書き出しは、次のやうなものだ。

僕は病院を出た　出されたと言ってもいい
自由な身になったとも考えられるが
さいわい死んだのではなさそうだ
手術が不可能と分った結果なら死期は決ったも同然
それにしてはこれからは通院で気長にという意味は
執行猶予ということですかと聞くと
医師はすかさず人間はみな執行猶予なのですよと
まだ期限が迫っていない者のゆとりを見せて言う

「執行猶予」といふ法律用語が、ごく平俗な比喩として用ひられると、すでに「期限」をいくらか過ぎてしまつてゐるわたしは、実感をもつて、この詩を読まずにはをれなかつた。萩原朔太郎賞の選考会のときに、他の選者とは違ふ態度で、この詩集を評価したのは、あるいは同世代人といふこともあつたらう。辻井さんは一九二七年生で、わたしより一年年長の人だつたのだ。

　わたしは、この機会に改めて現代詩文庫の『辻井喬詩集』『続・辻井喬詩集』を読みながら思ふのは、わたし自身『群青、わが黙示』のやうな、大テーマの長編詩の方に気をとられてしまつて、『たとえて雪月花』の中にあるやうな、短い、自然界を暗喩の対象にして作られた詩を忘れ勝ちだつたのではないかといふことだ。

　詩人は、さまざまな動機によつて詩を作る。その詩は、多様でありつつ、一人の詩人そのものでもある。そのことは、自分自身のこととしては知つてゐても、他者に対しては、つい偏見を持つてしまふのだ。『たとえて雪月花』といふ詩集から「梅の花」を読んでみようか。

花に満ちているのは
厳しい冬を歩いていった先の
春への憧れではなく
耐えることのなかにある冷たさ
そこで咲く暗い眼差しであったか

たしかにこれは、単なる自然詩ではない。短歌でいふ自然詠の直叙ではない。咲いてゐる梅の花の中に満ちてゐる「耐えることのなかにある冷たさ」とか「暗い眼差し」を見てゐる。

目は冴え
凍った平原を渉ってきた風が
柊《ひいらぎ》の垣根や古い家の廂《ひさし》に迷って
遠い時代からの便りのように
ためらいがちに語りかける

ここまでは作者は梅の花になつてゐる。風の音を聞いてゐるのだ。そして、

季節が変っても
戻っては来ない春を予想して
梅は咲く
たしかな輪郭のはなびらをつけて

と詩は続く。厳しい冬のあとに来るあたたかい春など、かたときも夢想することのない梅の花。
だから、やがて「しずけさのなかに散ってゆくのは／言葉のない声／傷ついた心だけが残って」

と唱ひ継がれる。

むろん、わたしたちは、辻井喬の自伝風の小説や詩や、他人によってまとめられた、実業家堤なにがしの仕事と、辻井喬の詩との綜合を、これらの詩の底に置きたがる。しかしながら、今は、この詩の終節、つまり、

寒気は平凡な配所へと滑り落ち
あかるい月に照し出されている
節くれだった枝は
いきどおりを凝固させて
旋律はまだ生れそうにもない

の、未生の「旋律」をきかうとし、『死について』の向かうにも、作者の「いきどおり」を読みとるべきではないのだらうか。

Ⅳ　詩歌句の未来

『言葉からの触手』に触れながら考えたこと

『言葉からの触手』という本を久しぶりに取り出して来て見ている。一九八九年六月に河出書房新社から出た本である。吉本さんは、この本の「あとがき」で「断片集」と呼んでいる。「断想集」のたぐいは、詩と呼んでもいい外観、内容をもつことがある。この本も、そういった種類の本である。

わたしが思い違いをする。そしてあなたも思い違いをする。わたしやあなたが思い違いをしやすい主題は、その発想の型がどこかで、じぶんと親たちとの関係に源泉をもつものではないだろうか。べつの言い方をすれば、どこかでじぶんの親たちの関係を想いおこすことを強いられるような主題では、ひとは誰でもしばしば思い違いをやるにちがいないとおもえる。

（5　思い違い　二極化　逃避

この本は、『吉本隆明全詩集』（二〇〇三年、思潮社）でも、原本と同じように一行三十二字組みになっているから、ほぼ印象は等しい。ただ、わたしにとっては単行本の『言葉からの触手』の方が、今でも、本が触発してくるものの豊かさにおいてすぐれている。

二〇〇一年の夏、わたしは、NHK学園の短歌講座の受講生たち三十数名と共に、南フランスに出かけた。旅のあいだに、受講生たちの作る歌をみてやったり歌会を開いたりするがあとはふつうのツアーである。わたしは旅中の読書用に、カエサルの『ガリア戦記』（近山金次訳、岩波文庫）と共に、吉本さんの『言葉からの触手』をもって行った。これは、ちょうど、思潮社から『吉本隆明をよむ日』（二〇〇二年二月刊）を出すことになっていたので、その「あとがき」に代えて、書き下ろしの吉本隆明論を書こうとしていたのである。そのテーマを『言葉からの触手』読後感としようと思っていたのである。

だからこの本には、いっぱい、旅中の書き込みが入っている。今引用した「(5　思い違い　二極化　逃避」の欄外には「シャルトルからの帰り。信仰とはなんだろうか」とか「吉本氏の親たちとの関係は？」とか鉛筆で書いてある。南フランスの旅の帰りにパリへ寄ってシャルトル大聖堂へ行った日の書き込みなのだろう。

「わたしたちは胎内で羊水のなかに浮かんでいるような状態を、ほんとは理想としてさがしているのだ」とか「この世界を羊水のなかにあるかのように思考するのが、いちばん本来的なのだと無意識におもっている」といった吉本さんの断想に打たれて、全く関係なさそうな斎藤茂吉の歌がメモしてある。

松かぜのつたふる音《おと》を聞きしかどその源《みなもと》はいづこなるべき　「小園」一九四五年

あたりを想い出したものとみえる。羊水の上をふきわたっていく松風の音なのだろうか。吉本さんの思想本とは違って、『言葉からの触手』はなにかを教えてくれる本ではない。豊かに、ひとりだけの連想をさそう本である。外国旅行にもっていくには、ふさわしい本といえる。

もう一つの例を挙げてみようか。

かつて共感呪術のはじめには、狩猟や穀物の収穫の模倣行為を予行すると、じっさい狩りや穫りいれの増収をもたらすと信じられていた。そして信じられたことはその通り実現された（じつは実現されなかったときのことは忘れられ、実現されたときのことだけがことさら大きな記憶になったのかもしれない）。

（13　映像　現実　遊び

この一節から刺激をうけて、わたしは「収穫の模倣としての闘牛なんて考えてもみなかった」とメモしている。それは、わたしたちの旅行団が、アルルの街区を抜けて遺跡闘牛場へとのぼって行ったときのことと関わりがある。

わたしは『吉本隆明をよむ日』の書き下ろし部分に次のように書いている。

> 石造の回廊が、幾重にも高く積み重ねられ、その観客席からは、中央の広場を見下すことができる。(…)かつても、そして、現代の祭礼の日にも、ここでは、牛と闘牛士との戦いが、一つの擬似的な狩猟として行われたのだろう。『共感呪術』ということばが、また、浮かんで来る。闘牛士による儀礼の成功は、今年の秋の狩猟の豊饒を予祝し予望させるものだ、という風に。

わたしは、さらに、「旅行も『模倣行為』かもしれない」と欄外にメモしていた。「昔あったかも知れない『旅行』、『サガ』に出てくるようなヴァイキングたちの旅行。あるいは『ガリア戦記』に語られたカエサルの旅」。その模倣行為としてわたしたちは今南仏を歩いている。パリ郊外を歩いている、などと考えてしまうのだ。

闘牛場の遺跡の一番高いところにのぼるとロアール川がみえた。『ガリア戦記』に出てくるロダヌス河だと思ったりしたのは、余計に、摸倣行為としての旅行という、吉本さんからもらった考えが、おもしろくまた現実味を帯びていたのだろう。

十六章にわかれている『言葉からの触手』は、吉本さんの詩の大方がそうであるように、人にある考えを強いるといったものではない。

この本は、「私の思い違い」をのべながら「あなたの思い違い」に、やさしくしかし正確に触れてくる言葉のあつまりである。

吉本さんから「あなた」と呼びかけられ続けであるからくり返して読みたくなるのであろう。

わたしは、また機会を得て、読み込むことのなかった、他の章を読んでみたいと思うのである。

郁乎の全体像が知りたい

五十年ほど昔の『球體感覺』で、

七月のぴあにっしもの沙こぼれ
晝顏の見えるひるすぎぽるとがる
瀧へゆく最初《はじめ》の水の日月や

に感服し刺戟をうけた一人の歌人が、やがて詩集『荒れるや』あたりから、郁乎はどこか別の天体へ移住してしまつたやうに思つてゐた。

　いま読み直してみると、詩句のあちらこちらに句がひそんでゐるといふか、実は詩の材料は句でできてゐるのがわかる。

牧師の午前中は／使い半分の坂のある方へ／オー・マイ・ラマで出かけたっきり／どこかに樽でもあるんだろう／けつあたまの／途中の暮れ方だ／猫舌や鬼門やヘヤピンがついてきて／五目ならべの実存を叩く／いつ覗いてもわれわれは来なくて／三日月印の蒙古族がしゃがんでいる

これは『荒れるや』の中にある「途中考」といふ詩の、頭のところを写したのだが、いはゆるイクヤーノフの句業と詩業は近接してゐたのである。

『球體感覺』の出版記念会があつた日、昭和三十四年、つまり六〇年安保の前年のことだが、塚本邦雄と寺山修司、それにわたしのいはゆる前衛短歌三人男が揃つてお祝ひに行つたことがある。前衛短歌といふ名称のもとに毒きのこ、踏みつぶせと歌壇がやつきになつてたころで、たまたま上京して来た塚本さんと二人で早稲田の寺山氏の下宿を訪ねて、塚本さん持参のシャンソンのレコードなんかきいた、そのあとのことだつたやうにも思ふ。つまり、歌壇の憎まれつ子が、これから俳壇の鼻つまみになるかも知れない、前衛俳句の高柳重信の仲間の、加藤郁乎をお祝ひするべく出向いたといふことだつたのだろう。三人が会場に入つて行つたとき郁乎の目がぎらりと光つたのを覚えてゐる。

そんな一幕のあつたこともあつて、わたしは、『終末領』に始まる、詩人時代の郁乎を読み損なつてゐたのに気付いた。

現代詩文庫の『加藤郁乎詩集』に、作品論・詩人論を書いてゐるのは、種村季弘、西脇順三郎、吉田一穂、稲垣足穂、吉岡實、土方巽、鷲巣繁男、澁澤龍彦、志摩聰、窪田般彌、鍵谷幸信、松山俊太郎、中井英夫、池田満寿夫、白石かずこ、嵐山光三郎、芝山幹郎といふ顔ぶれで、六〇年代七〇年代の輝かしい顔ぶれだ。そして、この中では、窪田般彌が、郁乎の父、加藤紫舟（早大教授、芭蕉や蕪村の研究者）といふ俳人との比較論を試みてはゐる。しかし、郁乎の全集とか著作集は、綜合的な見地から編まれたといふことを聞かないのである。

たとへば、摂津幸彦や田中裕明を比較の対象にえらんでみる。裕明を前衛系に位置づけるのは疑問にしても、この二人は全句集も出て、その仲間や後進たちが、何冊も研究書を出してゐる。加藤郁乎伝といつたものが、こまかな批評文や作品研究と共に、積まれていくことは、わたしなど痛切に欲する一人だが、どうなのだろう。

わたしは、『江戸櫻』あたりの郁乎の句が嫌ひではない。

本物は世に出たがらず寒の鰤
横丁に碩學隠れ墨とんぼ
まれびとは無冠の詩人桃花村
春障子句をよくするは隠れけり
流行はどうでもよけれ古すだれ

持論などいかゞなものか春の夢

これらが、微苦笑と共によまれてゐるならばいいだらう。どうもわたしには世にすねた碩学の、ひそかな憤りのやうにきこえる。

親友の飯島耕一が何かの大きな賞を受賞したとき郁乎と二人で会場のすみにゐるのを見て、遠くからうなずき合つたのが、郁乎をみた最後の機会であつた。

郁乎の全仕事は、こまかに、その伝記を含めて、今、見直される時が来てゐると思ふのだが、特に若い世代の人たち、どう思ふかな。

町田康・耳のリアリズム

『土間の四十八滝』（二〇〇四年、ハルキ文庫版、角川春樹事務所）の解説を書いたときには、「古池や　刹那的だな　水の音、が」とか「惨たる鶴や」とか「女を八尾に捨てた反逆」とかいった、おもしろい詩に惹かれていた。しかし、今読み返してみると、多面的であり、社会性もつよいこの詩集が、二つや三つの作品で語りつくせるわけもない。
「腸のクリスマス」という詩は、町田康にしては、修辞的にもおだやかだし、物語もわかり易いのだが、読みながら心にしみた。

さいれないほおりないってないないないづくし
ただひとつの音符でジングルベルジングルベル鈴が鳴ると歌ってその後
無闇に甲高い声で
年中貧乏

と叫ぶ
ネンジュービンボ
そんな寂しいクリスマスの夜

この詩の始まりの七行だ。「きよしこの夜」を「ないないづくし」ともじって「ジングルベル」はすなおにそのままとしている。「ずんべらぼになてずんずん／ずんべらぼになてずんずん／ずんべらぼになてもてずべらかずんずんずん」（「オレの場合はこんなケース」）といった、いわゆる町田節の特質は「腸のクリスマス」には繁用されていない。その代わりに「貧しいカップルたち」のクリスマスと「大きなビルの最上階で」「四合で二十八万円くらいする葡萄酒を飲んでいる」「別のカップルたち」とを対比させて画いている。そして最後は「目の前に奇怪な塔」が立つのである。その塔へと吸い込まれていく大群衆。「やがて耳を聾せんばかりの大音響、四分の二拍子で、じんぐるべるじんぐるべるじんぐるべるじんぐるべる、うわあ、喧しい、と思わず叫ぶと、ぼん、という音がして、地面がゆらゆらしたかと思ったら、塔は真ん中から、ぽっきりふたつに折れて、空から肉や腸が降ってきて、顔にぺちゃ、うわあ、気色悪う、と思ったけれども、面白いからとりあえず塔の方へ駆け出した瞬間、ぐわん、と頭に打撃、倒れる瞬間にチラと見たのは、さっきの親子連れの母親。唇に海苔が付いていて実に不細工な。」と詩はしめくくられる。

世には聴覚型の人間と視覚型のそれとがいるというが、町田康のは、あきらかに聴覚型の人の詩で、オノマトペ（音喩）が多用されて、それが効果的な、耳のリアリズムなのである。『土間の四十八滝』が、萩原朔太郎賞をえて登場したとき、戦後詩のハイ・ヴァースに対抗するライト・ヴァースの出現を感じたのは、直感的にはまちがっていなかったとわたしは思っている。

近刊の『常識の路上』（エッセイ集）の中に「岡井隆の短歌」という一章がある。町田氏はわたしとの出逢い――それは一九九七年十一月二日のことで、武蔵大学の白雉祭（文化祭）でのことだった――に始まる、氏とわたしの交遊をのべておられる。

わたしは、このすぐれた文人の文業を、そのあと次々に読むことになったのだが、あの白雉祭で、わたしがわたしの詩集『天河庭園集』（新編）の中の「〈時〉の狭間にて――亡き岸上大作の記念に」を朗読し、それを聴いた町田氏が強く支持してくれたことから、翌一九九八年から、約十年間、短歌朗読の今を、立川の朝日カルチャーセンターで定期的に聞くことになったりした。つまり、町田康とのかかわりは、単にその詩を読むということだけでない。それでいて今度、読み返してみたら『土間の四十八滝』にせよ『供花』にせよ、ちゃんと読めていなかったのではないかという、口惜しさばかりが湧いてくるのだった。

対談　31文字の扉――詩歌句の未来を語る

岡井隆×平田俊子

俳句や詩を通して、短歌というものを改めて見てみようという連載対談。第二回は、岡井隆さんと詩人の平田俊子さん。『短歌』一月号の連載「詩の点滅」でも、平田さんの最新詩集『戯れ言の自由』（思潮社）について綴っておられた岡井さん。対談は意外な話題から始まりました。

本音で話せない

岡井　最近誰かと本音で話すということが少なくなってきているんです。ぽろっと漏らしてしまうミステイクを除けば一生懸命に頭の中でこれは言っていいか、よくないか考えて話してます。

今度のあなたの新しい詩集『戯れ言の自由』の最後の方に、友人の詩人・伊藤比呂美さんのことを書いた「伊藤」という詩がありますよね。もう一つ、『平田俊子詩集』（思潮社）の方は伊藤比呂美さんが書いた「平田」という文章が載っています。両方合わせて読むと、お互いに相手のことを、私生活にさえ踏み込んで実に率直に書いています。「伊藤」という詩は、僕は傑作だと思いますけれど、ああいう風にあそこまで踏み込んでいっても相手も驚かないし、むしろあれだってまだ言っていないこともあるかもしれない。

もし僕がああいうことを書くとすれば、もう死んじゃった連中、前衛短歌を色々やっていた時の塚本邦雄さんとか、寺山修司さんとか、あるいは同年輩の玉城徹さんとかかな。そういう人たちのことならば、ある状況下で何か言えたかもしれないし、公表できたかもしれない。

平田　気の置けない、自由に物を言い合える同年代の方々はもう亡くなられたのですね。

岡井　そう。それに僕が平田さんと違うのは、年齢、短歌界で占めている位置とか色々ありますけれど、「岡井がこういうことを言った」といったことがすぐに、最近はツイッターとか色々とそういうもので広がっていくんですよね。

平田　ツイッターは広がるのが早いようですね。

岡井　ええ。僕自身はネット系は全然使ってないしわからないわけだけど、「岡井さんこういうこと言ってたんですかー、ツイッターで見ました」なんて聞かされていくうちに、本音の話が段々消えていってしまう。話す方もつまらないし、読む方もさぞかしつまらないだろうと。僕は今「未来」という結社で編集発行人をつとめていますけれど、編集会議でも、十年前まではここは何でも好きなことを言って良い場だと思っていたんです。でも今話すのは二十年以上若い人、時に四十年以上若い人だったりするわけで。相手の顔を見てこの人にこれを言って良いかなんてことをよく考えて話しています。

平田　それだけ岡井さんの言葉が注目されているということなのでしょうが、用心深くなってしまいますね。

岡井　でも、よく考えてみたら社会的人間として生きている以上当たり前のことで、あるいはこれが本当なのかもしれません。昔みたいに、めちゃくちゃ相手を罵倒したり、ああいうのが不思議な世界で、文学だけに許されていた世界なのかな。四、五人だけで喋っていて言いたい放題言う、僕も言うし相手も言う。記録になんて残っていません。誰も、そのあとで「岡井さんがこんなことを言っていた」なんて公表する人もいなかった。編集会議の後で、飲みに行くと、一次会より二次会、二次会より三次会になって本音が出てくる。

平田　三次会でようやく面白くなるんですね（笑）。以前は同世代の人たちと本音でぶつかり合ってやりとりできたのですね。

岡井　そうです。その代わり、記録には残っていません。

平田　面白い話がその場で生まれて、その場で消えていった。

岡井　三次会での本音の話には、文学そのもの、短歌そのもの、評論その他を左右するだけの力なんて全くなかった。それだから自由だったんです。でも、どんどん責任が重くなって一言二言の言葉が、社会的に影響を及ぼしてしまう。喋ってはならないという状況になる。

平田　インターネットで、誰かの発言が瞬く間に世界中に発信されてしまう。本人が言ったのとは違うニュアンスで発信されてしまうこともよくあるから怖いです。
以前は、物書きなんて、何言ったって許される、あるいは無視される立場だった気がしますが、今は監視の対象になっているような感じがあります。物書きに限ったことではなく、みんな互いに監視しあっているような。
岡井さんは歌壇の重鎮ですから、ご本人は軽い気持ちで誰かを揶揄したり批判したりして小石を投げたつもりでも、若い世代にとっては、岩だったというようなこともあるんじゃないですか。

岡井　そう思います。それをこちらもわかるからね。

平田　岡井さんの影響力が、若い頃とは違っておられるのでしょう。

言葉と戯れる、言葉を自由にする

岡井　繰り返しになるけれど、あなたの最新の詩集『戯れ言の自由』というのはとても面白かった。そしてかなり危険な本であるとも感じています。
日本語独特の同音異義というのか、それをいろんな形で生かしてらっしゃいますね。例えば、「まだか」という作品があるけれど、「まだか」の「か」はブーんと飛んでいる「蚊」でもあって「まだ蚊」ともなるんですよね。それがいろいろな形で、ずっと「言葉遊び」、いかにも「戯れ言」を言いながら、最終的に実はすごく真剣な話を言っておられる。昔は、社会派の人間だったら言葉遊びをしないで戦争をテーマに怖い話をしたんだけれど、この詩は、前の方の戯れ言のお話から、「カダルカナル」というところに持っていく。しかも高村光太郎の話で終ります。結論なんてないんです。わざわざ「戯れ言」という表題をつけていらっしゃる。

　今、フランスでテロが起きてるとか、外国からどんどん人がやってきて、爆買いなんてやっている人たちがいます。そういう方たちに対しての嫌悪感を持つとか批判を持つとか、そういう形の歌を作ると社会詠になりますけれど、若い人が同時多発テロをどう思っているかなんて歌わなくても、毎日の日々の報道をこういう「戯れ言」混じりに歌う方が詩歌の元々の性質に合っているのかなあと思ったりします。

平田　現代詩は言葉の意味性が重視されがちですが、私はもう少し言葉と遊びたい、言葉で遊びたいという思いがあります。真面目に向き合うだけじゃなくて、戯れたい。元々、笑いが好きということもありますが、詩に笑いの要素を含ませたい。日本の詩人はみんな真面目なので、そういう詩は軽く見られるんですが。

岡井　日本人って、アイロニーとか言うのが下手ですよね。

平田　私なんて馬鹿にされ続けてきましたけど、観念とか、言葉の意味性に縛られている詩人の作品を読んで面白いかというとそうは思えない。

岡井　僕も思えません。

平田　言葉が自由に呼吸しているというか、言葉や発想の自由さを活かした詩を書きたいとずっと思っています。大きな事件や事故が起きた時も、ストレートに反応するのではなく、自分の中に一旦沈めて、時間が経ったあとで緩やかな形で作品に活かす。活かすというと語弊がありますが、世の中の出来事を、それとわかる形で詩の中心に据えたくないんです。今の時代に生きている自分を全面的に打ち出すのではなく、どこかで意識して書くくらいの方が自由度の高い詩ができるんじゃないかなと思うのです。

岡井　そうですね。僕の詩集『注解する者』（思潮社）は、森鷗外のことから始まって、宮内庁あるいは天皇制に関する問題までわりと正面から書きました。ただ僕は、昔から意味より韻律の方を大事にしてきているんですね。詩でいうとソネット、定型的なものが余分な要素を削いでくれるそういう風に考えてきました。

　アイロニーとか笑いとかは、僕は元々苦手でしたが、この頃は若い人は僕らの方は気にしてないらしいし、そうなると何やってもいいや、という気持ちになってきて、口語的な発想が出てきます。話し言葉ですね。話し言葉でやっていると、自然に笑いの要素とかアイロニーの要素が少しずつ出てくるなあと自分で実験的にやってみて悟ったというのがあります。

　今回提出した「雪」の三首なんかもそうですけれど、言葉の意味的な内容でいけば、無意味に近いのです。でも、無意味でも良いじゃないか、読んでいるうちにふわふわと良い気持ちになって、それで良いんじゃないかなと思えてきました。

平田　ずいぶん変わって来られましたね。

岡井　だいぶ変わりましたね。しかし平田さんのこの同音異義など『戯れ言の自由』でおやりになっているような事は、短歌ではできません。一首一首が完結しているところに面白さがあるものですから、連作ではやればできるんだろうけれど、一首の中では使いにくいなあという感じはします。

詩人が見る短歌の「連作」

平田　歌人はよく連作をなさいますが、詩を書く人間からすると不思議なんです。一首一首に力がこもっているのが理想なのでしょうが、すべての歌に百パーセント力をこめるのは難しいのではと思います。そうすると例えば十首の中でも重いものや軽やかなものというように、強弱をつけたりするのでしょうか。力の配分というか、皆さんどういうことを考えながら連作をなさるのでしょうか。

岡井　僕は、長い間作り続けてきた癖みたいなものがあって。例えば二十首作れと言われると、最初の五首は出だしですね。漢詩で言うと、起承転結の起にあたっています。次の五首でそれを受けて、次の五首、十五首目は変奏、全然別の話を出し、最後の五首でまとめる。っていう風に意識しなくてもなっている場合が多いのかなと思いますけれど。
　連作というのは、正岡子規、伊藤左千夫以来色々議論あるんですけれど、近世までの一首完結という和歌に対抗して、西洋からやってきた翻訳詩の影響を色濃く受けて出て来てますね。それからまた明治以降に出てきた近代詩の影響を受けています。

平田　翻訳された西洋の詩が短歌にも影響を及ぼしたということですか。

岡井　僕はそう思っています。それに対抗する意識があったと思うんです。

平田　面白いですね。短歌は、翻訳詩や近代詩とは無関係かと思っていました。
　先にあげていただいた蚊の詩は、「か」「いざ蚊枕」「まだか」と、三部作になっているのですが、最初に「か」を書いて一旦すっきりしたんです。ところが少し時間が経つともう少し言いたいことがあるような気がして、二作目の「いざ蚊枕」を書きました。そのあと、うーんもうちょっと何か言いたいぞとなって「まだか」に至りました。自分の内側からの要請で、結果として三部作になったという感じです。でも短歌の連作は、最初から「連作」という意識で作られるんですね。

岡井　そうですね。二十首なんて頼まれると、一つのテーマだけで二十首貫けるかなあと不安があります。
　今回は、「雪」というテーマをもらっているけれど、頭で色々計算するんじゃありません。僕が出会った雪の世界とか、読んだ雪の世界とか。自然に出てくるのに任せます。

平田　一日に二十首も作れるんですか。

岡井　今はできますね。昔はできなかったですけれど。好きなように作っていいわけですから。テーマを少しずつ変えて作ります。例えば一つは家族との生活、一つは皇后陛下の誕生日の日に皇后陛下がピアノを弾かれたことなどを題材にし、宗教関係の人の前で富士山の話をしたことなどを題材にして作ります。

題詠「雪」

岡井　隆

理由《わけ》なんてなくつてもいい　冬草を淡くいろどつて雪よ降りて来《こ》よ
雪のもつ雨と異《こと》なる性格をわたしはふかく愛してはゐる
わたくしの意志を嗤《わら》つて雪はいま強い香《かを》りを踊りつつある

平田俊子

感情を隠して雪は白く降る
沈黙が雪を冷ややかにする

雪より冷たい手の人は
空から降ってきたのだろうか
降りたくて降るとは限らない
雪も　また
人も

雪は時に血の色に染まる
海の色に染まることも

死にたい人と
殺したい人が
無言で雪を眺めている
病んだ人にも
癒えた人にも
同じぐらい雪は無関心

去年の今ごろ

あなたの口からこぼれた雪が
わたしの耳の底に積もっていった
輝く結晶
ころがる六角形
残ってほしい雪ほど消える
灰も骨も残さずに
この冬
雪はどこからも降らない

平田　今回、「雪」というテーマが編集部から与えられました。短歌や俳句では題詠は普通のことですが、詩の場合はそういうことはほとんどなくて、自分の好きに書いていい。テーマを与えられると息苦しくありませんか。何くそと反発したくもなります。でもいつまでも反発していても仕方ないから、受け容れようとする。それもまた苦しい。今回も、「雪」と正面から取り組むのか、それとも自分の書きたいことを書いてそこにさりげなく雪を入れるのか、悩みながら書きました。

岡井　平田さんの作品を読んでいますと、雪っていうのを、生きている生物みたいに言ってらっしゃる。雪と人との感情面でのことを言ってらっしゃる。ところが、四章になると「死にたい人と殺したい人」が出てきてそのところから、新しいことが入ってきます。最後は、まとめに行くのかなと思っていましたら、最後は二人称の「あなた」、つまり親しい間柄の人が出てきます。時間も去年になっている。結びではなくて、最後の章で新しいものが提案されていますね。読者の側で、最後にまとめを期待した人は、ひっくり返されています。今回の『戯れ言の自由』でもそうだけれど、最後になって「そうですよね、平田さん」っていう風にはならないんですよね。

平田　安定した着地は避けたいという意識が働きました。岡井さんは、今回の三首はいつお作りなったのですか？

岡井　この歌は、二日ほど前に、京都の神楽岡歌会に出した歌から着想を得て、昨晩から今朝にかけて作りました。「理由《わけ》なんてなくつてもいい」は、神楽岡の歌の上の句と同じです。

平田　じゃあこれはその使い回しなんですか？

岡井　そういうことですね。

平田　これからは、使い回し短歌でいきますか（笑）。「理由《わけ》なんてなくつてもいい」は、全ての短歌に使えそうですね。これを上の句にして連作二十首いけるんじゃないですか。私も今度借りようかな。

岡井　短歌には本歌取りというのがあって。この歌は二日前の歌の本歌取り。で、自分の作品からの本歌取りでもいいじゃないですか。これは、平田さんの「戯れ言」効果かもしれませんよ。

平田　二首目、雪とはどういうものかを追求するのではなく、「雨と異なる性格」を持つもの＝雪という緩やかな捉え方をしている。そしてそういう雪を愛している「わたし」。「わたし」は実は雪と雨のどちらも深く愛していて、その間で苦悩しているような気配もあります。雨と雪、どちらも女性のような。

　三首目の「強い香りを踊りつつある」という表現が面白いですね。雪が香るというイメージはあまりないですし。

岡井　そうです。そうです（嬉しそうに）。

平田　香りが「踊る」という動詞を持ってきたことも、意外性があって新鮮な感じがします。これはご自身で「やった」というのがありますか？

岡井　これ誰かの真似です。

平田　ええ？　誰の真似ですか。

岡井　リルケの真似。リルケに「オレンジを踊れ」っていうのがありますよね。オレンジを踊るのも、雪を踊るもそんなに変わらないですよね。

平田　そんなにあっさり真似しちゃっていいんですか（笑）。じゃあこれ、雪をオレンジと取り替えてもいいということですか。違和感はないのですか。自分にとっての必然性とか、そういうのは？

岡井　もう言葉の方が大事で、自分の方の主張は、あまり考えていないです。自分の考えなんて理屈に過ぎないなあと思います。膨大な世界中の言語から持ってきているわけですから。世界中の言語の海の広さを考えたら自分の積み上げてきたものの小ささが分かっているわけですから。

何をやってもいいとは思っていますが、韻律を持たないと駄目だとは思っていますよ。それは長い間歌をやってきましたから、しようとすればできるわけです。

平田　ということは、（二首目の）「わたし」（三首目の）「わたくし」も、自分を強く主張したい「わたし」「わたくし」ではなく、とある人物という程度の軽やかな一人称ですか。両方使っておられるのは、単に音数の問題ですか。

岡井　そうですね。

平田　詩の場合は一人称の「わたし」は使っても、「わたくし」はまず使わないんです。使うときは、はっきりとした意図があります。短歌はその点自由なんですね。

岡井　そうです。

平田　二首目の「わたしはふかく愛してはゐる」は、「わたしはふかく愛してゐる」だと意味が違ってきますよね。「は」がくせ者というか、「は」を入れることで作者の複雑な心情が窺える気がするのですが、ここは、音数の問題ではなく、意味の問題ということになりますか。

岡井　そうですね。

平田　二十首を一日で作られるということは、三首を作られた所要時間は、三十分くらいですか。

岡井　そうですね。ほとんど瞬間的にできる筈です。詩の場合は一種の散文性を持っていますから、そう簡単にはできないですよね。詩というのは、あまりロジカルではなくていいのですか。

平田　自分なりのロジックみたいなものはあると思いますが、私の場合、意識せずに書いてます。今回私は苦しかった。テーマと文字数が決められていたので。きのう一応書き上げましたが、まだ生の形です。本当はまだお見せしたくないぐらいです。「戯れ言」になっていませんね。

編集部　「戯れ言」が来るのかな、とちょっと期待していました。

平田　テーマや文字数という縛りがあると、なかなか「戯れ言」にしにくいです。真面目な詩を真正面から書いてしまいました。

その年々で変わる作品

平田　岡井さんの「理由《わけ》なんてなくつてもいい」に戻りますが、以前の岡井さんはこんな風には絶対詠まなかったと思うんです。こういう言葉が出てくるということは、何十年も短歌を詠んで来られて、いろいろなものから自由になられたのでしょうか。

岡井　そうですね。でもそれと同時に、ある種の読者から顰蹙を買うこともありえますよ。今の岡井さんは何やっているんだろうなんて言われることもありえます。

平田　そういう顰蹙に対してどう対応なさるんですか。

岡井　昔は怖かったけれど今ではそうでもなくなってきています。去年、ひょっとすると死ぬかもしれないというような病気をしました。そんなことを経験しますと、人間自分だけで完結しようという気持ちになるんでしょうね。

年をとると、一週間先、一ヶ月先、一年先のことを考えられなくなります。「一日一日が大切だ」、本当にそういう気になるんです。今、八十代後半になってそういう思いがしています。

平田　年齢とともに意識も作風も変わっていくものなのでしょうね。画家の描く絵も変わっていきますし。

岡井　そうですね。変えたいというより、自然に変わっていくんでしょうね。

編集部　今日は貴重なお話をありがとうございました。

（平成二十七年十二月、東京・吉祥寺にて）

対談　詩と散文の間

岡井隆×小池昌代（詩人）

岡井　小池さん、ようこそいらっしゃいました。小池さんとはいろいろな機会にご一緒することがございまして、一番最近ですと五月に、横浜の朝日カルチャーセンターでやっております短歌の朗読会というのに、ゲストで小池さんに来ていただいています。

今日はまず小池さんに詩を読んでいただきます。小池さんの詩ってどういう詩なのか、ご存じない方もいらっしゃると思うんですよね。ドキッとする詩が多いんです。小池さんは肉体というか、肉体といってもいやらしくないんだけどね。このあいだも、どこかで青いトイレットペーパーを買い求められて、お尻を拭くときの感覚について書いてあって驚いちゃってね（笑）。それは我々毎日やっているわけでしょ、だけど書かないです普通。それを歌に作る人は今まで見たことがない。偽悪的な人は別だけど。小池さんのは全然偽悪性はない。ごく自然な我々の日常的行為を書いても、それがしみじみした感じで読める。まず、最初は、「湯屋」がいいかな。

小池　そうですか。じゃあ、「湯屋」を読んでみます。

湯屋

大黒屋のしまい湯は静かだ
はだかになっても汚れのとれない
しんから疲れた老女が
がらがら　と
戸を開けて入ってくる
締め方のゆるいシャワーの蛇口から
水がしたたる音がして
冷たい夜気がすあしのままで
高い天窓からそっとすべり込む
水がゆれている
湯がふちからあふれている
わたしは
何も判断しない

丸太のようなこころになって
ひとのからだをみる
はだかの背や腰、尻のあたりや
それぞれの局部
流れる水もみた
抜けた髪の毛
女のからだのたくさんのくぼみ
そこへ水がたまり
滑り落ちていくのを
何年もいくどもみているような気がする
男湯と女湯をへだてる壁も見た
そして
その壁を
だれひとり
けもののように
乗り越えていかない
乗り越えてこないのを

不思議な気持ちで
ゆっくりたしかめた

岡井　ありがとうございました。あなたは東京の下町のお生まれですか。

小池　はい。

岡井　ある齢まではお風呂屋さんへいらっしゃった？

小池　私の年代だと、三十四年生まれなんですけど、お風呂はだいたいの家庭にあったんです。趣味といったらあれですけど、趣味で行ったり……好きで行ったり、お風呂場がこわれちゃって工事中の時に行ったり、そんな感じでしたね。

岡井　あれでなきゃいやだという趣味の方がいらっしゃるんです。それで午前中から行くんだ。

小池　そうですね。一番湯に。

岡井　自分の家にお風呂場ができるということが、何かステータスがあがったような気持ちになった時代がある。今やユニットバスですよねほとんど。

小池　そうですね。

岡井　この「湯屋」というのは実に具体的に書いてらっしゃいますけど、体験的なものを超えたところのものがあります。

小池　読んでて思い出したんですけど、ひとつには壁というので、ベルリンの壁がおそらくなくなったことなんかも、あったような気がします。

岡井　１９８９年。

小池　壁を乗り越えて行くイメージがあったような気がします。

岡井　そうか。この乗り越えていくのはベルリンの壁か。

小池　ちょっと重なっていたはずです。今岡井さんがいろいろおっしゃって下さったので思い出したんですけど、お風呂屋さんというのは、私達の年代では普通内風呂で、個人的に自分の体をきれいにする、個室で。というのが普通になっているんだけれども、集団で広い空間で皆の体を見ながら洗うというのが、時代をさかのぼれば江戸よりもっと前からあったのかもしれないですが、そういう感覚、集団的な無意識というんでしょうか、時をこえて脈々と地下を流れているような記憶というのが、お風呂屋さんとかそういう所に行くと、刺激されるんですよね。そういうところに行くと何か懐かしいような、もう知ってたような、不思議な感覚にとらわれる。詩を書く者に限らず、普通の人であってもそういう無意識にふれるというのはあると思うんですね。そういうのが生活の中には不思議なところに穴を空けてて、そういう空間に自分はすごく興味があるような気がいたします。

岡井　特にこの中で面白いと思うのは、まん中へんのところで、他人の体を見ないふりして見るんだな。見ないふりして見るのが楽しみで行く人も大勢いらっしゃる。

小池　そうなんですよ。同性同士で入りますけど、同性の体というのは見る機会が本当になくて、非常に興味があります。おばあさんの体がどういうものであるのか、それは、美醜を超えたすごく面白い人間の肉体のかたちとして、非常に興味がありますね。子供からおばあさんまで。

岡井　もう一つ詩を読んでいただいて、少し難しい話に入っていきたいと思います。「吉田」というのを読んでいただけますか。

小池　「吉田」

すっかりぼけてしまうと、祖母の眉間の縦皺が消えた。

可愛い顔だ。風船みたいにどこかへ飛んでいってしまいそうなこころもとない可愛さである。

息子のことを「先生」と呼ぶ。先生は祖母の初恋の人である。自分は「吉田」という女生徒になっている。吉田というのが母の旧姓だ。


風の吹く校庭であたしは待っていた……

昼の時間だった……

先生が来て言う
「吉田、昼は食べたか。」

「吉田、昼は食べたか。」

あたしは何も食べていなかったけれど……
そういう時はきまって言った……
「はい、もう食べました」
「とっくに、食べました」

祖母は昼を食べられなかったりゆうを話さなかった。ポイントはそんなところにない、という感じ。うれしそうにはずかしそうに何度も話しました。うそをつかざるを得なかった事情を忘れ、うそをついたなまめかしさだけを覚えているとは。湯気がのぼるような幸せな最後である。

(旧姓はとおくに捨ててきた光る切符だ)

風の吹く校庭で
吉田さん、
うそついたでしょう!

たんすのなかから、祖母の固いうんちがころがりでてきました。そんなときも、祖母はにこにこしているだけです。おばあちゃん！　と呼んでもふりかえりもしません。

「吉田！」

とつよく呼ぶ声だけが祖母の頭のなかに反響しています。

岡井　ありがとうございました。非常に面白い。つまりおばあちゃんが自分の旧姓吉田だと思っているところが面白いんだけど、特にタンスの中からおばあちゃんのかたいうんちが転がり出て、というところあたりが何ともいえない。毎日吉田ばあちゃんとつきあわなきゃならない人間になった時に、どういう生活が展開されるのか。修羅場ですよね。そういったものを全部昇華した上で、こういう詩が書かれていると思うんですが。さて、小池昌代という皆さんの目の前にいらっしゃる人が、大黒屋という風呂屋に毎日行ってたんだというふうに考えると、作者イコール作中主人公なんでありますが、いったいそれはそれでいいのか。小説の場合はそこのところでフィクションがいろいろある。発話主体といういいかたがあって、「大黒屋のしまい湯はしずかだ」といっている、目に見えない、架空の、話をする主体がいるというふうに考える。発話主体がイコール作者小池昌代という人であるのかどうか。さっきの「吉田」もそうです。発信人があって受け手があるという単純な話では詩の場合はないのでないか。短歌というのはほとんどうたがいなく、作者イコール作中人物と思われています。これは作家の秘密でもあるからなかなかいいにくい場面もあろうかと思いますが、今度刊行の短編小説集も含めてですけど、どういう間のとり方をしてらっしゃるのですか。

小池　『感光生活』という短編集も最初エッセイをといわれて書き始めたものだったので。

岡井　そうですよね。僕もエッセイとして読んでた。

小池　ですから、全部主語も私で。

岡井　小池という人が出てきます。

小池　そうなんです。こいけまさよというふうに他の人から私は呼ばれていて、ひらがなでひらいているんで、同じ音ではあるんですけど。詩でも散文でも、物を書くというのは不思議なことで、どういうふうに私だと思って書いてもそこに必ず虚構が入り込んできて、小池昌代という実名を私が名乗っていても、そこは不思議なことに私とややずれた私がいるような気がするんですね。

岡井　ずれというのは、自然にずれちゃう？　わざとずらす？

小池　わざとではないですね。不思議なんですけど、自分を見ているもう一人の自分、上から自分を見下ろす視線、詩を作っているときでも、散文を書いている場合でもそういう視線がないと作れない。皆さんそうだと思うんですけど、自己を対象化するというか、客体化するというんでしょうか。

岡井　それはもちろん美化ではないんだけれど、例えば「湯屋」というような詩を発表なさるでしょ、読者はこれはたぶん小池さんの体験が全くないわけではないだろうというふうに読むだろうということはわかる？

小池　はい、わかります。

岡井　そう読んでもらってもしょうがないと。

小池　どういうふうに読んでもらってもいいとも思って書くんですけど、実際にそういう体験が、詩の中で、私の場合はどこか一カ所には必ずすべりこんでいるんですよね。九十九パーセントフィクションであっても、一パーセントのどこかに自分と地続きの自分というか、自我というのかかすかに残っている。そこの一点で作品と私はつながっているんですけど、他の部分はもう全部作りもの、そういうケースが多いような気がします。

岡井　これは全然話が違うのかもしれないけど、ヨーロッパの読者というのは成熟しているものだから、とんでもない変な主人公が出てきたりしても、まさかイコール作者とは思わないと。日本というのはすごいベタに、作者とつながったり生活とつながって読む読み方が好きというか、一番理解しやすい。そのへんのことは詩の場合どうなんでしょうか。詩と散文の場合、『感光生活』の短編をお書きになったり『木を取る人』をお書きになったりするときと、詩を書かれるときはやはり違いますか。

小池　私は基本的には散文に対するときと、詩に対するときの私の置き方については、それほど変わりはないですね。ただ、話がずれてしまうかもしれませんけど、詩を少し書いてますと、散文というものが持っている圧倒的な量的な感じというか、がっーと言葉が詰まっている、言葉の群れにすごく魅力を感じるときがあるんですよね。短歌はかたちが決まっているわけであの器の中に言葉をむしろ流し込むということになるんでしょうけども、自由詩の場合はどんな形でどんなふうに書いてもいいんですが、今の私は、短い、誰がみてもこれは詩のかたちだというような、行空けの短い小さな詩というのが本当に書けなくなってきた、そして書きたくないという感じがあるんです。

岡井 それは何だろう。完結しない感じ？　詩の量だといい足りないというか。

小池 もしそれで完結できるものであったら、すばらしいことだと思うんですよ、そんな詩が書けたらば。もちろん短歌を読んでても三十一文字で詩的な昂揚感を感じるわけですし、詩でも五、六行でそういう昂揚感を人に与えることができたら、私がそういう詩を読むことができたら、すばらしい幸福なんですけども、実作者としての私はそういう気のきいた小さな詩というものが、書けないし書きたくない、書き足りない。で、散文の方に移行していったというところがあるような気がするんですね。『木を取る人』でもそうなんですが、まず自分の身近なところを題材に書くと、どうしても読むほうは実際にぴったり重ね合わせて読みますよね。これは本当に抜き難くあるもので、自分自身を振り返ってみても。

岡井 そうですよね。自分が読者のときは勝手で、そうやって読んでますよね。

小池 そうなんです。それが不思議でならないんですけれども。

岡井 小説『木を取る人』の場合、例えば夫のお父さんという人が出てきますよね。そうすると小池さんはこういう人がご主人で、お父さんはこういう人だとか、そういうふうに思われても否定するわけにもいきませんよね。

小池　歌なり詩なり散文なり一度でも内側から書く体験を持った方だったら、絶対どこかで思いあたってくださると思うんですけども、どうしたって現実をそのまま、あぶり出しのように正確に写し出すということはできないですよね。

岡井　できない。

小池　例えば私が小説の中で義理の父という像を作ったわけなんですけど、それは実際の義理の父には全く当てはまらない人間ですし、そこに実際の父の映像ですとか、私がかつてみた人の面影ですとか、いろんなものが入りこんで一人の人間ができあがっているわけなんです。イマジネーションというんでしょうか、本当に私の場合まだ乏しい、自発的に活動的に動き出すイマジネーションとは程遠いような気がしているんですけども、そういうふうな人間の創造力なりイマジネーションが、人物なりいろんな風景ひとつでもひとつの机でも、実際にあり得ないものをどんどん描き出していくわけですよね。そういう人間の創造力とかイマジネーションというものに思いをはせれば、現実とこれがぴたっとのりづけされたように一致してるということはあり得ないし、そもそも、それが目的でないということは恐らくわかってくださると思うんです。ただ読者というのはそういうふうに一枚何か虚構の壁をはさんで作品を読むのではなく、もっと肉感的に読みたいという欲望があるんでしょうか。やはり対象とぴったり合わせて読んでしまうんですね。

岡井　ひとつ小池さんに聞いてみたいのは、例えば『感光生活』で、ちょっとおかしい隣人が出てきて、鍋の中に豚肉か何かを煮込んだものを突如として持ってくるんですよね。それで主人公、小池さんかどうか知らない主人公はおたおたするんだけれど、これ、といって「たくさん作っちゃったんであげます」といわれてもらったんだけど、これが僕だったらまあビニールの袋に捨ててゴミに出すんだけど、水曜日かなんかに（笑）。小池さんの主人公はどうしてもその鍋と、そこにギラギラ残っている豚肉の料理が捨てられなくて、お勝手の横っちょへ置いとくんですよね。それが何日も何日もたつという小説なんだよね。薄気味が悪いんだけど。現実体験のかけらみたいなのがあってそこから作るわけでしょ。

小池　はい。

岡井　それをいかに造型するかということですよね。それで僕思ったのは作品によって、適当な長さがあるのかなと。今さっきおっしゃってるようなどうしてもここまで書きたいんだというのと、このへんで打ち切って後は読者にまかせた方が余韻があるのではないかということですよ。

小池　打ち切る。

岡井　打ち切るんですよ。短歌ですと五七五七七でしょ。伝達の器具としてはきわめて不便なものですね。伝達じゃなくて暗示するよりかない。１２３４５なんて番号つけてあとで註もつけてらっしゃる詩もあって。

小池 ああ。

岡井 ああいうのもすごく小池流で、アイデアは面白いなと思うんですけど、あれは何かのパロディですよね。これはちょっと書き過ぎというか、そういう感じはないですか。

小池 もともと過剰にひとつのこと、イメージなり何なりを重ねて追いかけていく癖があるんですね、私自身に。読む人がもういいよというところまで、何度も何度も重ねて追いかけていくへんな癖が自分にあるということにあるとき気がついた。それが過剰だ、しつこいという感じを散文になったときに持たれるかたがいるかもしれないとは思います。兎がひとつのころがっていく玉をどんどん追いかけていくみたいに気のすむところまでやってしまいたいという、そういう欲望というのは詩には向かない欲望なのかもしれないですけど。詩というのはあるところですぱっと終わって、作者も言葉もさっと消えて後をゆだねるといういさぎよさが必要なんじゃないかと思うんですが、近頃私は本当にどんどんどんどん、どこまでもどこまでも書いていくというか、それが楽しくてならないようなところがあるんですね。

岡井 そうすると長編とか。(笑)

小池 短編三十枚とか四十枚、五十枚とかそういうのが書けない、そこを通りこしちゃうんです。不思議なことに詩を書いて一生懸命夢中になってたころは、原稿用紙五枚以上書くというのは本当に恐ろしいことでした。自分にはもう五枚以上の文章は絶対書けないというふうに思ってたんですが、ところが中編小説百四十数枚のもの、あれが初めて書いた小説だったんですけども、きっと皆さんも書いてごらんになるとそうなのかもしれないと思うんですが、十枚二十枚の世界をいきなり飛び越えて、百枚とかそういうところにいっちゃったような感じであって、そういう欲望というのは詩では吸い取れないものだなとわかるんですね。自分でやってて。

岡井　おっしゃることは非常にわかります。僕は今「『赤光』の生誕」という評論を毎回二十枚ぐらいずつ三十回書いて終ったんですけれど、よしもうこれはとことん行くよと、門入ったら向うの門出るところまでもう細かく、全部書いて、読み手の迷惑は考えないで俺は最後まで行こう、と思いました。

小池さんの詩「Penis from Heaven」という詩を僕が読んでみます。

Penis from Heaven

大きく広げた男の股の中心に
女がおずおずと手を触れる
男は大きくて
頭の髪の毛がはげかかっている

女は分裂症
美しい魂の持ち主で

「どうしてここまで男をさけられた？」

と男に尋ねられるような女である
初夜のベッドで、
（ほら、見てみな）
（さわってみな）

そんなことを
ことばには出さないのに
やさしい男が思っていて
自分の一物と女とを
見比べるところ、よかったなあ
映画のはなしだ
あの美しい場面はないと思う

あんなやさしい場面はない
ある日
つらいことがあり
気持ちのふさぐ日
なんということはなく
とても自然なうごきで
私のなかに
あのシーンがよみがえってきたことがあった

(ほら、見てみな)
(さわってみな)
そのとき
女の手がのびるかわりに
私のなかから手がのびて
何かとてもあたたかいものに指が触れた
ほの暗く
どの場所よりも深い、人間の股

その股を
あんなふうに押し広げられる男とは
いったい、どういう人間なのか
映画のなかの
人間の経験は
そのとき
私のなかでよみがえり
おしつぶされた私を
そのまんなかからあたためてくれた
「（自分との）結婚で、（彼女は）なにもかも花開いたと
　思わないか？」

私のなかからそっと伸びた手
そして
あたたかい陰茎に触れた触感のイメージ
これから、恩寵のようなやさしさは
いったいどこからやってきたか

たとえば
春、雪の下からふいにあらわれる
ふてぶてしい、黒土のような
たとえば
沸かしたての、あたらしい湯のような
けれど
どんな比喩も届かない
あれこそは
生の芯

小池さんの詩のすごい大きな魅力の一つは、きわどい話が出てくるんですね。例えば「Penis from Heaven」というのは映画の題名だろうと思うけど初夜のベッドとかいう言葉が出てきます。タンスの中のうんちなんかもそうだと思います。「湯屋」の中に出てくる女の人のくぼみ、何げなくいっているけれど、そうとうな言葉だと思う。それをここまで品よく、いやらしくなくて、読んでても顔が赤くならないようなふうに書いてあって、それでいて最終的には別の話のところへすうっとスライドさせていっているところが面白い。緑色のトイレットペーパーでお尻を拭くときの感覚とか、アメリカ旅行をしてらっしゃるときの詩で、暁に長々とおしっこをしてその尿の音をじっと自分で聞いているのというのが主題であったりするのが、すごく僕はいいと思うんです。あのへんの感覚はちょっといいにくいかもしれないけどどういう感じですか。

小池　そうなんですよね。本当に私はああいうことに恥ずかしいんですけど、興味があるというか。

岡井　つまり恥ずかしがりやだもんだから、かえって興味があるんでしょ。

小池　そうなんでしょうか。皆さんの中にも恐らくあるんではないかと思うんですけど、子供っていうのはうんちとかおしっこ、排尿関係ですとか、ああいう根本的な肉体のもよおす生理的なものに敏感で、面白がりますよね。大人になるに従ってそういう肉体の機微みたいなものがどんどん覆い隠されていく。おそらく歌であれ詩であれ、大きく詩といっていいと思うんですけど、そういうものに大人になってもいつまでもいつまでもダイレクトにどこかでつながってる人っていうのは、そういう人間の恥部といったらいいんでしょうか、本来ならすごく恥ずかしい一点、そういうものとおそらくずっと切り離されずにそこをみつめていられる、みつめてしまう人間というんでしょうか、そういうところがあるような気がするんですね。私にも尽きせぬそういうものへの興味があって、すごく書きたい部分なんです。おそらく私が小学校高学年ぐらいまでおねしょが直らなかったとかそういうようなことがもしかしたら深層心理に働いてて関係してるのかもしれないですけども、下半身の問題というんでしょうか、そういうのが精神に及ぼす影響というのは非常に興味がありますね。

岡井　すごい大きな問題で、二十世紀がフロイトやユングを生んでからはこの問題は実はかなりおおっぴらに思想的な問題になっちゃっています。

私の『伊太利亜』という歌集を面白いといってくださったのでおききしますが、小池さんいかがでしたか。

小池　これはある意味でショックであり、面白かったです。岡井さんが横書きで出されたのは初めてなんですね。

岡井　以前『E／T』の一番最後の十首をやったんですが。

小池　俳句だと高柳重信さん……。

岡井　あれは横組ではありませんが、多行型式。

小池　ええ。『伊太利亜』は、例えば、我は座りぬ、で、一行空いて、われは座りぬ。こういう視覚的な操作のなかに、その我の声がピアニッシモになったり、フォルテになったりして、響いてきたので驚きました。

岡井　いや、自分の声が響くなんて思ってなかったです。

小池　歌集は一首を一行で読む。墓のように立てられたあのかたちで読みなれてます。ほとんどの歌集はそうですよね。『伊太利亜』では、ぱっと本を開いたときに何か、メモの言葉のようにみえるし、言葉の断片が散らばっているようにもみえる、一行として書かれたときの言葉の権力性みたいなものがもし短歌にあるとすれば、そういうものがここではなくなっているような気がしたんですね。横書きというのは、私実は抵抗があって、非常に横書きは書きにくくて、日本語の場合だと縦のほうがさらさらさら書けるというのがあるし、読むときにも何かつっかかるような気がして、これはひとつの偏見だったと思うんですが。「タオルが足元に捨てられたやうに蒼く」ここで息をのんで「ヴェネチア」、ちょっとした空間、行空け、横文字と縦の文字の組み合わせというんですか、縦の短歌の韻律が持っていた、ある権力といったらいい過ぎなんでしょうが、重力というんでしょうか、念じるような力が何か別のものに転化しているような気がしたんです。

岡井　なるほど。

小池　縦のものを横にしただけのことではなく、何がここに起こったのかなと、もうちょっと考えてみたいなと思ったんですが。

岡井　僕も横書きというのはかなりの抵抗があってね。おっしゃっているのは制度ということなのかな、制度的なものを壊してみる。長い間日本で行われて来ている、短冊あるいは屏風なんかにちらし書きするのでも、だいたい縦ですよね。横に書くっていうのはめったにない。いろんな横書きのパターンを一度やってみたいということが、表現的な理由ですね。一首一首の造型が大変。一番困るのは、昨日考えたことと、今日考えたことが変わってくるんですよ。

小池　字の大きさとか。

岡井　字の大きさとか。もう一行空けるかなとか、いろんなことを考えて。これはいろんな選択肢の中のひとつという感じがして、つまり定理がない。だから制度は壊れているといえるんです。

小池　その解放感と新鮮さがあったんです。最後に横書き一行になっていますね。どうしてここで急にまた一行にされたのかとても不思議で。

岡井　あれはあれでいいというかたもまたいるんだね。そこがちょっとおかしいんだけど。今後どうするんですかって、いや今度は縦書きですよというんですけど。

小池　そうですか（笑）、今度は縦書き。

岡井　さっきの長い、短い、散文と詩の問題で、入沢康夫さんの説だけど、詩を書いている人間というのは、事実を誰かに報告伝達するという役割である言葉というものを利用はさせていただいてるけれど、それは別に伝わらなくてもよくて、別のテレパシーみたいなものが働いて書いている。現代詩の難解性についての批判はわかるけれど、自分は詩と詩でないものとの境目ぐらいのところに立って、これ一歩はずれれば詩でなくなるかもしれないという恐いところで書く。意味内容が伝わるということではなく、もっと別のものが伝わるということが大事で詩を書いているんであって、すぐに難解性をいうのはどうだろうかというようなことを書いてらっしゃって僕も同感しました。でも小池さんの詩を読んでいてすごくほっとするというか、女性詩の場合というのはどちらかというとわかりやすい。難解性といったことを小池さんはどうお考えですか。

小池　岡井さんがおっしゃったように、伝達ということを第一の目的にしたら、わからないということは悪い価値に転じてしまいますけども、伝達が詩の目的ではない。とすると、自己の真実とかそういうことを、とにかく何とかして言葉にしようと思ったときに、他人にはどうしても伝わらないということがでてきます。例えば自分と他人が、哲学でも同じ赤だと思ってても、ほんとに同じ赤を赤だといっているのかという問題がありますよね。ヴィトゲンシュタインも、そのことを書いている。同じように、自分がこれと思ったことを、そこのところに焦点を当てて書いていった場合、それがどうしても自己と他者の間に決定的な壁があるのと同じ次元で、そのまま伝わるというのはありえないということを考えれば、詩というのがそのまま自分が書いたのと同じ重みなり肌ざわりなり感触なりで他人に伝わるというのがそもそもなかなか難しいということがあると思うんですね。これはもうどうしようもないことで、そこで難解性というのが出てくると思うんですけれども。このあいだ、アイルランドの女性詩人の書かれたのを読んでて、その女性詩人はこんなことをいってたんです。私もそうですけど、何かを書くときに、これが誰かに伝わればいいなという気持ちと、絶対誰にもわかるわけがない、むしろ、わからせないぞという思う、つまり、開く気持ちと決定的に閉じる気持ち、その両方の作業がどうもあるみたいなんですよね。私の場合はむしろ開くほうのほうが、パーセンテージとしては多いので結果としてわかりやすくなっているのかもしれないですが、アイルランドの女性詩人は、詩を書き始めたとき、他の人にわからせないという気持ちを強く持ってたという。すごく思いあたるものがあったというか。詩には、扉を永遠に閉じている部分という、どうしても他人には伝わらないけれどそれを開こうとは思わない、固く閉じたままでいる、それこそが詩の核、大切な核なんだ、というような思いがあるということを感じてそれを思い出したような気分になったんですよね。

岡井　あれは何でしょうね、覚悟なんですか。つまりそうなると、わからせないぞということは読者ゼロでいいということですか。

小池　そうですよね。

岡井　それなのに読者ゼロでないところへ出すわけでしょ。発表するんだから必ず読者は作者の思惑を超えてわかっちゃったりする。

小池　そうですね。面白い。そこまでのことを考えていっているのかどうなのか、わかりませんけど。詩というのは合鍵を持っていれば、ものすごく大きなよろこびと快感が手に入る。合鍵というのは見えないんですけど、読んでいて、カチャッと詩の鍵をあけたように思える瞬間。それは本当に同じ鍵だったかどうかわかりませんけど、詩の秘密なり、固く閉じられていたドアがカチャッとあく瞬間というのが、妄想かもしれないけれどもあって、アイルランドの詩人も、もしかしたらその合鍵をどこかで誰か、この世界で一人だけ持っているんじゃないかという希望なり祈りなりを無意識のうちに持ってるんじゃないか、それでなければまったく読者ゼロでいい、覚悟としてはすごくいいさぎいいですけど、本当にそう思ってたかどうかはわからないところです。

岡井　彼女は最初はそういってたんだけど、今とてもわかりやすい詩を書いているといわれていますね。

小池　そうなんですか。

岡井　それはそれでわかるかなと思ってるんですけどね。さっきお聞きしたかったんだけど、日本語というのは何か長編詩というのが成立しなくて、短編小説あるいは中編小説のほうへ詩人がいっていらっしゃる。詩では韻律あるいは定型詩が介在しないがために、非定型ということを最初から覚悟して、現代詩が出発しちゃいましたね。そのためもあるのかなと思って。そのへんどうですか。

小池　定型というものを持たないがために、これ詩なんですか、散文じゃないですかとか、そういうのもありますね。だけど、もう一方にある考えとして、朔太郎もいってるんですけど、詩を書くものはもっと散文を書けと。それを受けて小野十三郎さんも、詩に散文がまぎれこむのを恐れずにもっと散文というものを意識して書けみたいなことを書いています。入沢さんもそうですけど、純粋詩というものに対する拒否反応。

岡井　ああ。

小池　詩というのは百パーセント詩だけでできあがっているというのはありえないんですよね。詩の中にいろんな雑物というか、汚れや埃とかいろんなものがいっぱい入っていて、そして詩という全体を作りあげているみたいなところがあって、入沢さんも書いてらっしゃいますけど、詩と散文の間にこそやりたい仕事があるのであって、単に詩らしい詩とか、詩百パーセントみたいなものには、興味がない。それはまったく同感です。

岡井　叙情詩というものがあるということはわかっている。入沢さんなんかは才質がそっちのほうにおありになるから、叙情詩書こうと思えば書けるわけでしょ。それでも書きたくないいんだよね。

小池　そうなんですよね。入沢さんは物語的な詩も書いていらっしゃるし。

岡井　一番最初の『ランゲルハンス氏の島』あれなんかは小説ですよ。物語です。

そろそろ時間ですが、小池さんはこれから詩と散文と短編小説の両方のあいだでどうなさるんですか。

小池　（笑）何でもやってみようという感じでしょうか。先程岡井さんがご紹介くださったように、今、現代詩手帖で四元康祐さんと、いったりきたりの詩のやりとり（対詩「詩と生活」）をしてるんですね。四元さんという人の資質がまた非常に散文の上手な人で、読んでわかりやすい、わかる詩ですし、非常に散文脈の多い人です。最近の私の詩も散文脈がどんどん入ってきちゃって、詩と散文の中間のようなものになってきてしまってるんです。これは話がずれますけど、大岡信さんたちと連詩というのも経験して、人間と人間の関係性の中で何か書いていくというようなことに、目をひらかれたようなところもありました。今まではそういうものに対する恐怖と疑念みたいなものがあったんですけど、実際やってみたらすごく面白かったんですね。これは話が長くなるんではしょりますけれども、すごく面白かった。その関係性の中で出てくるものに目をつぶらずに恐れずに、一冊できたらまとめてみたい。詩も散文も枠を作らずやってみるつもりです。

岡井　あと、小説のほうも同時に進めたり。

小池　できたらやってみたいです。

岡井　すごい俗なことを聞きますが、子育てなんてのも題材に入ってくるんですか。

小池　詩の中にですか。

岡井　はい。

小池　いくつか書きましたが、書くときは、子供も一つの素材として、距離を持って客観的に冷ややかに見ている自分がいる。詩のなかでは、自分の子というより、普遍的な子供になって登場しているようです。躊躇もあるのかな。生々しい面白さをもったものは書けていないような気がします。でも、子供というのは見ているとほんとに面白くて。

岡井　エッセイにはお書きになってますね。

小池　そうですね。

岡井　そうだ、もう一つあの「吉田」という名前はフィクションですか。

小池　これは実際の祖母の旧姓です（笑）。

岡井　そういうところは抜け目なく実際のを使っていらっしゃる。これ「吉田」が効いていますよね。（笑）

小池　そうですか。ありがとうございます。

岡井　小池さん今日はありがとうございました。

小池　ありがとうございました。

（中野サンプラザにて）

V

詩における物語性

二十一世紀の歌どもの一例

二〇一三年も、二〇一二年に続いて、若い世代（一九七〇年代、八〇年代生まれの人）の歌集は次々に出版されてゐる。しかし、一般の書店に出るわけではなく、部数も千部以下だらうから、狭い短歌界の現象とだけうけとられて了ふが、短歌はここ数十年のあひだ——二〇世紀の後半の時代——中・高年の世代の自己表現の具として、また高齢者の生き甲斐として栄えて来た。さういふ民衆短歌の中へ、若い世代の歌といふ異質の要素が加はつて来たことは、まちがひない。

かと言つて　明治以来の近代短歌の、主要な要素であつた、〈短歌は青春の文学である〉といふ常識が、ここへ来てよみがへつたのかどうか、それは、もう少し時間をかけて見るべきだらう。ともかく、その中の一冊を読んでみたい。

春の歯をさわってよいかと問う人をふうんと見てる三鷹駅前　　陣崎草子

こんなにもだれか咬みたい衝動を抑えて紫陽花の似合うわたしだ

陣崎草子《じんさきそうこ》の『春戦争』（書肆侃侃房《かんかんぼう》、二〇一三年九月刊）から、まづ歯の歌を引いてみた。作者は一九七七年大阪生まれで現在東京在住。「絵、絵本、小説、短歌を手がけ、作品を発表しつづけている。」と自己紹介してゐる。

「春の歯」であつて単なる歯なのではない。短歌の背景に季節があることを知つてをり、それを一首の中に入れてゐる。その歯は「だれかを咬みたい衝動」をもつ女の歯である。そして「紫陽花の似合うわたし」といふ自愛（自意識）を肯定してゐる。

そのあなたの「春の歯をさわってよいかと問う人」は、当然恋人なのだらうが、そのことには触れず、相手の人格は無視されてゐる。そして、その人を「ふうんと見てる」自己がここでも、強調されてゐる。そのあたりが、わたしたち読者には「ふうん」といつた感じでおもしろい。

その子二十《はたち》櫛にながるる黒髪のおごりの春のうつくしきかな　与謝野晶子

といつた、明治の女流は、古典的ともいへる春の黒髪を題材にして歌つたが、歯を、嚙む道具として歌ふ陣崎は、やはり、二十一世紀の女性である。

この人が伴侶であればと思う背の遠ざかる道へ投げる花束　草子

（この人は伴侶ではない）恋人に胡瓜を見せて大きく笑う　同

「伴侶」と「恋人」の違ひは、当然、つよく意識されてゐるわけだが、「花束」を投げる動作や「胡瓜を見せる」意味は、象徴的に歌はれてゐるみたいでもあるが、実はもつと直接的にさうした行為をしてゐる自分を、そこへ投げ出してゐるみたいでもある。あまり歌学的に、その技巧を分析する気にならないのだ。

陰毛の歌もあるので並べて置く。かつて戦後の短歌が、性器や陰毛を歌つたことがあつたが、あれは表現における〈性の解禁〉の風潮に応じたためであつた。また、リアリズムが尊ばれたためでもあつた。さういふ時代をはるかに過ぎて、陣崎は、こんな風に歌ふ。

魚焼くグリルのとこのあの黒い感じの色の陰毛ですか　草子（以下同）

わたしこの陰毛とても大切にするわ名前は静《しずか》にするわ

陰毛を虫かごに入れぷらぷらと満月の夜のやさしい散歩

ほんとうのちからがでればどこまでものびてゆけるって陰毛たちは

夢を見るちからを失わないために吠え声のごと光らす陰毛

「吠え声」だとか「グリルのとこ」（ところの意味か）など、気になる言ひ方もあるが、「陰毛」は、性的にとらへられてゐるわけではないのはおもしろいところだ。歯が食物を噛むための消化器として働いてなかつたのに似てゐる。

髪にしても、

見てよこの長ったらしい黒い髪あなたのために切っていいものよ　　草子

うるさい！　と叫んでるときの元気さでばっさと髪をまとめ上げ　行く　　同

といふやうな髪は、晶子たちにみられる情緒的な恋の道具としての、女つぽいものとは違つてゐる。

軽く罪にぎって風の中をゆく　さほどでもなき人生をゆく　　草子

といふ、わたしの好きな一首を終りに挙げて二十一世紀の短歌を、ひそかに祝福したいと思ふ。

この歌の「罪」といふのは、罪悪感といふほどのものではない。「軽く」にぎつて風の中を歩むことができる程度のものと、作者は考へてみせる。「人生」つて「さほどでもな」いと思つてゐる。かといつて思つてみせるといふほどの気持はない。

「罪」とか「人生」といふ言葉は、もともと軽いものではなく「さほどでもな」いとはいへない言葉として使はれて来た。そこを逆用して、この作者は、自分を主張してゐる。それは「髪」とか「陰毛」とか「歯」のとり扱ひと、よく似てゐる。そこに、わたしは現代を感ずる。そして、わたし自身の中にも、この感覚を容認する心理がひそんでゐるのを思ふのであつた。

一行詩と多行詩について

私はある健康上の懸念から、三十五年間毎日書き続けてきた「けさのことば」といふ日刊新聞の朝のコラムを、終らせることになった。

このコラムでは、短歌・俳句・川柳・詩をとりあげて一二〇字前後の注釈を書いた。

気がつくとどっと菫をつんでいた　（『木が歩きくる』）上田睦子

スミレは種類が多いことで有名で日本でも六十種以上、世界では八百種をこえるという。つまり変身してあちらこちらに姿をあらわすので、春を代表する野草になった。掲出句も菫のあやしい力に負けて「どっと」過剰につんでしまっていたことに後で気がついたのである。

（二〇〇五年・四月一日）

一例を挙げると、俳句（口語調だから川柳と区別はむずかしいが）では、こんな風に、解説といふより、句を利用して短い詩みたいなものを書いてゐた。

これが、詩になると、詩は長いので、その一部分を、ちぎつて出すことになり、句への注釈とは書き方が変る。

冬のもてこし／春だから／この若艸に／坐りませう

（『駱駝《らくだ》の瘤《こぶ》にまたがって』）三好達治

春は「〈冬がもってきた〉季節だという。同様に「海のもてこし／砂だから」海岸の砂と海のもたらしたものだ。眼前には「風のもてこし／帆が二つ／帆綱ゆるめて／はたと落つ」といった風景がある。そして「それらのものの／一つです／さらばわれらの／語らひも」と、人との「語らひ〈会話〉」を感謝する。（二〇〇五年・四月三日）

こんな風に解説ではなく、詩のあちこちを引用し紹介するのに終始する。〈もてこし〉といふ文語の表現を共通部分にして詩の一部分を紹介するのに精一杯といつた案配。

毎日こんなコラムを書いて三十年たつた。そしてこの仕事から離れた今、また新しく気付くことがあつた。

最近、注目されてゐる歌集に『ガレー』がある。作者澤《さわ》村《むら》斉《まさ》美《み》さんは一九七九年生。Galleyガレーとは、いはゆる「ゲラ刷り」といふときの「ゲラ」と同意といふ。作者は夫と二人共働きの家庭らしい。新聞社の校閲部で働いてゐるやうに、想像される。

連作といふ形で、たとへば、次のやうな作品が出されたのを読むと、短歌は八行の詩あるいは余白一行づつ算へて、十四から十五行の詩とも読める。短歌は一首で完結せず、十四・五行で別のものになつてゐる。

夫の形

夫をらぬ昼にもぐれる夫の布団の案外寒きその掛け布団
ハンガーの肩の下がったワイシャツの夫の形へ「ただいま」と言ふ
お母さんになりたい、僕はと言ひながら休日の夫がじゃがいもを煮る
おし照るや海をはなれてなに思ふ夫かツナのパスタを食べる
ざあざあと濯げる鍋のいづこよりネジこぼれしか鍋こはれゆく
どんなにも冷たくなれる道具かと流しの底にフォークを拾ふ
銀色の日暮れを海にさしだせる川あり出勤途中の橋に
秋の陽がそこに体を広げをりジャージの人らしやがめる土手に

出来たら一首を一行に組んで、一首と一首の間に一行を置いて読んで欲しい。四首目の「おし照るや」の歌に顕著なやうに、従来は現代詩でよく使はれた喩法が「海」のところで使はれてゐる。それも〈難破〉にかかる「押し照るや」といふ枕言葉に先導されて出てくる。それが七首目の「川」にも遠く呼応してゐるのは見やすいところだ。

比較するともなく、谷川俊太郎の一番新しい詩集『ミライノコドモ』（二〇一三年六月刊）から「時の名前」（三篇の詩から成る）、のその一番目を引いてみる。

○

ベッドの中でぬくぬくと
詩の卵を抱いていると
言葉が浮かんでは消えてゆく
私はまだ夜とつるんでいる

見知らぬ顔々が現れる
物語の昼でいがみ合う人々を
時の網で一網打尽にしたい

ベッドが無人島になるといい
そこが故郷ならなおいい
波打ち際に戸籍を破り捨てて

夢の細部を思い出しながら
時を仮に朝と名づけて
立ち上がる
卵を孵せえないまま

十四行の詩だが、二行が一首の歌になるなあなどと、澤村斉美の連作短歌と比べて考へてしまふ。短歌は、よほど詩に近づきながら、しかし、たしかに、多行詩ではない。「ここ数年、気楽に詩が書けるようになっている。」と谷川俊太郎は「あとがき」で誌す。「けさのことば」から解放されて、体調がもどつたら、わたしも、もうすこし気楽に、詩や歌を書きたい。

日和聡子の詩

日《ひ》和《わ》聡《さと》子《こ》といふ、風変わりな詩人の詩を知つたのは『日和聡子詩集』（現代詩文庫、思潮社、二〇一四年三月刊）を読んだからだから、わたしの理解はまだ浅いだらう。

池内紀氏は「日和聡子の詩句は緊張をさそう。漢字の二語、あるいは一語で日常がフッと異次元にすりかわる」と言つてゐる。

実例を一つ挙げてみよう。

亀待ち

八時までに亀は帰つて来ますよ
そうのんさんに言われて
待つていた

二十七歳の時、日和聡子の出した第一詩集『びるま』の巻頭の詩である。「亀待ち」といふタイトルから人を食つてゐる。亀は動物の亀なのか、さう呼ばれてゐる人間なのか、そのどちらでもいいのか、もやもやしながら読み進む。

のんさんは庭で花に水をやつていた
わたしは縁側で出された電話帳を繰つていた
水はわたしの足元まで這つて来た
洗濯物を取り込むのんさんの背中に
小さな影がついていた
じつと眼を凝らしていたら
振り返つたのんさんが微笑つた

亀は八時までに帰つて来ると
確かにそうのんさんは言つたのだが
しかしのんさんはいつこうに晩飯の支度もせず
わたしと縁側でビールを呑んでばかりいる

ここまで読んで来て、「亀」「のんさん」「わたし」の三人の性別も、互いの関係もあかされてゐないのに気づく。あかされてゐないからこそ、あいまいなままで空想がグレーゾーンを行き交ふ。そこにおもしろ味がある。

全文、現代仮名づかひだが、促音の「っ」だけは歴史仮名づかひ風に大きくなつてゐるのも作者のはからひだらう。「言った」ではなく「言つた」と一字一字ゆつくり読めといふのかも知れない。

「のんさん」は「亀」と呼び捨て。「わたし」は作中主体だが、別に作者の日和聡子に重ねる必要はなささうだ。三人共男としてもいいが、「のんさん」は「晩飯の支度」をしたり「庭で花に水をやつ」たり「洗濯物を取り込」んだりするし、「のんさんが微笑つた」といはれると、女性つぽい。すると「亀」は「のんさん」の夫だらうか。

そんなこと思ひながらも、性別や、人と人との関係は、自由といつた感じで読んでいく。「わたし」とのんさんは、夕方の縁側でビールを呑んでゐる。

不安の種は何もないのか
おまえは帰ると言つて
帰らなくても一向に悪ではない定義持ちだから

朝になつたらきつとのんさんは
縮んでいる

この詩は四節十九行の詩。ここで終る。この第四節の五行が、また（池内流にいへば）読者をどきつとさせる。「おまえ」とは、「亀」を「のんさん」が呼んだのだらう。と同時に、「わたし」も「亀」のことをさう呼んでゐるのかも知れない。

「帰らなくても一向に悪ではない定義持ち」とは亀に向かつて言ふ、のんさんとわたしの愚痴とも断定ともとれる、あきらめの言葉だらう。今はまだ午後八時。そして朝まで亀は帰つて来ないとすると「のんさんは／縮んでいる」といふのだが、縮むとはどういふ状況なのだらう。

詩の第一行目に出てくる「八時までに亀は帰つて来ますよ」といふ、のんさんの確約は、事実上うら切られて、のんさんは萎縮してしまふといふことなのか。

かういふ、不定で、あいまいな状況下でどんどん物語をすすめるのが、日和流の詩法である。

本当は『虚仮の一念』（思潮社、二〇〇七年刊）から、もう少し長い詩をとり上げて読んでみたいと思ふし、それは、日和さんの小説、たとへば『御命授天纏佐左目谷行《ごめいさずかりてんてんささめやがつゆき》』（講談社、二〇一四年刊）の読み方につながるわけだから、いはゆる文芸評論家（小説を主として扱つてゐる人達）に、日和聡子の文体とか、物語性について、意見を訊いてみたい気もする。従来、詩人や歌人の書く小説についての、文芸評論家たちの発言が、少なかつたのはなぜなのか、わたしは、不思議に思つてもゐるのだ。
わたしは「盂蘭盆《うらぼん》」（『虚仮の一念』所収）なんかが好きなのだが、この詩は日本人の中に定着してゐる、いはゆるお盆行事を詩化したものだ。

ゆうれいの乗る舟に乗って
根津の郷里の河原に下りた。
「やっとこさで着いた。」
朝にみやこを発ってから
着いた河原はいつも夜だった。
「しばらく。」
と暗い舟着場の芭蕉を撫で過ぎ
着替えと冊子と彫刻刀の入った頭陀袋《ずだぶくろ》を肩に掛けて
がたがた道をのぼる

「おかえり。」
灯のついた玄関で一礼して
根津は背中に祖霊を引き連れ家に入る。

中に上がると　廊下に線香の香がただよっている
前掛けで手をぬぐいながら出てくる母に　土産を渡して辞を述べる

（交点が路。石の死活――。）

ここまでで、このやや長めの詩のはじめのところだけを写したことになる。

「やっとこさで着いた。」とか「おかえり。」というのは、主人公の挨拶の言葉みたいだが、だれに向かつて言つてゐるのか。「ゆうれい」の乗る舟に乗つてゐるのだから、同勢はゆうれいで、主人公もゆうれいなのだとるのがよささうだが、なんとなくそこがあいまいで、もやもやつとした雰囲気の中で、状況を明らかにしないまま読みすすめられるといふのが日和聡子の詩の特徴だ。

「みやこ」なんて言葉がさりげなく使はれてゐる。つまり物語は、今の話ではないのである。「着替えと冊子と彫刻刀の入った頭陀袋」といふのも、お盆に帰郷するのにどうして必要なのか。どこか近世風の道具立てだ。「前掛けで手をぬぐいながら出てくる母」といつた描写も正確で、かういふ細部がよく書けてゐるのも日和の特質なのだ。さういふところを読んだだけで、一昔も二昔も前の日本の家のなつかしさがただよつてくる。

「（交点が路。石の死活――。）」といふ、アフォリズムみたいな一行が、突然出てくるのも日和詩法の一つの特徴だ。この一行なども「石」は碁石かもしれないし「交点が路」といふのも解しがたいが、それは、お盆に帰郷したゆうれい話の中に出てくるのだ。

次の一節が、かなり強烈だ。

朝方　ふと目を覚ますと
「にいちゃん」
と隣りの布団で弟が言った
赤子の時の姿を　写真でしか見た覚えのない弟だったが
傍らで眠り続ける弟は　いつしか大人になっていた
「何。」
「おなかすいたよ。」
根津はまだ薄暗い仏間の布団を出
台所から水を一杯汲んでくると　枕元の仏壇に供えた
「最中も食べんさい。」
盆と暮れ
祖霊が帰って来るのと同じころ
こうしてしばらくぶりに帰って来ては

死者と一緒に
仏間に北枕の布団を敷いて　しばし宿る

この詩は、まだ続くのだが、幼くて死んだ弟の霊が出て来たあたりから、何か強い存在感といふか、現実感が生まれて来る。これは、いはゆる現代詩の中では、今まで見たことのないやうな、不思議な、幻想と現実の混合なのである。

急いで読まない方がいいと思ふので、今回はここまでにして置く。かういふ詩を書く人の書く小説を、ちよつと覗いてみたいといふ読者がもしあらはれたら、わたしの紹介文は、一応、その役目を果したことになる。

長い詩と短い詩

詩にとつて、長いか短いか、つまり言葉の数が多いか少いかといふことは、どんな意味をもつのだらう。平素から短歌（つまり、みじか歌）を作りつけてゐるわたし、それも単に短いだけではない、定型を持つた短さなのだが、もつと敏感に短さ長さに反応しさうなものだが、さうでもないところが不思議だ。

フォークランド諸島の長い夕焼けがはるかに投げてよこす伊予柑

服部真里子『行け広野へと』

かういふ短歌では、別に何かを説明してゐるわけではない。「フォークランド諸島」の「長い夕焼」を作者が見てゐるのか見たことがあるのかはどちらでもいい。それと「伊予柑」がどう関はるのかも、どうでもいい。一首、五・七・五・七・七の音数律の中で、フォークランド諸島と、伊予柑（伊予も海に面した地名だが）この二つが呼応してゐるところが見えればいい。「季刊びーぐる」二〇一四年十月号で久しぶりに長谷部奈美江の詩を見た。引用する。この号の特集は「短い詩」で、どの多行詩も一頁の中ほどに組まれてゐる。

安置　　長谷部奈美江

さすがに気づいてもよさそうなものだが
姥百合は投書のぬしの如く咲き乱れていた
おなじ型似たような筒型のその緑白はいっせいの
まことに慇懃無礼きわまりないうつくしさであった
中には常の如傷み初めて感情の抑えのきかぬもののもあったが
推理をおよばせるほどのことはなく
姥百合にしてはめずらしく清いその群生は
ひそかに安置されていた
だがそこに一陣の風がたった時
腰をかがめ落ちた草履を拾う母の姿が見えたのである

昔の作者と違つてずゐ分素直なわかり易い詩だと思ふのは、わたしの個人的な感想にすぎない。姥《うば》百合の、姥といふのは、図鑑の説明によると花の盛期に葉を枯らしてしまふので、歯なし老女にひつかけたとある。作者は、そんな俗説にはとらはれず、最終行で「腰をかがめ落ちた草履を拾う母の姿」を見てゐる。つまり作者の母の記憶を、である。「安置」されてゐるかにみえた姥百合の「群生」が、風にあふられた時に、そこに母を見たのである。

この十行の詩は、短歌とは対照的に、行分けの、充分に長い、非定型の特長をもつてゐる。むしろこれは〈短くない詩〉に入れるべきかと思へてくる。長い短いは音数・字数だけでなく、叙事型式にもよるものなのだ。

もう一度、服部真里子の歌集に帰つてみよう。

明晰さは霜月にこそさびしけれスレイマーン、またはソロモン　　服部真里子

上の句はわかるとして、それに下の句「スレイマーン、またはソロモン」をつけ合わせるとはなんだらう。作者は何も言つてゐないが、解説（栞文）を書いてゐる黒瀬珂瀾によれば『スレイマーン』とは古代イスラエルのソロモン王のアラビア語読み。知恵を称ゑられる王の名を二種類の言語で思いつつ、その明晰さに寂しさを感じる。そこには現在の中の民族対立への思いがあるだろうか。」ということになるが、これは無論、解説者の感想であつて、歌そのもの

がそこまでしやべつてゐるわけではない。「ソロモン」を、わざわざ、アラビア語よみにして「スレイマーン、またはソロモン」と句またがり風に下の句、七・七（正確には六、七）に入れた、この音韻の選択にこそ、この一首の意義があるのだらう。「霜月」は日本の季節、冬に入らうとしてゐる風物の「明晰さ」こそ、さびしいのである。それは雅歌を書き箴言をのこした古代イスラエルの王者ソロモンを、「スレイマーン」とよび直すことによつて、わたしたちの耳がとらへる寂しさでもあらうといふであらう。「スレイマーン、またはソロモン」の十三音すべてがかかつてゐる。長谷部奈美江の詩にくらべてみると、これは、たしかに「短い詩」であり、また定型故の短さを知つてゐる詩なのだ。

二、三、「短い詩」論議の話のたねとして追加して置く。

たとへば、三好達治の、よく知られた詩がある。

馬　　三好達治『南窗集』

茶の丘や
枯皐《はねつるべ》
馬
梅の花

これは形は俳句であるが、短い詩として書かれてゐる。といふ風に言つてみていいのであるか。同じ作者の『測量船』の中の著名な詩「春の岬」――「春の岬旅のをはりの鷗どり／浮きつつ遠くなりにけるかも」を、単純に短歌といふことができないのと同じことかも知れない。昔からこの問題は、おもしろい議題として、別に難問といふわけでもなく、存在してゐたのだ。

さきの「びーぐる」の「短い詩」の中に谷川俊太郎の「道で拾った詩」といふ七行詩がある。

居間で主婦がメスを研いでいる
厠で課長が回文を考えている
廊下で娘が芥子を栽培している
庭には祖父母の骨が散乱している
私は呆れてものが言えない
細部に於いて辻褄が合っていても
人生は全体としては意味をなさない

ここでは「……いる」といふのと「……ない」といふのが、音韻の上で働いてゐるのを無視できない。そして、詩が「人生」詩にまでせりあがつてゐることに注目してみる。この詩は、今まで論じて来た詩も、みな、喩を用ひて歌つた人生詩であつたことを気付かせてくれるのだ。

鷗外訳デエメルの詩について

森鷗外の『沙羅の木』といふ大正四年（一九一五）に出た詩集を、偏執狂のやうに、それにだけ集中して読み始めてから二年ほどになる。偏執する者には、それなりの感慨もあるといふもの。今日はその一端を書かう。

この詩集には、ドイツの詩人デエメル（リヒアルト・デーメル、一八六三—一九二〇）の詩と、クラブント（一八九〇—一九二八）の詩が多く訳されてゐる。この中の、デエメルの詩の一篇を読んでみる。

静物

春になる。霞み初める。
村の沼で

或る晩、ころ。
初蛙。
ころころ、和《わ》する蛙。
さて追追と数が殖え、
ころころころころころころと鳴く。
上には
日がけぶる。
ゆらめく青い蝶一つ。
めでたや。

研究家の一人富士川英郎は、嘗て（一九五二年）、「愉快な風物詩で、デエメルが持っていた東洋的な一面（彼は李白の詩をドイツ訳した）がここに現われているが……」と書いてゐた。

この詩の題名からして「静物」といふのだから素直に読めはしない。原語ではStillleben スティール・レーベンつまり所謂静物画のことだ。美術用語 nature morte（フランス語）であって人物画や風景画ではない、花・果実・器物などをテーマにした絵画。セザンヌなんかを思へばいいんだろう。

かういうタイトルの出し方からしても、この蛙の鳴く田園風景が、ドイツのそれではなく、東洋または日本の絵画などで画かれた田園風景の描写なのだらうといふ見当はつく。ドイツに水田なんてあるわけはない。「春になる。霞み初める」は、湿気の多い日本にはみられるが、北海に近いデエメルの故郷あたりにあるわけはない。「鷗外訳は原詩の raake《ラーケ》, paake《パーケ》, racker《ラッカー》, quacker《クヴァッカー》, pack《パック》 などという蛙の声の擬声音を、『ころころころ』とのどかに、和様にやわらげることによって、一層この詩を東京的な俳味を帯びた写生詩にしているのであって（略）最後の一句 herrlich を『めでたや』としたあたり、まことに『めでたい』訳しぶりである」と富士川は註釈してゐる。

一度も聞いたことのない春の水田の蛙の声を擬音化したラーケ等々をみても、鳥の声みたいではないか。それを北海やバルチック海に近い乾いた土地の、短い春に鳴き騒ぐ鳥の声に置きかへたんぢあないかなんて、これも地図をみながら勝手な空想をしてゐるわたしの感想なのであるが、わたしにはかういう鷗外の、二重三重にたくらみを含んだ訳し方が、面白いのである。これは、まさに「静物画」として目の前に置かれた、東洋的な春景色であつて、蛙でさへ、静物として眺められてゐる。そこに「ころころころころころ」などと聴覚的な要素を入れたのは、鷗外の遊び心といふものだらう。折角、デエメルが、五つの擬音を使つて工夫してゐるのに、鷗外はこれを、いかにも日本的に「ころ」の五つ重ねに訳してゐる。

わたしには、これはまた、日本から西欧を見て、その遠い西欧の人の眼で、日本の春のサクラを詠んだ、永井陽子代表作、

あはれしづかな東洋の春ガリレオの望遠鏡にはなびらながれ　『ふしぎな楽器』（昭61）

を想ひ出したりしたのだつた。

『沙羅の木』のデエメルの詩には、物語詩もあるが、箴言詩もある。「静物」のすぐ前には、「宗教」というのが置かれてゐる。

宗教。
信仰のある心には不用だ。
だが懐疑者は
中《なか》からしつかり不信仰を酌み取る。

かうした箴言詩と、「静物」とは一見するとひどくかけ離れてゐるみたいだが、実は、自分の住む国と全く違つた東洋を夢のやうに画いたといふ意味では、故国を逆照写してゐるのである。その意味では、次の詩は、デエメルの故国の姿の写生であるから、「静物」の世界と対照させてよむことができる。

夏の盛

わが故郷を日が染める、黄金色に。
高穂が熟してふくれる、パンの温さに。
黄金色であつた子供時代と同じに。
大地よ。われ汝に謝す。
燕はわれを呼ぶ、瑠璃色の空へ。
白雲《しらくも》は光の上に光を積む、塔の高さに。
瑠璃色であつた青年時代と同じに。
太陽よ。われ汝に謝す。

「子供時代」や「青年時代」を夏の小麦畑や白雲に重ねて、これも人生観にかかはる箴言詩の一つかとも思はせてゐる。

　かつて留学した若いころに見たであらうドイツの春や夏を想ひながら、鷗外はこれらの詩を訳したのだらう。そして、デエメルの晩年に、自分の晩年を重ねようとしたのかも知れない。

『沙羅の木』出版は、鷗外五十三歳の時、小説では「山椒大夫」を書き、「魚玄機」を書き、「最後の一句」を書いた年であり、「雁」を完成させた年でもあつた。一八六二年生まれの鷗外は一八六三年生まれのデエメルとほぼ同年だつた。

難解な詩について——多和田葉子と穂村弘

難解性が、現代詩の特徴だつた時代があつた。このごろは判り易い詩が多い。その中で、小説家の多和田葉子の詩集『傘の死体とわたしの妻』（二〇〇六年十月、思潮社）は、不可解な（読んだだけでは意味の辿れない）詩のあつまりで、興味ふかい。十三篇（約一年にわたつて「現代詩手帖」に連載された、行分けスタイルの詩の集まり）のどれを呈示してもいいが、「6　嫉妬」のはじめのところを引いてみる。

どうにか豆乳の気まずさをこらえている妻
でも　その舌も　いずれは　豆に慣れ
（はしないで
こちらに乳出口を向けるだろう
（と期待しても

そして晴ればれ　尼と尼の甘い朝夕
（など　取らぬタヌキの
妻は砂利道をまっすぐ走って来た
（つまりは　また走り去ってしまうということ

詩を読む時、タイトルの「嫉妬」というのは大事で、読者は嫉妬する男か女を予想して読み始めるが、この詩は始めから読者の期待をうら切る。わざと、意志的にうら切るのだといふことが、書き方をみて判る。

「妻」といふ人物が出るからには、その向かうに夫を予想するが、話はどうもさう簡単でない。「豆乳の気まずさ」といふ時の「豆乳」は、暗喩として出されてゐるのだらう。いま飲んでゐる豆乳の〈不味《まづ》さ〉と語呂あはせで出てくる「気まずさ」。二行目で「いずれは　豆に慣れ」と言つて、「気まずさ」にも慣れるのかと思へば「（はしないで」といふ。これは「豆に慣れはしないで」を二行に分けたのだが「（はしないで」といはれると「は」が前行を受けてゐるやうには思へず、読者はまごつく。四行目の「乳出口」は「入出口」にかけた掛け言葉であらう。と同時に、妻の乳首をも連想させる。この「乳」は、「豆乳」の「乳」から出て来てゐるに違ひない。

こんな風に一行一行読み進んでいくと、どこにも、物語の展開はない。ただ、詩行としては、なかなか甘美で美しいものがある。たとへば、「そして晴ればれ　尼と尼の甘い朝夕」などもそれだ。ア母音でアマトアマノアマイアサユウといふ具合に進む一行で、ただしそのあとに「（など取らぬタヌキの」と否定されてはゐるのだが、その否定の仕方も「皮算用」の三文字は省略されてゐる。つまり、不完全言語、言ひさしをわざとたくさんして読者を、ある意味で〈不快にする〉ことをもくろんでゐるみたいだ。

　さういふ、読者を欲求不満にさせる書き方にくらべると、「妻は砂利道を……」以下二行は、判りすぎるほど判る、はつきりした、ある意味で散文的明確さをもつた二行だ。ただし、この「妻」と、最初に出て来た「豆乳の気まずさをこらえている妻」とは、どのやうな関係があるかは、読者の想像にまかせられてゐる。

　この詩集を読んでゐると、いたるところで、物語性とか散文的完結とか、つまり判りやすさといふことだが、それが、作者によつてわざと大きく破棄されてゐるのを感ずる。表層的な判り易さを、言葉の遊戯や、言ひさし語法や、意味の飛躍によつて棄て去つていく。読者を、幻想、空想、たよりない言葉と言葉の連想へとさそひ込んでいく。

　さういふ意味では、この詩集の十三の章は、別段、順序よく読み進める必要はなく、また各章のあひだに一貫した物語性や筋書を考へる必要はないのだ。これは、確かに、わたしの知つてゐる難解な現代詩とは、全く違つたカテゴリイの詩集であり、詩であるやうに思へて来た。

　対照として、表面的には判り易いやうにみえて、実はなかなか、問題性を帯びた詩を一篇、かかげて置く。

チョコくッキ　　穂村　弘

おたんじょるび
おめでとん
りぽんぐるみわ
おさるジョージさく
チョクくッキねす
れきたての
チョクくッキねす
あたたかな
チョクくッキねす
あかゑい
うつくんし
おめめがまっくるい
あなたがうまれてよかった

穂村弘の詩集『求愛瞳孔反射』（二〇〇二年、新潮社）の巻頭にある詩である。「チョクくッキ」の「く」だけ平仮名になつてゐる。幼児語をまねた行末の音韻変化はなにを意味してゐるのか。訛りとか言ひ間違ひが生む効果はひよつとするとお誕生日の祝辞を、まつたく別のものに変へてしまつてゐるのかも知れない。

　これは多和田流の言葉づかひとは全く反対の向きをとりながら、目ざすところは同じ平原だつたりしてゐるのを、感じさせるのではないか。

詩と散文と歌――石原吉郎の場合

詩華抄とか新詩華抄とか、詩をとりあげて論じてゐながら、「詩とはなんだらう」といふ問ひに自分で自覚的に答へてゐなかつたのではないかと不安になつた。

詩人石原吉郎（一九一五―七七）が生誕百年を期に今問ひ直されてゐる。細見和之の『石原吉郎　シベリア抑留詩人の生と詩』（中央公論新社、二〇一五年八月刊）が出た。季刊詩誌「びーぐる」は二〇一五年七月刊の二十八号で「石原吉郎と戦後詩の未来」といふ特集を組んだ。

石原には『望郷と海』（一九七二年、筑摩書房）をはじめ、シベリア抑留生活を綴つたエッセイがある。それは詩ではない。散文による作品である。読むものに強烈な印象を与へる散文集だ。

それとは別に石原には、戦後の詩を代表するといはれる詩集があり、詩がある。詩集『サンチョ・パンサの帰郷』（一九六三年、思潮社）の中の「葬式列車」の初めのところを引いてみる。

　　なんという駅を出発して来たのか

もう誰もおぼえていない
ただ　いつも右側は真昼で
左側は真夜中のふしぎな国を
汽車ははしりつづけている
駅に着くごとに　かならず
赤いランプが窓をのぞき
よごれた義足やぼろ靴といっしょに
まっ黒なかたまりが
投げこまれる

（以下略）

読みながら、石原の虜囚体験をここに重ねて読みたくなる。しかし、それなら、石原は散文作品としてのエッセイの外に、なぜ詩を書いたのか。行分けの多行詩で、難解なメタフォアが使はれてをり、どこからみてもこれは現代詩である。

なぜ散文作品では満足せず詩を書くのか。詩と散文は、どこで背反しどこで補足し合つてゐるのか。では一般に、散文家が詩を書かず、詩人が必ずしもエッセイストではないのはなぜなのか。さういふ問ひかけが出てくる。

そこへ重ねて、細見和之からは「石原の詩を、かれのシベリア体験やシベリアエッセイと切り離して読むべきではないか」との問ひかけが出て来てゐる。

事実、やつてみると石原の詩は、シベリア体験と切りはなして、人間存在の現実を、喩法によつて歌つた詩として読むことも出来る。さうすると、石原の作品の中で、散文と詩との関係が、変つて見えてくる。といふことは「詩とはなにか」といふ最初の疑問に対する答へをも、重層化し、別の視点をそこに導入する契機となるかも知れない。

石原は、最晩年に、短歌を作つた。その短歌は、石原の詩とも違ひ、散文作品とも異なり、歌壇の作品とも似てゐない特異なものだ。

発念のやすらぎとほく似たりけり暁《あけ》の遠野《とほの》をとほくあるけば
発念のやすらぎとほくあゆみなば断念の果ての白刃《しらは》に到らむ
北鎌倉扇谷《あふぎがやつ》の遠狭《とほざま》を刀《たち》もち行けど刀は叫ばず

「発念抄《ほつねんせう》」（十二首）から三首を挙げた。「発念」と「断念」。そして「刀」といふ喩。なにを言はうとしてゐるのか。そして、それは、石原の詩（多行詩）やシベリア抑留記とどうつながつて行くのか。

詩を書き、散文のエッセイを書き、最晩年に歌を書いた石原吉郎は、二十三歳の時（一九三八年昭和十三年、むろんシベリア抑留の八年前のことだが）カール・バルトの危機神学からふかい影響をうけて、キリスト教（プロテスタント）の教会で洗礼をうけ、キリスト教徒になつた。そしてそのことを自編年譜に詳記した。石原は、あの苛酷なラーゲリ体験のあひだも、信仰をすてず、むしろそれを深めて、晩年に到つたと思はれる。

さうだとすると、石原吉郎の全作品の背後には、もう一つの深淵がひそんでゐるのかも知れない。カール・バルトの『ロマ書』（今は『ローマ書講解』として読める）にあらはれてゐる、宗教思想が、石原のすべての作品、すべての発言の発信源だつたのかも知れない。

さういふ時に、思想（あるいは思想に基づくすべての行動）と、「詩とはなにか」といふ問ひとは、どのやうな形で、交錯し、関係し合ふのだらうか。

石原吉郎を、今の時点で問ひ直す意味は、かなり深い、難解な問題を提起してゐるやうに思へて来た。

詩における物語性とはなにか

谷川俊太郎の詩集（二〇〇九年五月刊）『トロムソコラージュ』が、第一回鮎川信夫賞を受賞した機会に、その中の一篇「問う男」を読んでみたい。

この詩集で谷川氏が試みたのは、物語のある詩である。そのためもあつて、従来の短詩（十四行から二十行、三十行といつた行数の詩）とは違つて二百行ちかい詩がいくつもあり最も短くても一〇八行の詩である。六篇の詩の内「問う男」は二〇七行で、一番長い詩だ。

物語性といふと、第一には登場人物と語る主体のあり方と、筋書きだらう。そして小説と違ふ詩のあり方となると、散文詩とはいつても、行《ぎょう》の分け方、一行の字数、行から行への飛躍の仕方といつたものが、小説とは違つてゐなければ、折角、詩として書く意味がなくなるだらう。

「問う男」は、次のやうに始まる。

　いきなり男が部屋に入ってきた　　14字

会ったこともない男だ　10字
玄関の鍵はかかっていたはずだが　15字
顔を見た　4字
敵意はなかった　7字
咄嗟に水のような顔だと思った　14字

登場人物は、物語る「私」と「男」の二人で「私」は作者とイコールのやうに書いてある。読者は、谷川俊太郎といふ高齢の詩人を作中主体と重ねて読む（やうに作者も期待してゐる）。各行の字数を算へてみたが、音数を算へれば、音数にもなにがしかの律《リズム》があるのがわかるだらう。四行目からの三行は特に、字数の上でも、とんとんと人と、行の意味をたたみかけてゐるみたいだ。

当然「被害者という言葉が浮かんだ／私は被害者なのだ／だが　何の？／男は何もしていない／ただ黙って入ってきただけだ／それも加害なのか」といつた詩行が続き、この「男」はなに者かといふところへ、話は移る。

男がテレビのスイッチを切った
最初の驚きが恐怖に変った

それを抑えようとした
呼吸が速まった

というところへ来て読者も、さあどうなるかと興味をそそられる。すると、

〈戦いの後にはいつも夥しい死体が残される〉
呟くような言葉が男の口から漏れた
〈女王はその事実に耐えねばならない〉
男が口をきいた瞬間恐怖は鎮まった
なんだこいつ売れない役者なのか
誰が書いた台詞だっけ
ラシーヌか
私に口をはさむ間を与えず男は続ける
〈だが野の寡婦は事実を生きるしかない
体内の寄生虫とともに菌とともに
君はどうする気だ？〉
私に問いかけているのだと知るまでに五秒かかった

「へ?」
我ながら間抜けな返事

ここまで来ると、これは小説風の物語ではなく、詩語（詩のことば）による多行の詩だといふことが判る。有名な作家の家に見知らぬ男が入つてくる話は三島由紀夫の「荒野より」などいろいろあるだらう。ここで谷川氏がもち出してゐるラシーヌのドラマの科白（わたしはたしかめてゐないから、ラシーヌの何なのか誰の訳なのかも知らないが）は、とりわけ「〈だが野の寡婦は…〉」以下では、読まれる文字の文学であつて、聞いては、ふつう何のことかわからない筈だ。これは、現実に成立するやりとりではなく、ラシーヌの詩行は暗喩として作用してゐる。「男の呟きには明らかなスタイルがある／非日常的な発語／答を期待していない疑問形」と作者も注釈を加へてゐる通りである。

そして、男の呟きも、ごく現代的な、つまり谷川俊太郎の詩のやうになつて行く。ラシーヌみたいな感じが抜けてゆく。

なるほど、「男」とか作中主体とかは、仮に作られた場面設定だつたのだ。終りに、その「男」は、去つて行き、そのあとを作中主体が追つて行くと……川のほとりの「折れ曲がった段ボールで囲って／青いビニールをかぶせたもの」が、その男の住居とわかり、男は「〈安心したかな、ホームレスと分かって〉」といふ。

たしかにそれは物語としては「つまらない落ちだ」。ここまで読んでくると、詩人は、物語詩など書いてゐるわけではないとわかつてくる。物語は擬似的な外側のわく組みである。はじめから、ラシーヌなんかをもち出して、読者に目つぶしをくらはせながら、作者は詩を書いたのだ。男の呟く一行一行が詩なのである。それをなるべく効果的に、読ませるやうに、物語はある。

〈僕に触れてもかまわない
僕は血と肉だ
脾臓だ膀胱だ小脳だ広背筋だ仙骨だ
君と同じだ
僕が言葉なら君も言葉だ
君は読むだけか？〉
ぎくりとした

といつたあたりにこの詩の言ひたいところの大事な数行があり、さうした詩行があちらこちらにはめ込まれてゐる。さういふ物語詩なのであつた。詩物語ではなかつた。

Ⅵ　啄木の方法

岡井隆選　石川啄木の秀歌百三十首

1　我とはなに者か
2　ふるさととはなんだろう
3　「心の姿の研究」
4　家族をうたう時
5　ココアの一匙――メッセージの受け手たち

1　我とはなに者か

大といふ字を百あまり
砂に書き
死ぬことをやめて帰り来《きた》れり

手も足も
室《へや》いつぱいに投げ出して
やがて静かに起きかへるかな

森の奥より銃声聞ゆ
あはれあはれ
自ら死ぬる音のよろしさ

高きより飛びおりるごとき心もて
この一生を
終るすべなきか

大いなる彼の身体《からだ》が
憎かりき
その前にゆきて物を言ふ時

こころよき疲れなるかな
息もつかず
仕事をしたる後《のち》のこの疲れ

気の変る人に仕へて
つくづくと
わが世がいやになりにけるかな

箸《はし》止《と》めてふつと思ひぬ
やうやくに
世のならはしに慣れにけるかな

あたらしき背広など着て
旅をせむ
しかく今年も思ひ過ぎたる

どんよりと
くもれる空を見てゐしに
人を殺したくなりにけるかな

事もなく
且《か》つこころよく肥えてゆく
わがこのごろの物足らぬかな

いつしかに
泣くといふこと忘れたる
我泣かしむる人のあらじか

汪然《わうぜん》として
ああ酒のかなしみぞ我に来《きた》れる
立ちて舞ひなむ

あめつちに
わが悲しみと月光と
あまねき秋の夜《よ》となれりけり

世わたりの拙《つたな》きことを
ひそかにも
誇りとしたる我《われ》にやはあらぬ

汝《な》が痩《や》せしからだはすべて
謀《む》叛《ほん》気《ぎ》のかたまりなりと
いはれてしこと

かの時に言ひそびれたる
大切の言葉は今も
胸にのこれど

用もなき文《ふみ》など長く書きさして
ふと人こひし
街《まち》に出てゆく

曠野《あらの》より帰るごとくに
帰り来《き》ぬ
東京の夜《よ》をひとりあゆみて

やや長きキスを交《かは》して別れ来《き》し
深夜の街《まち》の
遠き火事かな

そのかみの愛読の書よ
大方《おほかた》は
今は流行《はや》らずなりにけるかな

石ひとつ
坂をくだるがごとくにも
我《われ》けふの日に到り着きたる

人ごみの中をわけ来る
わが友の
むかしながらの太き杖《つゑ》かな

神有りと言ひ張る友を
説きふせし
かの路傍《みちばた》の栗《くり》の樹《き》の下《もと》

死にたくてならぬ時あり
はばかりに人目を避けて
怖《こは》き顔する

枕辺《まくらべ》の障子あけさせて、
空を見る癖もつけるかな——
長き病《やまひ》に。

わが病《やまひ》の
その因《よ》るところ深く且《か》つ遠きを思ふ。
目をとぢて思ふ。

看護婦が徹夜するまで、
わが病ひ、
わるくなれともひそかに願へる。

氷嚢《ひょうなう》の下より
まなこを光らせて、※
寝られぬ夜は人をにくめる。

※編者注・別の資料では「まなこ光らせて」

この四五年
空を仰ぐといふことが一度もなかりき。
かうもなるものか？

「石川はふびんな奴《やつ》だ。」
ときにかう自分で言ひて
かなしみてみる。

笑ふにも笑はれざりき——
長いこと捜《さが》したナイフの
手の中《うち》にありしに。

すつぽりと蒲団《ふとん》をかぶり、
足をちぢめ、
舌を出してみぬ、誰《たれ》にともなしに。

人がみな
同じ方角に向いて行く。
それを横より見てゐる心。

考へれば、
ほんとに欲《ほ》しと思ふこと有るやうで無し。
煙管《きせる》をみがく。

誰《たれ》か我《われ》を
思ふ存分叱《しか》りつくる人あれと思ふ。
何《なん》の心ぞ。

われとわが心に負へるいろいろの負債《おいめ》を
思ふ除夜のかなしみ

何よりもおのれを愛し生くといふさびし
きことにあきはてにけり

死の年明治45年（一九一二）一月一日作
今も猶《なほ》やまひ癒えずと告げてやる文《ふみ》さへ
書かず深きかなしみに

2　ふるさととはなんだろう

やはらかに柳《やなぎ》あをめる
北上《きたかみ》の岸辺《きしべ》目に見ゆ
泣けとごとくに

馬鈴薯《ばれいしょ》のうす紫の花に降る
雨を思へり
都《みやこ》の雨に

石をもて追はるるごとく
ふるさとを出でしかなしみ
消ゆる時なし

うたふごと駅の名呼びし
柔和《にうわ》なる
若き駅夫の眼《め》をも忘れず

さいはての駅に下《お》り立ち
雪あかり
さびしき町にあゆみ入りにき

しらしらと氷かがやき
千鳥なく
釧路《くしろ》の海の冬の月かな

馬鈴薯《ばれいしょ》の花さく頃《ころ》と
なれりけり
君もこの花を好きたまふらむ

雨つよく降る夜の汽車の
たえまなく雫《しづく》流るる
窓硝子《ガラス》かな

小学の首席を我と争ひし
友のいとなむ
木賃宿《きちんやど》かな

千代治《ちよち》等《ら》も長じて恋し
子を挙《あ》げぬ
わが旅にしてなせしごとくに

宗次郎《そうじろ》に
おかねが泣きて口説《くど》き居り
大根の花白きゆふぐれ

閑古鳥《かんこどり》
鳴く日となれば起るてふ
友のやまひのいかになりけむ

あはれ我《わ》がノスタルジヤは
金《きん》のごと
心に照れり清くしみらに

垢《あか》じみし袷《あはせ》の襟《えり》よ
かなしくも
ふるさとの胡桃《くるみ》焼くるにほひす

ふるさとの寺の畔《ほとり》の
　ひばの木の
いただきに来て啼《な》きし閑古鳥！

ふるさとの訛《なまり》なつかし
停車場《ば》の人ごみの中に
そを聴《き》きにゆく

かにかくに渋民村《しぶたみむら》は恋しかり
おもひでの山
おもひでの川

ふるさとの山に向ひて
言ふことなし
ふるさとの山はありがたきかな

3 「心の姿の研究」

死ね死ねと己《おのれ》を怒り
もだしたる
心の底の暗きむなしさ

しつとりと
水を吸ひたる海綿の
重さに似たる心地おぼゆる

へつらひを聞けば
腹立《だ》つわがこころ
あまりに我《われ》を知るがかなしき

こころよく
人を讃《ほ》めてみたくなりにけり
利己の心に倦《う》めるさびしさ

あたらしき心もとめて
名も知らぬ
街《まち》など今日もさまよひて来ぬ

長く長く忘れし友に
会ふごとき
よろこびをもて水の音聴《き》く

大川の水の面《おもて》を見るごとに
郁雨《いくう》よ
君のなやみを思ふ

手套を脱ぐ手ふと休《や》む
何やらむ
こころかすめし思ひ出のあり

薬のむことを忘るるを、
　それとなく、
たのしみに思ふ長病《ながやまひ》かな。

やまひ癒《い》えず、
死なず、
　日毎《ひごと》にこゝろのみ険《けは》しくなれる七八月《ななやつき》かな。

ある日、ふと、やまひを忘れ、
牛の啼《な》く真似《まね》をしてみぬ――
　妻子《つまこ》の留守に。

おとなしき家畜のごとき
心となる、
熱やや高き日のたよりなさ。

ひとところ、畳《たたみ》を見つめてありし間《ま》の
　その思ひを、
妻よ、語れといふか。

かなしくも、
　病《やまひ》いゆるを願はざる心我《われ》に在《あ》り。
何《なん》の心ぞ。

何となく、
自分を嘘のかたまりの如《ごと》く思ひて、
目をばつぶれる。

びつしよりと盗汗《ねあせ》出てゐる
あけがたの
まだ覚《さ》めやらぬ重きかなしみ。

ぼんやりとした悲しみが、
夜《よ》となれば、
寝台《ねだい》の上にそつと来て乗る。

人間のその最大のかなしみが
　これかと
ふつと目をばつぶれる。

晴れし日のかなしみの一つ！
病室の窓にもたれて
煙草《たばこ》を味ふ。

眠られぬ癖のかなしさよ！
すこしでも
眠気がさせば、うろたへて寝る。

何故《なぜ》かうかとなさけなくなり、
弱い心を何度も叱《しか》り、
金かりに行く。

あやまちて茶碗《ちやわん》をこはし、
物をこはす気持のよさを
今朝《けさ》も思へる。

何《なん》となく明日《あす》はよき事あるごとく
思ふ心を
叱《しか》りて眠る。

曠野《あらの》ゆく汽車のごとくに、
このなやみ、
ときどき我の心を通る。

いつまでも歩いてゐねばならぬごとき
思ひ湧《わ》き来《き》ぬ、
深夜の町町。

何《なん》となく、
今朝《けさ》は少しくわが心明るきごとし。
手の爪《つめ》を切る。

うす暗き藏のなかなど怖れたる幼《をさな》さをも
て女を思ふ

何となく頭の中に水盛れる器《うつは》ある如しぢ
つとしてゐる

4　家族をうたう時

本を買ひたし、本を買ひたしと、
あてつけのつもりではなけれど、
妻に言ひてみる。

旅を思ふ夫の心！
叱《しか》り、泣く、妻子《つまこ》の心！
朝の食卓！

あたらしきサラドの色の
　うれしさに
箸《はし》とりあげて見は見つれども——

子を叱《しか》る、あはれ、この心よ。
熱高き日の癖とのみ
　妻よ、思ふな。

その親にも、
　親の親にも似るなかれ——
かく汝《な》が父は思へるぞ、子よ。

いつか、是非、出さんと思ふ本のこと、
表紙のことなど
　妻に語れる。

八年前《まへ》の
今のわが妻の手紙の束《たば》、
何処《どこ》に蔵《しま》ひしかと気にかかるかな。

猫《ねこ》を飼はゞ、
その猫がまた争ひの種となるらむ。
かなしき我《わ》が家《いへ》。

児《こ》を叱《しか》れば、
泣いて、寝入りぬ。
口すこしあけし寝顔にさはりてみるかな。

かなしきは、
（われもしかりき）
叱《しか》れども、打てども泣かぬ児《こ》の心なる。

いつも、子を
うるさきものと思ひゐし間《あひだ》に、
その子、五歳になれり。

すこやかに
背丈のびゆく子を見つつ、
われの日毎《ひごと》にさびしきは何《な》ぞ。

「労働者」「革命」などといふ言葉を
聞きおぼえたる
五歳の子かな。

何思ひけむ——
玩具《おもちゃ》をすてて、おとなしく、
わが側《そば》に来て子の坐《すわ》りたる。

庭のそとを白き犬ゆけり。
　ふりむきて、
犬を飼はむと妻にはかれる。

親と子とはなればなれの心もて食卓
に就く気拙《きまづ》かりけり

薬のむことを忘れて、
　ひさしぶりに、
母に叱《しか》られしをうれしと思へる。

解けがたき
不和のあひだに身を処して、
　ひとりかなしく今日も怒れり

放たれし女のごとく、
わが妻の、振舞《ふるま》ふ日なり。
　ダリヤを見入る。

よく怒る人にてありしわが父の
日ごろ怒らず
怒れと思ふ

子を負ひて
雪の吹き入る停車場《ば》に
われ見送りし妻の眉《まゆ》かな

やはらかに積れる雪に熱《ほて》る頬《ほ》を埋《うづ》む
る心地泣く人と寝る

友がみなわれよりえらく見ゆる日よ
花を買ひ来て
妻としたしむ

たゞ一人の
をとこの子なる我はかく育てり。
　父母《ふぼ》もかなしかるらむ。

一九一〇年（明43）十月四日、長男真一誕生。だが生後まもなく同月二十七日死す。

真白《ましろ》なる大根の根の肥ゆる頃《ころ》
うまれて
やがて死にし児《こ》のあり

おそ秋の空気を
三尺四方ばかり
吸ひてわが児《こ》の死にゆきしかな

死にし児《こ》の
胸に注射の針を刺す
医者の手もとにあつまる心

底知れぬ謎《なぞ》に対《むか》ひてあるごとし
死児《しじ》のひたひに
またも手をやる

かなしみの強くいたらぬ
さびしさよ
わが児《こ》のからだ冷えてゆけども

かなしくも
夜明《よあ》くるまでは残りゐぬ
息きれし児《こ》の肌《はだ》のぬくもり

5　ココアの一匙――メッセージの受け手たち

新しき明日《あす》の来《きた》るを信ずといふ
自分の言葉に
嘘《うそ》はなけれど――

ぢりぢりと、
蠟燭《らふそく》の燃えつくるごとく、
夜となりたる大晦日《おほみそか》かな。

百姓の多くは酒をやめしといふ。
もつと困らば、
何をやめるらむ。

ボロオヂンといふ露西亜名《ろしあな》が、
　何故《なぜ》ともなく、
幾度も思ひ出さるる日なり。

友も、妻も、かなしと思ふらし――
　病みても猶《なほ》、
革命のこと口に絶たねば。

やや遠きものに思ひし
テロリストの悲しき心も――
　近づく日のあり。

誰《た》そ我《われ》に
ピストルにても撃てよかし
伊藤*のごとく死にて見せなむ

*伊藤＝伊藤博文

治《をさ》まれる世の事無さに
飽《あ》きたりといひし頃《ころ》こそ
かなしかりけれ

大海《だいかい》の
その片隅《かたすみ》につらなれる島島の上に
秋の風吹く

わが抱《いだ》く思想はすべて
金なきに因《いん》するごとし
秋の風吹く

目を病める女の夜の獨唱《ソロ》よりも猶《なほ》しめやかに春の雨降る

人皆がおのづから老ゆ奈何《いかが》せむよろしく若き今を遊ばむ

真夜中の電車線路をたどり来て鶴嘴《つるはし》を打つ群をおそるる

宰相の馬車わが前を驅け去りぬ拾へる石を濠《ほり》に投げ込む

移りゆく時の流行《はやり》のあとを追ふさびしさにゐて妻と諍《いさか》ふ

資料として『啄木歌集』（岩波文庫、昭和二十一年初版、編集解説・斎藤三郎）を用いた。また『日本詩人全集8石川啄木』（新潮社）を用いた。

メッセージ性。修辞性。新しいものへの偏愛

石川啄木の短歌は、メッセージ性のつよい性質のものだ。百年後のわれわれに、呼びかけてくる。箴《しん》言、アフォリズム、警句のようにも響くのだ。啄木の歌の人気が、今だに衰えないのは、このメッセージ性のためではないかと思われる。

わたしは啄木の歌集『一握の砂』（生前出された唯一の歌集）と『悲しき玩具』（死後、友人の土岐哀果らによって出版された）の二冊を、解体し、さらに歌集未収録の歌篇から、十五首の歌を採録し、五つのテーマによって、編み直してみた。

「我とはなに者か」という自問自答のうちに近代人は立ちすくむ。これは現代でも一向に変ることのない現実だ。短歌論としては表現主体である。自他の関係、一対多の生ずる原点でもある。啄木はこれをつよく意識して歌った。

大といふ字を百あまり／砂に書き／死ぬことをやめて帰り来れり

どんよりと／くもれる空を見てゐしに／人を殺したくなりにけるかな

この二首に象徴されるように、生の向う側にかならず死がある。自殺願望と他殺願望、最近でも、若者の自殺や、他者を殺す人間の、年齢を問わない事例が報告されている。啄木の発想は、そして表現は実に率直で、感動的でさえある。

石川啄木は、本名一《はじめ》。一八八六年（明19）岩手県に生まれた。父の石川一禎は曹洞宗の寺の住職。母かつは一禎の師（盛岡にある寺の住職）の妹。旧南部藩士の娘で、夫より三歳年長だった。あとで、啄木の家族の歌を読む時の参考に記して置く。

啄木の没年は、一九一二年（明45）である。死因は肺結核症。啄木の生涯は二十六年という短さだ。歌を作ったのも十五歳からだから、作歌期間十二年間だから、すべて若者の歌の筈である。しかし、「我とはなにか」に集めた歌には、老成した歌もあるのだ。老人であるわたしなども、百年前の青年啄木から結構生ま生ましいメッセージをうけとる。高齢者の抱く死への願望と怖れは、全く違う性質のものだとしても、である。

「ふるさととはなんだろう」のタイトルで集めたのは、これまで啄木短歌として愛唱されて来た「ふるさとの山に向ひて／言ふことなし／ふるさとの山はありがたきかな」のような望郷の歌である。と同時に「石をもて追はるるごとく／ふるさとを出でしかなしみ／消ゆる時なし」のような出郷の思い出も同居する。それは、地方から東京、首都圏へ出て来た若者たちをとらえる共通した思いであった筈だ。観潮楼歌会（森鷗外の家で開かれた互選歌会）や「明星」「すばる」に集まった若者、たとえば北原白秋、斎藤茂吉、与謝野鉄幹、木下杢太郎、といった歌人たちも遠近の差はあっても、すべて出郷組であった。森鷗外だって同じく幼少期に島根県から出て来ている。だが、この思郷の思いを啄木ほどはっきりと歌った人はいなかった。その歌調が、妙に感傷的にひびいたのも本当で、そこから啄木嫌いの文人も生まれた。しかし、啄木は、そんなこと承知の上で、ふるさとを歌った。東京から思うふるさとであり、ある意味で、東北とはなにかという問いかけでもあった。

「心の姿の研究」と名づけたのは、今でいう心理詠である。「心の姿の研究」とは、啄木のもう一つの表現形式である散文詩のタイトル「心の姿の研究・呼子と口笛」を想起しつつつけてみた。詩の一篇「起きるな」には「起きるな、起きるな、日の暮れるまで。／そなたの一生に涼《すず》しい静かな夕ぐれの来るまで。」などという短歌に通うような一節もある。「しっとりと／水を吸ひたる海綿の／重さに似たる心地おぼゆる」「長く長く忘れし友に／会ふごとき／よろこびをもて水の音聴《き》く」のように、比喩（直喩、隠喩）に工夫した歌もある。かと思えば「あたらしき心もとめて／名も知らぬ／街《まち》など今日もさまよひて来ぬ」のような、放浪願望、徘徊願望の歌もいくつもまじっている。また、肺結核症で長く苦しんだ末に「薬のむことを忘るるを、／それとなく、／たのしみに思ふ長病《ながやまひ》かな。」のような、異常ともとれる病者の心をつかんだ歌もある。「やまひ癒《い》えず、／死なず、／日毎《ひごと》にこゝろのみ険《けは》しくなれる七八月《ななやつき》かな。」といった把握もある。

わたしは、啄木の「ローマ字日記（一九〇九年、明42）の中の「〝病気をしたい〟この希望はながいこと　予《よ》の頭の中に　ひそんでいる。病気！　人のいとう　この言葉は、予には　ふるさとの山の名のように　なつかしく聞こえる―ああ、あらゆる責任を　解除した　自由の生活！　われらが　それをうる道は　ただ病気あるのみだ！」（桑原武夫編訳、岩波文庫）の一節など思いあわせる。ひき込もり願望ともいえる。こんな心理に、啄木は鋭く気づいていたのだ。

ここで一つ注目しておきたいのは啄木の歌によく出てくる「停車場」とか「駅」のことである。二〇一五年に、東京駅が開業百年を迎えたことでもわかるように、日本に汽車が走るようになったのは、日露戦争のあとで、それまで停車場だの駅だのはなかった。

「ふるさとの訛《なまり》なつかし／停車場《ば》の人ごみの中に／そを聴《き》きにゆく」とか「さいはての駅に下《お》り立ち／雪あかり／さびしき町にあゆみ入りにき」のような歌は、あたかも駅なんて大昔からあったみたいに歌っているが、鉄道は出来たてほやほやの交通機関であり、時刻表をみて、そこへ多くの人が集まってくるのも、日露戦後の新風俗だった。（ついでに言うと路面電車もその頃出来た。）啄木は、新しもの好きである。そして、新風俗――つまりは西欧の科学と工学が輸入されて出来た便利な交通手段――を、ためらわず、歌の中へ入れて歌った。おそらく、当時の読者たち、ライバルの歌人たちにも、このことは驚きだったに違いない。

ついでに言うと、これは散文詩であるが、啄木は、飛行機を歌った日本最初の詩人だった。

「見よ、今日も、かの蒼空《あをぞら》に／飛行機の高く飛べるを。」という二行を二度くり返し、その間に「肺病やみの母親と」「給仕づとめの少年」を描いた四行を入れている。それは、ライト兄弟が複葉機をとばした年より七年ほど後で、日本で一九一〇年（明43）代々木飛行場で陸軍将校がフランス製の、そして海軍士官がドイツ製の、複葉機の試験飛行に成功した時より、たった一年の後のことなのである。啄木が、新しい科学機械を、たくみに、人に先んじて詩にする才能の持ち主だったことがわかる。空をゆく複葉機と、地上の、肺結核症の母と少年なんてのを配するあたり、自己と他者を対応させる技など、心憎いほど巧みだ。

「家族をうたう時」のタイトルであつめたのは啄木と、その妻節子、そして嫁の節子と仲のよくない母、ごくありきたりの嫁姑のいがみ合いの中で、病者であった啄木が、どのように身を処していたかが、ごく主観的に歌に詠まれている。『日本詩人全集8石川啄木』の年譜では一九〇九年（明42）の頃に「十月　妻節子は義母との不和と自己本位の夫への不満から、長女を伴って家出し、盛岡の実家へ帰る。間もなく金田一らの尽力で戻るが、この事件から（啄木の）受けた打撃は大きく、それを契機として文学と実生活の関係、文学の本質と目的など文学者としての根本的問題を模索する」とある。その年の十一月から、注目すべき詩論「食《くら》ふべき詩」を新聞に連載した。この詩論の主張は「謂《い》ふ心は、両足を地面《ちべた》に喰つ付けてゐて歌ふ詩といふ事である。実人生と何等の間隔なき心持を以て歌ふ詩といふ事である。（中略）我々の日常の食事の香の物の如く、然《しか》く我々に『必要』な詩といふ事である」というあたりに集約されるだろう。しかし理論と実作がやすやすと一致するものでないことはいうまでもない。

ここで、啄木が、妻をどのように歌い、そして、とりわけ幼い長女京子をどのように歌っているか、注目すべきだろう。

「すこやかに／背丈のびゆく子を見つつ、／われの日毎《ひごと》にさびしきは何《な》ぞ。」にしても『労働者』『革命』などといふ言葉を／聞きおぼえたる／五歳の子かな。」にしても、決して、よい父親を演じているとはいえないだろう。だが、妻節子を歌った歌は、同伴者として、共に生きる者への眼が、結構、よく出ているのではないかとわたしは思うが、いささか甘い評価だろうか。

わたしとしては、この章の最後に置いた、長男真一の死を悼む六首を、啄木の正直な気持のよく出た連作だと評価している。

わたしは「真白《ましろ》なる大根の根の肥ゆる頃《ころ》／うまれて／やがて死にし児《こ》のあり」の上の句の据え方に注目するのだ。のべられているのは畑の作物の大きく肥えていく季節である。「真白なる」の初句からゆったりと入っている。そして主題は下の句のわが子の夭折である。上句が下の句をひき立てていながら、堂々としている。産まれたばかりの子の死に、泣きわめくわけでもなく、むせび泣くというのでもない。まさに、後の方の歌にあるように「かなしみの強くいたらぬ／さびしさよ」というのである。冷たいというのでもない。ある現実をうけ入れながら、歌にはしっかりと修辞をほどこして仕立てている。この態度は、最後まで啄木から失われなかった。

五つ目の章「ココアの一匙——メッセージの受け手たち」は、幸徳秋水たちの企図したとされる、いわゆる大逆事件（一九一〇年、明43）に触発されて、啄木のこころが、「われは知る、テロリストの／かなしき、かなしき心を……」と詩に歌わざるをえなくなった、啄木最晩年の思想にかかわる歌どもである。しかし、テロリズムとかテロリストとか言っても、現代中東イスラム圏でおきているそれとは、全くちがっているので、同じ「テロリスト」といった言葉を使うべきでないと思うほどだ。むしろ「はてしなき議論の後の／冷《さ》めたるココアのひと匙《さじ》を啜《すす》りて、／そのうすにがき舌触《したざは》りに、／われは知る、テロリストの／かなしき、かなしき心を。」に示されているように、書斎派の、行動を伴わない、ココアの味の方が大切な、歌人の歌どもだったという外ないだろう。

　歌集未収録の十五首の中では、「移りゆく時の流行《はやり》のあとを追ふさびしさにゐて妻と諍ふ」という一首のつよいメッセージ性を評価すべきではないかと思われる。

　このメッセージは、約二十年後の一九三〇年（昭5）に土屋文明によって、受けとめられた。

　うつりはげしき思想につきて進めざりし寂しき心言ふ時もあらむ　『山谷集』

という形で、歌壇的には流派として対極にある歌人によって、イメージが増幅されていること。啄木の短歌は、たぶんこれからも、その時代毎に、若者によっても、高齢者によってもうけとめられて、さまざまな変奏を生んでいくに違いない。

Ⅵ

対論・この詩集を読め　岡井隆『暮れてゆくバッハ』

対論・この詩集を読め　岡井隆『暮れてゆくバッハ』

細見和之×山田兼士×山下泉（ゲスト）

岡井隆と「短歌的抒情」

山田　今回は岡井隆さんの、詩集ではなく歌集。対論史上初の試みです。岡井さんは、このところ詩と短歌を組み合わせた本を出してこられていて、若い詩人にもある種の示唆を与えているということでも意味がある。短歌の大御所の最新作というだけじゃなくて、広く日本の詩歌全体の近未来への展望を考える上でも意義がある。今回のは詩やエッセイも入ってはいるけれど全体は歌集です。岡井さんのこれまでの短歌の長い業績、今までの道程についてはどうしても自信がないところがあるので、アドバイザーとして歌人の山下泉さんに入っていただきます。

山下　よろしくお願いします。

細見　僕自身は、岡井隆さんをそんなに読んでいるといえる人間では到底ない。ただ、長いキャリアの人じゃないですか。僕なんかが最初に岡井隆さんを知るのは例の吉本隆明さんとの定型詩論争ですね。

山田　ああ、「番犬の尻尾」ね。

細見　もちろんリアルタイムで知っていたんじゃなくて、学生時代に吉本さんの本なんか読んでいると岡井隆さんとのやりとりが出てきて、かなり厳しい応酬だったようですね。だけど、すぐに仲良くなっている（笑）。拍子抜けするぐらいすぐ意気投合したような、そういうイメージ。それからもう一つ、これは季村敏夫さんなんかがよく言っていることだけど、小野十三郎の「短歌的抒情の否定」が詩人の中では安易に鸚鵡返しにされていたのに対して、岡井隆さんらの世代は歌人としてかえってそれと向き合った。小野さんの批判が前衛短歌のところに一番良い形で実は結実したんじゃないか。そういう点でも興味深い。

山田　岡井さん自身、小野十三郎の詩論のことはあちこちで書いているし発言もしている。それから一時期、小野十三郎は短歌の集まりに呼ばれて講演などをしている。詩人たちの間では小野詩論というのは自明のことみたいになってしまったけど、短歌のほうではむしろ小野詩論を問題視、重視して、いろんな葛藤があった。小野さんは懐が深い人で、いわば敵の陣営に単独で行く。結構そこで誰かと意気投合したりした。いわゆる「短歌的抒情の否定」は「短歌の否定」ではない。旧来の、特に昭和の最初の二十年ぐらい、その時期の短歌的な抒情性に対する否定。

細見　典型的な私小説とかね。

山田　小野十三郎が短歌的抒情だとして一番に批判したのは萩原朔太郎ですから。ところが、詩人たちの間では一種の誤解もあって言葉がちょっと浮き上がったところがあった。そこへ岡井さんなんかの、当時の若手の現代短歌の旗手たちが非常に真剣に取り組んだ。それで「歌と逆に歌に」になってきたのがある種の良質の現代短歌です。

細見　どこだったか、岡井さん自身が戦中体験のことを書いていました。世代的に、兵士にとられるかぎりぎりのところですね。

山田　終戦時に十七歳です。

細見　死んでいった先輩たちが沢山いて、血の池をくぐっていくようにしてなんとか短歌の表現にたどり着いたら、戦後は針の山だった。つまり、第二芸術論にぶつかる。

山田　その話題から今回取り上げる『暮れてゆくバッハ』に入るとすれば、四四頁、「私の昭和二十年、を問はれて」という章の中の、「根のふかい懐疑は海へ逃げてゆきわたしはアララギ派の歌人になつた」。つまり昭和二十年ごろ、自分がアララギ派の歌人になったわけです。「根のふかい懐疑」というのはたぶん短歌とか、定型とか、あるいは日本的な情緒というものに対する懐疑でしょうね。それが「海へ逃げてゆき」というところが謎めいている。この「懐疑は海へ逃げてゆき」というのをどう解釈したらいいんだろう?

細見　その前にさっきの話ですけど、国文社の現代歌人文庫に収められているエッセイ「歌との出会い」の末尾でした。

山田　桑原武夫の第二芸術論と小野十三郎の短歌的抒情の否定を同列に捉えたところに当時の

大きな誤解もあったわけですが。

前衛短歌の頃

細見　それでさっきの「海」の話。少なくとも、自分が一人の表現者として立つという戦後の最初の時期ですね。その時にそれまでの、自分に対する疑いとか表現に対するためらいとか、そういうものを、海へ逃げてゆかせる。

山田　解き放ったということか。

細見　この後ですね。アララギ派の歌人になったと思ったら、第二芸術論に遭った。

山田　同時に小野詩論に出会ってしまうわけ。岡井さんより少し上の世代の高安国世なんかは、小野詩論の「短歌的抒情の否定」をまともに浴びる。一番矢面に立って、嫌で嫌で仕方なかったみたい。高安国世の発言を、僕はリアルタイムでは知らないけれど。

山下　「短歌的抒情という言葉をやめよう」というタイトルの論考で反論したというか。

山田　短歌的抒情という言葉が独り歩きしてしまって「短歌を書いてる奴はみんな反動的な人間」みたいになる。高安さんなんか全然そんなことないわけです。それがアララギ系の歌人というだけで肩身が狭いみたいなことになる。そういうところで「塔」という結社を立ち上げるわけでしょう。

山下　その立ち上げ自体は自由な精神を求めて「アララギ」から独立し若い歌人たちも結集したもので、このタイプにはすでに「未来」がありました。

山田　先に近藤芳美の「未来」があったのか。それを岡井隆が引き継ぐ。

細見　岡井さんというのはまずは、すごい前衛歌人という位置がありますよね。『現代歌人文庫』に入っているのだと「朝狩」とか。

山下　そうですね、最初のほうの歌集で、どんどん突き詰めていく、広げていく、いろんな実験的なこともされていた。

細見　今から思うと、塚本邦雄、寺山修司、岡井隆って、全然違うイメージですね。

山下　塚本さんは一番年齢が上で一九二〇年生まれ、岡井さんが一九二八年、寺山さんはさらに七つか八つ離れていますから、塚本さんに二人とも示唆を受けながら個性を伸ばしていったという感じでしょうか。

山田　そこに中井英夫という名編集長がいた。今回の本にも「「前衛再考」を話題にしたおしゃべり」があって、AとBの対話として書いている。岡井さんのモノローグ、一人でのダイアローグ。その中で振り返って、「前衛三人男」、「前衛女衆」という言い方が出てくる。塚本邦雄や岡井隆が発見した葛原妙子とか。

山下　葛原妙子は一九〇七年生まれだからもっと先輩で、出発の遅かった方なんだけど、その才能は中井英夫に尊重されていた。

山田　斎藤史もそう。森岡貞香というのは？

山下　その方は葛原とは盟友で、折口信夫がアドバイスした女流たちの次の世代で、共に幻想のリアルを求めていった歌人。

山田　折口から繋がっているの？

山下　繋がってはいる。批判的に継承しているという感じです。

山田　その後、山中智恵子、河野愛子とか。河野裕子さんはもう少し後だね。そのへんもずっと、岡井さんは傍にいて。

山下　皆さん交流があって、触発しあって、歴史をつくってきたみたいな感じです。

山田　岡井さんの特徴として、そういう歌人、詩人、それに思想家とか評論家も含めて、対話が多い。対話や座談会だけでも膨大な数の本になる。前衛短歌の運動といわれたころにも散々、異種格闘技のようなことをした。

山下　歌っていうのは歌会がベースにあって、一首の歌を互いに読んで批評しあうことが出発点になるから、常に他者の言葉、他者性がないと歌が磨かれないといわれたりします。

老境のポエジーと批評性

山田　今日は三つぐらいテーマを考えた。一つは生活詠。手術したり知人を亡くしたりという生活の中から出てくる老境の抒情、老いのポエジーみたいなね。谷川俊太郎もそうだけど、八十を過ぎて現役の詩人や歌人で、しかも新しいことをやっているという人が何人もいる、という時代は今までなかった。そこで出てきている、老詩人たちのポエジーというのが、すごく新しい。二つ目は対話詩。相手が死者である場合もあるし、具体的に傍にいる他者の場合もある。そういう語りかけ、対話をするポエジー。自己内対話もあって、加賀に行ってっていう旅のシリーズがある。

細見　「金沢への旅のあとさき」

山田　十何年前の自分の作品を詞書にもってきている。「神楽岡歌会の百号を記念し新旧の歌を合はせた」。詞書に「96年6月」とか「93年11月」とか日付が書いてあって、これは過去の自作ですね。それに対して現在の「私」が歌で返す、相聞歌のようなことをやっている。これが二つ目。もう一つはやっぱりどうしても、批評性なんです。思想とか、評論とか、それから社会的な問題とか。時事詠という言葉はあるのかな。

山下　社会的に敏感な人で、いろんな事件とかを歌にされる。この間の後藤健二さんのこともちょっと出してらっしゃる。

山田　手書きの字に植物のスケッチを添えた部分があって、そこに「後藤健二」も出てきます。ただし、これはメモであると後で断っています。事件のことを書いた歌も出てくる。「ひねもすにオレンジ色の映像を流すほかなきメディアのつらさ」。ずっと将来になって読んだら何のことか分からないかもしれないけれど、「二〇一五年一月のある日」と書いてあるから歴史を調べれば、あの事件かと分かる。そして「オレンジの色の囚衣の映像を折ふしに見て書きつづく　詩を！」。

細見　「歌」じゃなく「詩」になっている。

山田　しかもそこに感嘆符を付けている。こういうところで詩を書かなきゃいけない、という義務感、あるいは使命感。

細見　ジャンルとしての詩と歌を区別していない感じです。いわゆる狭義の詩と狭義の短歌を含めて「詩」と言っていると思う。

山田　今回の本は短歌が中心だけど、散文詩も出てくる。「亡き弟の霊と対話しつつ過ぎた、手術の前と後」。弟さんはだいぶ前に七十一歳で亡くなった。でも、自分の命が危ないかもしれない手術に際して、弟の霊が現れて、対話する。かと思えば、まったくの行分け詩もある。「花も実もある噺」というのはすごくいい詩で、しかもソネット、変則ソネットです。

細見　中が三行になっている。

山田　四・三・三・四。明らかに谷川俊太郎の「旅」なんかを意識した変則ソネットで書いている。これは岡井隆の現在の現代時。歌の形で書ければ歌にするし、詩にしたいなら詩に。散文詩でもいいし、ソネットでもいい。なんなら普通に散文を書いて、誰かが詩だといったら詩集に入れたらいい、みたいな感覚。

細見　前から繋いでテーマを引き継いでいるようなものがありますね。そうするとそれは本当にもう詩に近づいている気がします。岡井さんはずっと短歌をやってきたから、ある意味じゃ短歌が一番、素直に形になるんだろうけど、僕なんかが読んでいると、この短歌は俳句っぽいなあ、と思うのと、これって詩になっちゃうなあ、というのと、両方から引っ張られている力を感じます。

山田　これ、うっかりすると見落とすけど俳句も入っているでしょう?

山下　詞書みたいに。

山田　そう、詞書のところが俳句か川柳か、五七五になっている章がありました。一五三頁からの「昭和九十年の昭和の日に」。「指で押す『換喩詩学』や月おぼろ」とか。

山下　漱石とか芥川龍之介の俳句を使ったりすることもありますね。

非情と有情の老詩人たち

山田　「昭和九十年」というのは平成二十七年を昭和で数えたということでしょうね。そこで「五つあるなかの三つを取り分けて昭和の楯の北側に置く」。五つあるなかの三つというのはいったい何だろう。次の頁には「明治一五〇年とぞ欧風の食卓にのり白米、苦笑」とある。百五十年を五分の三にすると九十年になりますね。つまり昭和からの九十年というのは、明治から数えた百五十年の中の五分の三、ということだと解読した。すると明治からの日本の近代が百五十年になった。そのうち昭和からの三つ分を取り分ける。それを「昭和の楯の北側に置く」。これも謎だけど。

細見　自分の時代の数え方は、昭和以前の六十年と昭和以降の九十年だと。昭和の楯、ここからが昭和という仕切りがあって、北側（南側でもいいんだろうけど）、昭和の方に、その九十年を置く。

山田　そこで区切る。

細見　岡井さんの生涯ということでしょう、実質的に九十年というのは。

山田　あえて平成の今、昭和九十年というういい方をするのも、そのほぼ全てを生きてきたから。次の「昭和とは頌和であって情話でもあつた　入試に出たぼくの歌」ってこれも上手い。前半で一字アキを入れて、最後の「ぼくの歌」なんかは五音。

細見　切り分けると普通に詩の形を取っちゃう気がする。一行にしているから短歌。

山田　全体はちゃんと三十一音なんです。だけど変なところで切るからリズムが変わる。これも岡井さんの前衛性の持続というか、以前からやっていたと思う。初句七音とかね、すごく意識的に。

山下　形は歌に見えるんだけど、骨格を変えちゃうと普通の詩になっちゃう。

山田　句またぎとかいろいろやれば、三十一音でも新しいリズムをいろいろ作れる。そういうことを岡井さんはしょっちゅうやるから、油断できない。今の昭和の話に戻すと、次に「明治一五〇年～」の歌がきて、さらに大正が出てくるのが一五五頁、「大正を引き寄せて書くうすぐもり対象は鷗外晩年の歌」。駄洒落みたい。まさに鷗外の『うた日記』とか、晩年の歌とかが念頭にある。

細見　実際に鷗外論とかも書いてられた。

山田　岡井さんの大きなモノグラフィーとしては、鷗外、茂吉、木下杢太郎、この三つかな。そういったものをまだまだ次書くと。

細見　すごいなあと思うのは、それだけいろいろなことをやって知識があるけど、その知識で書かないいんだよね、歌を。

山田　いつも若い歌人や詩人と付き合うのが好きでしょう。どう読まれるかということでも若い人に興味があるんだけど、むしろ相手から奪ってくるもんね。すごいエネルギーで。

細見　奪うのは寺山修司の得意芸だった。

山田　そこは谷川俊太郎との違い。谷川さんは新しいことをやってどんどん更新していくけど、若い人から奪ってくるとかしない。吸収することは、ほとんどないんじゃないか。

細見　まあ勝手にやっていてほしいという感じでしょうね。

山田　別に邪魔も批判もしない、時にはほめたりするけれど、実はどうでもいい（笑）。ある意味、非情ですよ。岡井さんは、谷川さんの非情に対して、有情の人だと思う。好きでしょうがないんだね。今回「びーぐる」の特集が「町田康の詩表現」で、先日、岡井さんの原稿がきた。町田康を読み直して、新しい発見があって、前にはこれは読めなかった、悔しい、というような、そういう文章がきてる。町田さんの詩集が文庫で出る時に、岡井さんが解説を書いているし、岡井さんの会に町田康が招かれて行って、岡井さんが町田康の詩を朗読して、町田さん、びっくりしちゃったりとか。その交流は本当に微笑ましい。

細見　解説を書いたのはどの本？

山田　たしか『土間の四十八滝』の文庫じゃないかな。いい解説ですよ。町田康が関西、大阪の言語とかリズム、イントネーションで書いている詩とか小説に対してすごく反応していて、それをまた自分に取り入れていくということをやるわけです。

保守と革新の間で

細見　僕が岡井隆さんと直接会ったのは東京で「世界詩祭」というのがあったときです。東日本大震災のあとの秋でした。

山田　夏石さんが仕掛けたあれね。

細見　あの時、岡井さんは福島原発の連作を朗読した。その時の会場の雰囲気は、若い人たちも含めて明らかに反原発でした。「原発とめろ！」みたいな。その中で岡井さんは、今の風評被害の一番の被害者は原発だと思いますといって、脱原発、原発反対とはまったく違う短歌の連作を朗読した。そういう時の岡井隆というのは、すごいと思いました。

山田 ある意味では吉本隆明の反核異論を継いでいるような感じもする。本気でそう思っているか、分かりにくいところがあって、あえて少数派に与しているようにも見える。

細見 変な科学信仰があるんじゃないかという批判もある。確かに、吉本さんと岡井さんに共通した、あの世代の理系が持っている科学信仰はあるかもしれない。そのことより、あれだけ空気を逆撫でする、それも静かに堂々と逆撫でする、あれは立派だと思いました。歌会始の選者もずっとやっていたわけで、岡井さん自身はそのことを含めて、変節したなんて言われるわけでしょう。六〇年安保の只中の前衛歌人というイメージからすると、明らかに保守化したというように。

山田 岡井さんの皇室好きというのはたぶんもう一段階ぐらいあって、それこそ「歌と逆に歌に」行くような接近……。だって今、皇室が右翼、保守派と言えますか？　すごくリベラルな皇室になっている。

細見 少なくとも安倍よりは今の天皇のほうが数倍まともでしょうね。

山田 そういうことを、岡井さんはもっと早くから気付いていたんじゃないか。むしろ天皇制を守っていくことに民主主義の成熟があって、日本の保守反動に対する砦になるというような。そういう皇室を歌った作品もある。別に称賛はしていない。ここに出てくる皇室の人は非常に人間的で、等身大。岡井さんもまったく媚びていない。

山下　岡井さんが仰ったところでは、皇室や歌会始で歌われる歌は、昔から受け継いできた和歌の世界で、あのままじゃ駄目だから、歌会始の歌も新しくしなきゃいけない。だから関わろうとした、というような話でした。

生活詠――「想ひ人」のことなど

山田　岡井さんには、対他性、他者性の強さがある。今の奥さんが自分より三十ぐらい若くて、その人をすごく大事にしていますね。簡単な手術だけども今回、全身麻酔だし、心配だから遺言状を書いたとか、銀行に行って手続きをしたとか。

山下　あの箇所は、すごく素敵な、エッセイみたいな感じ。

山田　二五頁ね。枕草子によると「心地などのむつかしきころ」に、「いひなぐさめ」てくれるのが「想ひ人」なのだといふ。「思ひ人」と「想ひ人」ではちよつと漢字の伝へるところが違ふみたいでもあるが……。ロマンティシズムですね。これ、妻のことを「想ひ人」として、最後「想ひ人」のお蔭もあつて何とかのり切れたのだつた。詞書のようだけど、やっぱり散文詩だと思う。

細見　こういうの、短歌でも書けたかもしれないと思いますね。

山下　今までの歌集でも奥様のことを歌った歌はすごくいい歌が多くて。『E／T』のころから今の奥様なんだけど、画家なんですね。

山田　今回の歌集でいえば生活詠の中で、妻との生活の仕方が出てくる。最初に「朝食のあとで」というのがあって、「遺言状をつくるため～」とか、それから「グラノーラの朝食」というのもいかにも、健康志向で奥さんが作るのを素直に食べるような感じ。

山下　前の歌集だったか、お互い別のところにいて、携帯で連絡を取って、どっちが先に帰るか競争、とか（笑）。

山田　今回のこれも、一三頁の「ケータイの在りかをぼくので呼びあてる、弁証法の正と反だね」なんて、穂村弘みたいな（笑）。

山下　穂村さんはそんな高踏的な言い方しない（笑）。……加藤治郎さんあたりかなあ。

山田　それから生活詠でいうと、二九頁。これはものすごく良質な生活詠だと思って、大好きなんですよ。「青森の生んだ林檎が刻まれるひる近きわがこころの部屋で」。林檎を刻んでいるのは、たぶん妻でしょう。「ひる近きわがこころの部屋で」楽しい午後のひととき……。「青森の生んだ林檎」というのも非常に的確で、ピタッと収まる。

山下　まあでも岡井さんって分からないからね、何か別の意味が仕掛けてあったり。これは、「手術の日を待ちつつ」だから――。

山田　前のほうは手術を前にしながらの日々の営みを淡々と書いていて、これもいいね。

歌会のことなど

山田　もうちょっと古典的なものも見ようと思うんだけど、一三頁。詞書に「茂吉の本歌は皆知つてるよね。」と入れて、「ただ一つ残して置いた白桃をいま食べ終つたみたいな気分」。素直なようだけど変な歌。

細見　茂吉に白桃の歌があるんですか。

山田　『白桃』という歌集があるんですよ。その中に「ただひとつ惜しみて置きし白桃のゆたけきを吾は食ひをはりけり」。

細見　要するに岡井さんのは現代語訳に近い。

山田　「ゆたけきを」という言葉の使い方は実にいいね。それを、「いま食べ終つたみたいな気分」と本歌取りしている。

細見　茂吉は実際に食べているのに、こちらは食べたみたいな気分で、食べてない。これは「松にまじりて傘寿皇后のピアノを聴く」の中の一首ですね。

山下　宮中に招かれた時の歌。だからその次の歌にはドナルド・キーンとか、日野原重明さんが出てくる。

山田　「ライヴァル考」っていうのもいい。散文詩で、京都の賀茂川が舞台。

山下　神楽岡歌会の前っていうのは、河野裕子さんがお元気だったころで、荒神橋歌会といって荒神橋のあたりでやってらした。永田和宏さん、裕子さん、岡井さんとか、すごい方たちが集まっている歌会でした。

山田　じゃあ超結社の歌会があった。

山下　すごいライバル意識で歌を出し合っていた。

山田　じゃあ「賀茂川を挟んで右岸と左岸があつて　その岸を右に左にわたり合ひながらあの川　賀茂の流れをライヴァルし合つたのでもあつた」って、右岸と左岸で「未来」と「塔」が拮抗している、そんな読み方も可能か。京都には岡井さんは縁があるのかな。

山下　お父さんが一時期京都に住んでいたから土地勘が少しある、みたいなことは書いてらした。それに、お医者さんを引退されてから京都精華大学で教えてらした。

様々な意匠

細見　いろいろな遊びをするところがありますね。例えばタイトルになっている「暮れてゆくバッハ」四四頁、「ヨハン・セバスチャン・バッハの小川暮れゆきて水の響きの高まるころだ」。バッハはドイツ語で小川だってよくいわれますね。バッハの名前から小川が出てくる、そういう一種の遊び。

山田　でもこれ、詩集のタイトルにまでなっているからちょっと深読みしてもいいんじゃないですか。「暮れてゆくバッハ」とは……

細見　自分の人生の時間の流れが、バッハの小川と重なる。

山田　そこで「水の響きの高まるころだ」というのがすごいじゃない。自分が暮れてゆくバッハで、バッハの晩年に重ねて。確かにバッハは最晩年にすごい作品を書いている。フーガの技法とかミサ曲とか。今こそが水の響きの高まるころ、という高揚感がすごい。

細見　枯れていくの逆を行っている。

山田　だから自画像的な歌かな。「暮れてゆくバッハ」はつまり自分のことだろう、と。

細見　一〇二頁のも面白い。「何人も此処へ寄つてはなりませぬ悪意うづ巻く絶賛広場」。

山下　すごいですね。

細見　こういう外の向きようというのはね。

山田　しかもこれは折句でしょう。そういう遊びもやっている。僕はこのところ詩論詩というのをテーマにしているけど、詩論歌というか、歌で詩論をやっているのがある。一三四頁の「詩句つてさ詩節を作る。詩節こそ定型を産む。側室の腹?」。詩論だとすれば、何か鬼子みたいな、そういう定型詩をいっているんだろうか。それから四〇頁。「思想なんて死語を使ふのはどうかなあせめて〈詩想〉と緩めてみたら」。

細見　その前の歌が「霜といふ思想にやられたらしくある。水仙の花冠が荒みはじめた」。その自分の歌に自分で言っている。

山田 おかしいのは、詩想で緩めてみたらといって、前の「霜といふ〜」の「思想」を「詩想」にするわけじゃない。自分で連歌をやっているような感じで、前の歌に自分で突っ込みを入れて次に進んでいく。こういう場合、歌集も歌の寄せ集めじゃなく、全体の組み立てとか、流れとか、相互作用を含みながら一冊の歌集を詩集のようにして読む、という読み方がかなり普及してきているんじゃないか。

山下 歌集の批評会でもみんな熱心で、パネリストの人はテーマを立てたり、構成を研究した読み方をしています。

岡井隆の方向性を継ぐもの

細見 あんまり詩集でこういうのはないじゃないですか。詩集は詩だけ集めて作られる。詩とエッセイ、評論が渾然一体としてあって、たまさかこれは詩の形をしていて、エッセイの形をしていて、という表現形態でやっている人は少ないと思う。

山田 これをやれる人がどんどん出てきてほしい。最近では中家菜津子さんが、詩と短歌を混ぜて一冊にしていて、散文詩と、ここというところで短歌が出てくるのがすごくいい。散文の部分がレシタティーヴォ、短歌がアリア。そのめりはりがすごくいい作品がある。

細見　私たち、もうちょっと読者に、詩の世界に入らせる工夫が足らなさすぎる気がして。

山田　そういう意味じゃ岡井さんのやっていることは、非常に大きな意味を持っていて参考になりますよね。

細見　こういうことができそうなのは僕の知り合いでは、京都の淺山泰美さん。

山田　僕が身近なところで期待しているのは四元康祐。今度の『現代ニッポン詩《うた》日記』なんかね、あれをもっと、散文を散文らしく書いて融合させたり。

細見　第二部はコラムを書いて詩で収めるというやり方をずっとしていましたね。あれは連載だから仕方がないけれど、詩がエッセイになったり、エッセイが詩になったり、雲みたいにして流れていくような、そういう表現形式ってあり得るんじゃないか。

山田　そのあたり、岡井さんの今後のさらなる展開に期待しながら、同時に、より若い世代の作品にも注目していきたいと思います。

まどろみの鬼

まどろむ　といふのは
そのあとに　目が覚めるといふこと
まどろむまへの世界が　すつかり別のものになったりしてゐる
あんなにいやな世界が
ほんのすこしづつだが変つてしまふ
まどろむことで救はれる
といつたつてその救ひは例によつて浅い
短い救ひだが　それでも
ないよりはいいさ
歌を作つて提出するとひどい批評がくる

忘れたくつて眠る　ほんの数分のまどろみ

志をうしなつてしまつて茫然としてゐる
そんな海からだつて花が拾へる
まどろみは浅いからいい忘却
ごはんの上に濃厚な魚を置くな
ごはんのあのあさくつて土の匂ひがする
昨日の世界みたいな味が
まどろみのやさしい手つきによつて
消えてしまふ　そして
朝日や夕日に照らされた断崖のやうな
きはめてごつごつした今日が
まどろんだ数分のあとに
鬼のやうに立つて手招きする
まどろみつて　そんな奴《やつ》なんだ

小さな旅の旅支度

旅といっても大旅行ではない。今週末にも大阪と京都へ行くが、半ばは仕事がらみである。のんびりと、非日常の世界に遊ぶということがなかなかできなくなった。あるいは、もともとわたしは――あるいはわたしたちの世代はといってもいいかも知れないが――遊ぶことが下手である。遊ぶより、仕事なのである。旅行にしても、仕事がらみのそれの方が、自分の気分に合っている。

この週末に、大阪へ行く。その翌日は京都へ行く。どんな服を着てゆくか。靴はどれにするか。帽子はかぶるとしたらどれにするか。それも、むろん、考える。

当日の関西方面の天気はどうか。テレビで予報をたしかめる。もう何日も前からそうしているが、春先の不安定な季節で、予報では雨になったり、曇りになったりだ。傘は当然持っていくことになろう。

足もとが心もとなくなっている老人であるから、家妻が付き添ってくれる旅なのである。三鷹駅のビューへ行って、ホテルを決めたり、新幹線の往復の切符を買ったりする。地図やダイヤを調べた上で、家妻がビューへ行って買う。大阪では大阪大学の吹田キャンパスへ行く。未知の場所なので、これも地図で確かめる。大学からは何回にもわたってファクスが来て、時間や場所の打ち合わせがあった。

　こういうのも一見すると仕事のための旅みたいだが、心の中では、未知の場所へ行く、ほのかな愉しみがある。そこまで行く経路を想像しながら、出来ればタクシーで直行するのではなく、バスや電車で窓外の景色を愉しめたらなあなどと考える。

　京都の方は、昔よく通った勤務先のある町なので、記憶の中の駅の風景などもぼんやりと浮かんで来る。それでも、わたしが行く歌会の場所は、未知の場所。するとそこへの経路には、意外な風景がひろがっているかも知れないではないか。

　今のところ、大阪も京都も、雨の予報である。雨具も用意しなければならず、靴も雨用になるだろう。

　まだ、キャリーバッグに入れていく薬、文具、本のたぐいも決まっていない。こまごまとした配慮の末に、あとで「しまった」と思わないように、気をひきしめて旅支度をするつもりだが、旅というのは、どんな小旅行でもハプニングのおきる可能性を避けられないものなのだ。

郷里で珈琲タイムを

わたしは、名古屋出身の歌人である。

昨日、名古屋市の観光文化交流局文化振興室のYさんと、その仕事の企画実行の補佐役らしいK夫妻が、はるばる東京都武蔵野市のわたしの近くの某ホテルのラウンジまで来られて、名古屋市の企画している「やっとかめ文化祭」の一環である「ナゴヤ面影座」に出演するように話をもって来られた。「やっとかめ文化祭」の「やっとかめ」は名古屋弁で「久しぶり！」といったところだ。「ナゴヤ面影座」というのは「内外からの知を集結し、継続的にナゴヤ学を構想するための〈座〉を建立したい」とうたわれている。わたしは一九六三年「木曜詩信」というハガキ通信の週刊誌を創り、その中で「名古屋よ／わたしは愛する　もはや地上にはない原《ウア》名古屋を／／名古屋はそびえ　わだかまるのだわたしの現在に　無名の非実在の聚落として／／やさしげな旧いウアナゴヤよ／ナゴアブルグ／ナゴアンスタットよ」と歌ったことがある。ＵＲ《ウア》は旧いという意味。ブルグもスタットも市を意味する。昨日来られた三人の名古屋人は、このウアナゴヤから企画の名を付けられたようだった。「ナゴヤ面影座」の第一回として「風の旅、円空の歌」という企画をくわだてられたのだ。それは名古屋市中川区荒子町宮窓一三八に実在する荒子観音寺に残存する一二〇〇体を超える円空仏、護法神像または木っ端仏、つまり一片の端材から生まれた小さな仏像の群れをタネにして海と山のあいだを疾走し旅に生きた円空さんの生き方に結びつけながら、ウアナゴヤの意味合いというのかなあ、それを、この秋、イシス編集学校校長の松岡正剛さんとわたしとで対談しながら語れというのだよなあ。のみならず、此の「ナゴヤ面影座」は八回を予定し構想しておられるというのである。（はたしてわたしの年齢を何歳だと思っておられるのであろうか。）しかし、わたしは昨日此処まで来て熱心に話される三人の構想をきいているうちに、なんとなくウアナゴヤに奉仕する気分にもなってきたのだ。企画実行役のＫさんは夫妻で名古屋市天白《てんぱく》区で「番器」という名の茶房をいとなんでおられ、夫のＫさんはイシスで松岡さんに弟子入りして編集工学を学んだことがあるというではないか。昨日夫妻は、自分のお店から、タンザニア原産イタリアン・ローストというコーヒーとブラジル産カップオブエクセレンスというコーヒーとをドリップフィルターつきで、珈琲タイム用に下さったのだ。感謝！感謝！

報告と、遊びへのおさそい

メッセージというより、報告に過ぎないが、日本の伝統文化の一つ、短歌が、戦後七十年の受難の歴史を経て、今も生き残っているという不思議な現実をお知らせしたい。

米軍占領下における短歌滅亡論や国語改革の大きな潮流にただよいながら、短歌（つまり、五音七音五音七音七音の音数律詩で、基本的には文語で表わされる短詩）は、いくたびかの自己改革を経た上で、今も生きている。現場にあった者の一人としてわたしは、このことを喜ぶというより、なりゆきの奇異なることに驚いている。

短歌の自己改革の方法としては、短歌を短歌らしくない恰好に作りかえることが大きかった。たとえば、五・七・五・七・七の音数律を初句七音化して、七・七・五・七・七とするとか。句またがりと通称されるような、句構造の侵害。例、「海底に夜ごとしづかに溶けゐつつあらむ。航空母艦も火夫も」塚本邦雄。

句またがりは、口語の大胆な導入と共に、例えば俵万智の「愛人でいいのとうたう歌手がいて言ってくれるじゃないのと思う」のような作品を生み、その広汎な模倣を生んだのだった。

一首で完結するという古典和歌の約束を破る〈連作法〉は明治に正岡子規が導入したものだが、戦後もごく当り前な技法として栄えた。そして今、短歌界は、

(一)中高年の、主として女性による、いわゆる生涯学習的、生き甲斐短歌。

(二)二十代三十代の若い世代による、実験性に富む短歌。現代詩に近い短歌群。

と大別される二つの短歌として生き残った。

結社と称せられる党派的、主従的集団も、たくさんある。同人誌も若い世代には多い。

一言つけ加えれば、若い冒険家たちよ、この奇妙な伝統詩型を手にとってごらん。なかなか面白い遊び道具だよとお奨めしたい。

（文藝春秋二〇一六年九月号）

Ⅶ　人生の贈りもの

ことばの職人として突き詰めたい

——天皇、皇后両陛下と皇族方の和歌のご相談役である御用掛《ごようがかり》を務めていますね。しかし、かつてはやや過激な「前衛短歌の旗手」。二つのイメージがどうも結びつきにくいのですが。

そう？　ぼく自身はどっちかというと、意味内容よりはレトリックを重視しているんです。この豊かな日本語の修辞の面を大事にしたい。ことばのアルチザン（職人）として、短歌を究極のところまで突き詰めたいという思いが強くてね。

——なぜ前衛に向かったのですか。

若いころ、みんなから「歌が上手だね」と言われました。すると「ああ、技巧的な意味で達者なんだな」と思うじゃないですか。じゃあ、そこを伸ばしていこう、と考えたわけ。

――音楽で例えるなら、モーツァルトに満足せず、より難解な曲に挑むような……。

そういうことです。ただ、モーツァルトの方が心地がよくて、シェーンベルクの無調音楽まで行くとウハウハと喜べる感じではないわけね。だから、そのへんの兼ね合いは難しい。どこか楽しませる部分がないとつまんないんじゃない？

――そういえば、大橋巨泉さんが万年筆のＣＭでやった「みじかびのきゃぷりきとればすぎちょびれすぎかきすらのはっぱふみふみ」を評価していましたね。

1996年の「現代百人一首」という選集の一首に入れました。同時に皇后さまの歌も。タブーだったんだよ、あんなところに皇后さまの歌を入れるなんて。あれは、かなりの勇気とかなりの遊び心で臨みました。

――さまざまな試みをしてきました。例えば82年の歌集には、異様に長い詞書《ことばがき》を添えた歌があります。「建礼門院右京大夫って、いかなるおばさまか知らないけど、ふくる夜のねざめさびしき袖のうへを、ってよむわな。音にもぬらす春の雨かな。たまに上京するときまって雨。傘がない　井上陽水、って気分。」とあって、ようやく歌が現れる。「弱酸《じゃくさん》ののどをくだりてこころよきクリムトを経てシーレをぞ恋ふ」。そこに陽水とは！

陽水は初期から聴いているんです。すごいと思いますねえ。彼はね、世界に通じますよ。相撲の力士が花道で斬りつけられる歌があるでしょ？

――「事件」ですね。

聴いたとき、驚いちゃってね。いま、そんなもん出したら大変でしょう。暴力や性行為に結びつくようなものはタブーですから。そういうこと、やりにくいねえ。80年代までかな、そんな話ができたのは。朝日新聞もＮＨＫも自制するからいけないんじゃないの？　ぼくなんか、やや露骨な歌をつくることがありますけどね。

戦後の開放感　疎開先で自然を詠む

——ご両親は？

父は、短歌結社誌「アララギ」の創設にかかわった斎藤茂吉さんの弟子です。母も30歳を過ぎてアララギに入会し、土屋文明さんの門下となりました。ただ、こういう家庭だからといって、弟や妹も歌をつくったわけじゃないんです。

——短歌は何歳から始めたのですか。

17歳です。三重県の農家に3カ月くらい疎開したんですけど、そこに短歌の本がいっぱいあった。名古屋の実家の父の蔵書は空襲で全部焼けちゃいましたけど、父があちこちから集めた歌集や歌書が、農家の離れの部屋に積んであったんです。

それを読んでいるうちに「ちょっと面白いなあ」と思って、歌をつくった。おやじさんに見せたらね、「う〜ん、これじゃまずいな」と、あちこち手を入れてくれました。

おふくろさんには「あははは！」と笑われちゃった。「こんなもの歌じゃない」と。母親のほうがきついねえ。

――それで発奮した、と。

腹が立つじゃないですか。それに暇なものですからね。戦争は終わっても、通うはずの旧制第八高等学校（名古屋市）は、いつ授業を始められるか分からない。「疎開先の住所だけ知らせておいてくれ。態勢が整ったら連絡する」というのです。それまで適当に勉強していなさい、ということですね。

――時間はたっぷり。

西のほうをながめますと、山々が見えるんです。その感じがよくてね。山のふもとまで広々と、田園が広がっているんです。その山のほうから川が流れてきている。それがまた、いい川でねえ。それを見ながら一生懸命、歌をつくりました。自然詠というやつですけど、それがよかったですね。

終戦の翌年から名古屋でもアララギの歌会が始まったんです。そこに出かけて、歌を出してみた。すると意外にも、おやじさんやおふくろさんの歌よりも、ぼくのほうがほめられることがある。励みになりました。

――戦後と同時に歌づくりが始まったわけですね。

なんとも言えないほど垂れ込めていた、戦争中のくらーい感じから解放された。ひとことでいえば「自由」ですね。アメリカ映画から受けた影響ってのも大きくてねえ。「そうか、デモクラシーというのはこういうことなのか」と思いました。

進駐軍については、あまりよく言わない人もいる。確かに、それまでの文化政策などをバリバリと音を立てるように変えていきました。悪い面もいっぱいありますよ。ありますけど、一番最初に感じたのは、何とも言えない開放感だなあ。その開放感のなかで文学をやってましたねえ。

ぼくは西脇順三郎さんの詩が好きで、20歳のころから詩も書いていました。路上に置いた板に、西脇さんの詩集が並べて売られていた。そういうのを買ったものです。そんな混乱の時代が終戦後、数年間続きました。

短歌に逆風　よくぞ続けたなぁ

――終戦直後、俳句や短歌を他の芸術より一段低く見なす「第二芸術論」がわき起こりましたね。

ものすごい革命的な変動の時期だから、何が起きてもおかしくないんですよ。フランス文学者の桑原武夫さんは１９４６年、当時とても大きな力を持っていた岩波書店の雑誌「世界」に「第二芸術」と題する論文を書きました。そのころのインテリは、朝日新聞と岩波書店とＮＨＫの三つが頼りだったわけですよ。その岩波の雑誌にそれが載った。

――「かかる慰戯を現代人が心魂を打ちこむべき芸術と考えうるだろうか」と挑発的です。

俳句批判に始まった第二芸術論の波というのは大きかったですね。要は「短歌なんかつくっていては、日本人の知性を改革するのに役立たない」というのです。

編集者で文芸評論家の臼井吉見さんなんて、もともとは歌人の島木赤彦さんの熱いファン。その臼井さんまで、「今こそ我々は短歌への去り難い愛着を決然として断ち切る時ではなかろうか」というようなことを言い出した。そうしないと日本の文化は伸びない、というのです。

――いまでは考えにくい話ですが……。

ぼくたちアララギの若手が、喫茶店に集まって会合を開こうとするでしょ。「何の会合ですか」と聞かれて、「短歌の」と言えないんですよ。肩身が狭い。見下される気がして「ええ、ちょっと……」としか答えられないの。喫茶店の人がそんなこと考えないとは思うけど、こちらが卑屈になっている。おかしな話！

――やられっぱなしですか？

おふくろの歌の先生である土屋文明さんは「短歌はインテリの文学じゃない。民衆の文学だ」と、見事に第二芸術論的状況に対応したんですよ。

「さんざん悪口を言われているようだが、我々は民衆の声を伝えるために短歌をつくっているのだ。働いている民衆の生活そのものを詠むのが歌の本質である」と主張した。ぼくは名古屋での講演を壁にもたれながら聴いて、「いいなあ」と興奮しましてね。19歳のときでした。

そのように第二芸術論・短歌否定論をめぐって、ああでもない、こうでもないと激しい議論がなされました。そのなかで、ぼくは、よくぞ歌をやめないで続けたなあと思いますよ。

――それは、やはり短歌が好きだったからではありませんか。

ひとつには、それがありますね。もうひとつは仲間や歌の先生たちの存在です。アララギの古い体質に対する革新派、近藤芳美さんに出会いました。「よし、近藤先生について学ぼう」と決めた。だから、ぼくの第二芸術論からの脱出というのは理論的なものじゃないんです。いろんな人間関係や近藤芳美という人物の存在、自分の作品が歌会で評価されたこと……。そういうところが大きかったなあ。

おれは医者の仕事も詠んでいる

――慶応大学医学部の卒業です。内科医というもう一つの顔がありましたね。

大学を出ると、まず東京都内の北里研究所付属病院、いまは北里研究所病院といいますが、あそこに勤めました。

——ふだんはどのような一日でしたか。

午前中は外来へ行き、呼ばれれば病室の患者も診ます。午後はだいたい、みんな研究室に閉じこもって、研究を始めますね。顕微鏡をのぞいたり、検体を刻んで標本にしたり。

お昼休みになると、研究室でご飯をつくるんです。ほんとに何というかな、食事も仕事も一緒くたで、みんなでいつも話をしながら生活している。

——大変だけど、楽しそう。

ところが、ぼくは最初あまり熱心じゃなかったんで叱られた。それで奮然と目が覚めました。動物実験もやり、遺体の解剖もやり、文献もたくさん読みましたよ。

——それが「仮説をたて仮説をたてて追いゆくにくしけずらざる髪も炎《も》え立つ」という歌のころですね。

ここにはね、すぐれた先輩たちがいっぱい。当時の肺結核研究のトップクラスの人たちもいました。いろんな大学からの連中が集まった面白い研究所でね。研究室には慶応大学、東北大学、大阪大学などの出身者が混在していたんです。彼らとの日々は、若いぼくにとって大きい経験でした。

——医学と文学。いわゆる二足のわらじです。１９６３年の朝日新聞に「医者で社会派の前衛」という見出しの記事があります。

医者をやってて短歌もやってると「いったいどっちが本職だ」って言われたこともあってね。あるいは、暇な時間にちょっと書いてんだろう、と。要するにアマチュア的と見られる。やはり医者だった木下杢太郎や森鷗外についても、そのように見る傾向がありました。

ぼくは大学で歌を一生懸命勉強したわけではないけれど、しかし、両方とも同じように大切にやっていたつもりなんですよ。昔はそこが……、昔ってのは60年代、70年代までは、いまとちょっと違ってたんだねえ。言い訳じゃなくて、「おれは医者の仕事も歌のなかで詠んでいる。両方が一体化しているんだ」と考えていました。

——例えば「屍《し》の胸を剖《ひら》きつつ思う、此処《ここ》嘗《か》つて地上もっともくらき工房」という歌などがありますね。

歌人も、ある職業を足場にして生活しているはず。そこが大事で、当時の文化人は文章を書くのも歌を詠むのも、自分の職業生活から生まれ出るものを書いていた。自分の職業を持って、いかに生きていくかということが直接、文学に結びついていたんです。

いまは違いますね。誰かの歌を読んでも、作者の職業は何だかさっぱり分かんない。

自分の職業のことなんか、書いている作品のなかにはほとんど表れないでしょう？

政治から芸術へ　移ろう情熱

——医学生のとき、マルクス主義にひかれたそうですね。きっかけは？

旧制高校時代の親友や友人たちがどんどん左翼になっていった。それに対して、ぼく、初めは批判的だったんです。ところがね、いろいろ読んでいるうちに傾いていった。例えば、マルクスがジャーナリストだったころの論文とか、「ドイツ・イデオロギー」だとか。

みんな、ああいうのを一生懸命読む。解説本みたいなものじゃなくて、基本文献をちゃんと読んで議論しているの、我々の時代はね。そうしないと馬鹿にされちゃうから。

——共産党の活動にも少しかかわったとか。

ええ。共産党の末端に「細胞」と呼ばれる組織があったんです。慶応大学の医学生だったとき、細胞が運営している診療所に夜だけ通ってました。ところが一度、警察に踏み込まれてね。ガサ入れです。あれ、怖いですよぉ。

——どんな感じですか？

当直で診療所にいたら、突然、ワーッと入ってきた。歌誌の原稿まで持っていっちゃった。歌集もだよ。

――ご両親は心配だったでしょう。

そのころ、母親が病気になっていたんです。こんなことやっていてパクられ（逮捕され）たら、母親が嘆き悲しみ、ひょっとしたら病が悪化しないだろうかと心配しました。だから細胞の親玉のところに行って、事情を話した。「2年間ここで働かせてもらって残念だが、手を引かせてもらう」と告げたんです。これも運命だね。

――結局、共産党には？

入ってない。入党寸前まで行ったけど。

――でも、マルキストではあったのですね。

そうだと思いますね。うん。マルクスのような考え方でなければ、日本はよくならないと、あのころは考えていました。

――ちょうどそのころ、六全協（日本共産党第6回全国協議会）が開かれました。1955年ですね。「極左冒険主義」の誤りを自己批判し、学生たちに失望感が広がります。そのあたりから共産党とは距離を置くことになっていくのですね。

そう。現実は党が語る「お話」と全然違うなあ、ということも見えてきました。体験から言うと、末端にはすごく純粋でいい人が多いんです。党の方針ではうまくいきっこないと分かっていて、がんばっている。

東京の西の奥多摩に「山村工作隊」と呼ばれる組織の拠点がありました。そこに行ったらね、「これからは観光地として発展させなければ」なんて語っている。現実にそういうのを見ると面白いですよ。

——六全協の翌年、ソ連ではフルシチョフによるスターリン批判がありました。国際情勢も激動の時代でした。

そこにおふくろの病気のことも重なって、心にいろんな思いを残しながら「政治から芸術へ」となっていくわけです。

「民衆派」の考え方も受け継いだ

——終戦直後の「第二芸術論」は、短歌は複雑な現代を表現できるか、という課題を突き付けました。それに応えるかのように、１９５０年代に「前衛短歌運動」が起こります。特徴の一つは「虚構」を積極的に取り込むことでした。

ぼくが歌で詠んだことの半分くらいは「うそ」でね。写実といっても虚構が入ります。例えば、画家は写実的な絵を描くとき、目の前のコップがじゃまなら横っちょにどけるでしょ？　セザンヌでもそうですよ。虚構のほうがむしろ、真実に迫るってことがあり得る。ぼくはそう思っていたなあ。そもそも写実とか虚構とか、初めから区別しないほうがいいんです。

――塚本邦雄さん、寺山修司さんとともに前衛短歌運動をリードしました。

みんなが「三人衆」とか言ってぼくらの名を挙げていたのは、この運動をだれかに説明するときに分かりやすいからでしょう。どちらかというと右寄りには塚本さんという大スターがいる。寺山さんという大スターもいる、と。

ぼくは、ぐーっと左寄り。左翼系の前衛短歌の人たち、まあ、上品な言葉でいうと民衆派ですね。こうした仲間がいっぱいいた。共産党員もいた。ロマン派であり社会派の窪田空穂《うつぼ》さんや土岐善麿《ぜんまろ》さんの系列の人たちと親しかったんです。ぼくの下宿で革命運動を語り合いましたよ。

土屋文明さんじゃないけど「民衆的基盤のうえに前衛短歌」があり得る、と思っていました。つまり前衛短歌運動は、単にアララギがずっとやってきた写実のやり方を否定するというだけじゃなくて、土屋さんの「民衆派」という考え方も受け継ごうとしたわけです。

――塚本邦雄さんとは互いに影響を受けたのですか？

ええ、ぼくは塚本さんの影響を受けたことを強調しています。一方、塚本さんが58年に出した「日本人霊歌」という有名な歌集は、左側のぼくに一番接近した作品だと言われているんです。ぼくの影響を受けたような、社会派みたいな作品。

つまり、前衛短歌運動というのは一本の長い帯みたいなもので、右から左まであったわけです。そこをなかなか認識してもらえない。前衛短歌運動を論じる人たちの多くは、塚本さんばかりを評価する。ぼくに対する反発やジェラシーなどがあるのでしょう。本来、もっと公正に読むべきなのにね。

――でも、当時の青年たちに支持されていましたよね。「岡井隆ほど目覚ましく旋風的であった例は――敢《あ》えていえば英雄的だった例は稀《まれ》だ」とまで書いた方もいたじゃないですか。

歌人の上田三四二《みよじ》さんね。

――そういうのは、うれしかったでしょう?

どうだったろうな。照れくさかったんじゃないかな。ただ、ぼく自身には、青年が熱狂していた実感はないなあ。むしろ客観的に見たら、そういう状況だったんじゃないの?

九州へ「とんずら」5年間の空白

――順風満帆に見えた1970年、医師としてのキャリアや歌壇での名声を捨てて「蒸発」し、大騒ぎになりました。それから5年間、歌人としての空白がありますね。

病院も文学も全部やめて、九州にとんずらしちゃいました。最初は宮崎です。自分ではもう、歌人の世界に戻るつもりはなかった。それくらい本気で、人生を根本的に変えちゃおうと思ったんです。

——女性が理由だとか。

つまり、女性と一緒に行ったわけです。ということは、前の奥さんを捨てて……。これは語り難いですね。

自分より20歳くらい若い女性と九州に行ったわけですけど、結局はその女性とも別れてしまいましたからね。もしその女性と、いまもずーっと続いているんだったら話はしやすいんですけど。若い女性の一生を左右したのは、ぼくなのです。ぼくの「我」によって一方的に……。

あのとき、死を覚悟して九州へ行きました。もし相手の女性が「もう私はいや」「うちへ帰りたい」と言い出したならば、「ああ、いいよ」と応じた。そして自分は海に飛び込むなりして、死のうとまで思っていましたから。

——そのころを回顧して詠んだ「生きがたき此の生《よ》のはてに桃植ゑて死も明《あ》かうせむそのはなざかり」という歌がありますね。ただ、女性のことだけが失踪の理由だったのですか？

歌人としては、前衛短歌を攻撃する「前衛狩り」の時代が苦しかったということもあります。一方で、同士である塚本邦雄さんだけはとっても評判がいい。前衛短歌といえば塚本さん、という風潮が非常に強くて。前衛短歌運動というのは民衆まで幅広く取り入れた運動だったはずなのに、そうした側面が消し去られていた。「もう、やりたいことはないな」という気になってしまいました。

――九州に移ってから歌は一首もつくっていない。しかし医師としては復帰するのですね。

弟が宮崎にいた私を探し当てた。「もういっぺん、医者としての仕事を探したらどうだ」と言うのです。それで、しばらく考えて福岡県の県立遠賀《おんが》病院（当時）を紹介してもらった。70年の11月末。三島由紀夫が自決して、号外が配られたのを覚えています。

肺結核の患者を50人くらい受け持たされましたかねえ。病理解剖の専門家としても働きました。気持ちよかったですね。一切を刷新して、新しい仕事をやるわけで。住まいは一戸建ての公舎。すぐ向こうでは、響灘《ひびきなだ》の海鳴りがしていた。

いずれどこかで医院を開業しようかなと思って、候補地を探すようなこともしました。でも内心はどうもね、「自分は開業医には向いてないな」と。だって、開業医って大変ですよ。一つの病院の親玉になるわけですから。結局、遠賀病院にいたのは数年だけ。というのは、名古屋で暮らす母が胃がんになったんです。

故郷近くに転居　歌への思いも戻る

――お母様が胃がんになったことが転機になったのですか。

名古屋に暮らす父が「かあさんが手術する。おまえも医師なんだから様子を見に来てくれないか」と言ってきました。九州へ女性と蒸発した手前、自分としては非常にやりにくいわけだけど、ほったらかしにしておくわけにはいかないからねえ。

故郷の名古屋にはいっぱい友人がいます。「どこか勤め先はないだろうか」と頼んだら、国立豊橋病院（いまの豊橋医療センター）というのがある、と。ここがぼくを「ほしい」と言ってくれた。

九州を引き揚げ、愛知県東部の豊橋市に移りました。国家公務員になったわけですよ。そこの官舎から月に1度、名古屋の実家に行きました。

——そのあたりから文学に戻っていったのですか。

ほら、一時期は福岡で一人の医師として骨をうずめるつもりでいたでしょう？　だけど、それをやめて郷里の近くに帰ったわけです。それで自分自身の気持ちも変わっていった。

——でも、まだ短歌は一首もつくっていない？

そうです。全然。ただ、その間に、何冊かの本は出しているんです。塚本邦雄さんのことを書いた「辺境よりの註釈」というのもあります。だんだん歌人として元へ戻って来つつあったということです。

——復帰第一弾の歌集は？

そのころ非常にタイミング良く、ある出版社を経営していた方がわざわざやってきた。「これからの新しい文学運動としての短歌というよりも、いまの岡井さんの正直な気持ちをそのまんま表したような本を出しませんか」と誘われたのです。

彼は塚本さんのマネジャー的な人でもあり、「塚本も、ぜひ歌を再開してほしいと言ってます」と話すのです。そうしたお声掛けに対する返事として、九州への蒸発から5年後の75年に「鵞卵亭《がらんてい》」という歌集を出しました。

――生活面も精神的にも落ち着いてきたのですね。

生活は国家公務員としてやり直すところまで来た。そして、いくつかの本を書き、「鵞卵亭」も出したものですから、出版社や歌壇の総合誌が、あれを書け、これを書けと言ってくる。それに一生懸命応じていましたね。

――一度はやめたはずの短歌。でも、好きで離れられなかったということでしょう?

そうでしょうねえ。友人の要請に応える、なんて格好をつけてますけど、本質的には自分のなかにはどうしても……。ことばが好きなんだね、きっと。

医者としての仕事はもちろん大事です。一方で、文章を書き、歌を詠み、詩を書きという、そういう仕事が天職として与えられている気がするんですよ。こんなことはふだん、口にしませんよ。だけどゴルフやボウリングをしたり、車を乗り回したりといった楽しみではすまない、別のものがあったんじゃないのかなあ。

守るべき伝統　年齢重ねて気づいた

――1992年夏、宮中での歌会始の選者に選ばれました。ところが、批判の声が上がったそうですね。

批判した人たちは、歌会始の選者を「栄職」と考え、「岡井は偉くなりたいがために、自分の志を折ってまで権威に対してひざを屈した」というわけです。けしからんやっちゃ、と。そうした批判はいまだにありますよ。

――かつてのマルキストが、どのようにして天皇制を受け入れるようになったのですか。

70年に蒸発して九州へ行ったあとで考え方を変えました。たしか75年から80年あたり、つまり50歳前後のときに思想転向したんです。その結果として歌会始の選者をお引き受けしました。1年くらい考えた末に、ですけどね。

――それにしても、なぜ?

自分としては、伝統的なアララギのような歌のあり方を批判することによって、前衛短歌の道を開いたつもりでいた。ところが、あんなに革新的なレトリックを使って歌をつくってみて分かったのは、前衛短歌もやはり定型詩であり、韻律が何よりも大事であるということ。前衛的な内容をいくら盛り込んでもいいけれど、根本はそこだとつくづく思ったんです。だから、万葉集以来ずっと流れてきた和歌の伝統というものを大事にしなければいけない、と。

――あ、まずは歌から。

短歌に関する考え方についての思想転向が、結局は日本文化全体に対する思想転向になっていきました。ぼくみたいに若いころ天皇制を否定していた左翼の人間が、転向したわけです。

日本の文化人って、転向しても理由を述べない人が多いねえ。あれはやっぱり書くべきだと思いますよ。説明責任があります。ぼくはその理由について、いろんな機会に「自分は若いころには分かってなかった」とちゃんと書きましたよ。それを経たあとは、ずーっと揺るがない。その一つの表れとしての歌会始です。

――昨年まで選者を務めて感じたことは？

夏から秋にかけて10日に1度くらいのペースで、一般の方たちから寄せられた詠進歌が、宮内庁から選者たちに送られてきます。作者名も性別も何歳なのかも分からない。全部伏せたまま、歌だけをずらーっと並べた紙です。それに良しあしの印を付けて返送します。

頭の中に置くのは「皇居・宮殿の『松の間』で、声高らかに一種独特の節回しで歌われる」ということ。これがまず、ありますね。つまり「これは新年の宮中の行事である。そして耳で聞く歌である」と。そうすると仮に「おれは今日……」といった調子の歌があって「面白い歌だなあ」と思っても、やめとこう、となります。

かつての宮内省にあった、歌会始の事務をつかさどる「御歌所《おうたどころ》」は戦後に廃止されました。しかし歌会始はより開かれたものとなり、和歌の伝統を再認識する場になっているのです。

歌のため　ここに生きている

——2007年からは天皇、皇后両陛下と皇族方の和歌について御用掛《ごようがかり》を務め、貴重な経験をされていますね。


ええ、和歌御用掛というんです。短歌ではなくて和歌。

宮中では毎月、月次歌会《つきなみのうたかい》というものが行われていまして、そのお題の案を考えるのも役割です。皇族方はそうした機会を通じて力を試しておられる。

ある皇族の方は私の自宅に電話をおかけになり、相談されます。みなさま、こまかーいところまでお尋ねになる。そりゃあもう、非常に熱心に。

皇太子妃雅子さまは女官の方を通じてファクスを送ってこられます。そこに第1案、第2案、第3案……と歌が並んでいる。もともとことばに対する才能がおありですね。

――両陛下の場合は？

歌会始のために詠まれる歌のご進講には、暮れまで皇居に参ります。昨年末は3回うかがいましたかねえ。

――皇后さまは歌にご関心が高いですね。

同じ題で、2、3首おつくりになって、「どれが良いでしょう」とおっしゃることがあります。そのようにかなり完成した形でお示しになる場合もありますが、「まだ草稿段階なので」と迷っていらっしゃることもある。そのようなときは、「とても良いお歌ですけれど、ここをもうちょっとお直しになったらいかがですか」というようなご助言を申し上げます。

――ご進講のあとは。

それが終わりますと雑談になって、お茶が出る。30分間くらいでしょうか。正面にお並びの両陛下とお話をさせていただきます。あるいは天皇陛下とだけのこともありますし、皇后陛下とだけのときもあります。

――立ち会いの方は？

だれもいません。陛下とだけ向かい合って、という状況は、考えてみたら不思議な感じ。この前の雑談では皇后陛下が田村隆一さんの詩を話題にされました。「難しい詩が多いようですが、いかがですか」と。

皇后陛下は、そうした戦後の詩に解説を付けたアンソロジーはないでしょうか、ともお尋ねになりました。大岡信《まこと》さんが編んだ「集成・昭和の詩」という本はありますが、それ以外にはあまり多くありません。

そこで「１００詩人の１００作品、というようなものができるかどうか分かりませんけれど、つくってみたいと思ってはいるんです」と申し上げました。すると「それはぜひ」とおっしゃる。皇后陛下からそんなお声を掛けていただいたわけです。「よし、それじゃあ残世をかけて、やってみようか」と思っているところです。

――歌に捧げた人生。まだまだ意欲的ですね。

ほら、人間って自分が何のためにここに生きているのかと確かめることができないと、なかなか前に進めないでしょう？　そういうことじゃないでしょうかねえ。

（聞き手・磯村健太郎）

■岡井隆（おかい・たかし）
1928.1.5-2020.7.10
歌人。詩人。文芸評論家。未来短歌会発行人。
日本藝術院会員。
従四位叙位、旭日中綬章受章。

1928年　名古屋市生まれ。
1945年　17歳で短歌を始める。
1946年　「アララギ」入会。
1951年　「未来」創刊に参加、逝去直前まで編集・発行人をつとめる。
1980年　愛知県芸術文化選奨文化賞受賞。
1993年より宮中歌会始選者。以後21年間つとめる。
1996年　紫綬褒章受章。
2004年　旭日小綬章受賞。
2007年より宮内庁御用掛。
2016年　文化功労者に選出。
2020年7月10日心不全のため逝去。享年92歳。

主な著作
1956年　歌集『斉唱』(白玉書房)
1961年　歌集『土地よ、痛みを負え』(白玉書房)
1978年　歌集『天河庭園集』(国文社)
1982年　歌集『禁忌と好色』(不識書院・迢空賞受賞)
1989年　歌集『親和力』(砂子屋書房・斎藤茂吉短歌文学賞受賞)
1995年　評論集『岡井隆コレクション』(思潮社・現代短歌大賞受賞)
1997年　詩集『月の光』(砂子屋書房)
1998年　歌集『ウランと白鳥』(短歌研究社・詩歌文学館賞受賞)
1999年　歌集『ヴォツェック／海と陸――声と記憶のためのエスキス』(ながらみ書房・毎日芸術賞)
2000年　歌集『臓器(オルガン)』(砂子屋書房)
2002年　評論集『吉本隆明をよむ日』(思潮社)
2004年　歌集『馴鹿時代今か来向かふ』(砂子屋書房・読売文学賞詩歌俳句賞受賞)
2005年　評論集『『赤光』の生誕』(書肆山田)
　　　　歌集『岡井隆全歌集』(思潮社・藤村記念歴程賞受賞)
2008年　歌集『ネフスキイ』(書肆山田・詩歌文学賞受賞)
　　　　詩集『限られた時のための四十四の機会詩 他』(思潮社)
2009年　詩集『注解する者』(思潮社・高見順賞受賞)
2010年　歌集『X-述懐スル私』(短歌新聞社・短歌新聞社賞受賞)
2012年　評論集『今から読む斎藤茂吉』(砂小屋書房)
2015年　歌集『暮れてゆくバッハ』(書肆侃侃房)
2018年　歌集『鉄の蜜蜂』(KADOKAWA)
2019年　歌集『伊太利亜(日英独対訳版)』
2022年　遺歌集『阿婆世(あばな)』(砂子屋書房)
など多数

岡井隆さんからの宿題

岡井隆さんは率直な方だった。そのことを最初に感じたのは現代歌人シリーズの企画を始めた二〇一四年秋。参加依頼の手紙を送って一番に返事が届いたのは岡井さんのファックスだった。「参加します」あの時の嬉しさは忘れられない。その時から、ファックスや手紙、はがきなどのやりとりが始まった。決めておられた歌集タイトルは『第七の孤獨』。何度かお会いして進めていくうちに、もう少し歌を足したいといわれて送られてきたのが「暮れゆくバッハ」の一連。それを加えて組版した、ほぼ、終わりに近いゲラをもってお目にかかったとき、わたしは恐る恐る、「タイトルですが、今から変更することはできませんか。第七の孤獨は少しかたい気がして。この最後あたりにいただいた歌から『暮れゆくバッハ』がこの歌集にぴったりの気がして仕方ないのですが」と伝えると、あ、それがいいですね。では、「て」を入れて『暮れてゆくバッハ』にしましょう、とすんなり決まってしまった。

それからは装幀も帯文も提案通りにするすると決まっていった。最後に装幀の確認でお会いしたとき、「実はまだ本に収録されていないエッセイや論考があるのですが、田島さん、まとめてくださいませんか。個人的なものになるので、大げさな出版でなくて、いいですよ。少しずつタイトルと原稿のコピーを送りますから」と。それからは折に触れてレターパックが送られてきて、文字打ちと組版が進んでいった。あるとき、もうどれぐらいになりましたか。一度タイトル一覧を送ってくださいといわれてファックスしたところ、

「早速、リストお送りくださりありがとうございました。送ったつもりなのになかったりして、今新しくお送りすることを考えたり、お会いした時にご相談したく思ったりしています。

はじめ、きわめて個人的な動機でこの二年ほどのものを中心に考えていました。今、その動機がうすれ

まして、読者に喜んでいただけるものを、と思うようになりました。少し昔の、九〇年代からゼロ年代のもので、既刊のものに編まれなかったものをいれる気になったのはそのあらわれでした。いくつか実物をお示ししながらご相談申し上げたく思います」

とご返事があった。

二〇一六年六月のことだった。その少し前から、書肆侃侃房のフリーペーパー「ほんのひとさじ」に一号からテーマに沿った一首とエッセイまで送ってくださるようになった。

そして、あっという間にリストが増え、続けてコピーが届くようになった。すべて入れれば優に二冊にはなりそうなリストだった。「ほんのひとさじ」のエッセイも加えられていた。そうして、ほぼ、今のゲラが整ったころ、突然、「しばらく中断してください」というファックスが届いた。「未来」の選も代理を立てられて、当分、闘病に専念されるとわかり、わたしも待つしかなく、ゲラは眠ったままになった。

そこに飛び込んできた訃報に愕然としてしばらく何もできず、時を過ごしてしまった。そして、ふと思ったのだ。あ、岡井さんからの宿題が残ったままだ。これはいけない。

すぐにタイトルは『岡井隆の忘れもの』にしようと決めた。リストのすべてを埋めることは敢えてしなかった。届いたコピーの分だけにとどめた。

初出を調べ、引用歌や引用文の確認にも時間がかかり、掲載されている各誌への掲載許可を依頼した。こうして瞬く間に時間が過ぎてしまった。すでになくなった出版社もあった。すべてが整ったころ、装幀家の緒方修一さんから、軽快なタッチのカバーデザインが届いた。レインボー箔がうれしかった。ああ、これでやっと、宿題を受け取ってもらえる。

階段をゆっくりと降りていかれる岡井隆さんの後ろ姿にわたしはもう一度深々と頭をさげた。

二〇二二年七月

書肆侃侃房代表　田島安江

■初出一覧

Ⅰ

暗黒救済のメッセージ

あやしくも動悸してくる暗黒を……あるケース・スタディとして　「ビオス２」　１９９６年春号　哲学書房

桜を歌はないエコール　「セーマ」　１９９８年春号　哲学書房

わたしの信条　「月刊住職」　２０１５年11月号　興山舎

詩歌の中の神　日本人の宗教感情と近代　「福音と世界」　２００１年４月号　新教出版社

Ⅱ

美しき時代の詩歌　「未来」　１９９９年７月号～２００１年６月号　未来短歌会

美しき時代の詩歌／歌人が考える日本語の美醜

Ⅲ

狐心とうたげ

『精選　折々のうた』をよむ――「狐心とうたげ」の実践として　「一冊の本」　２００７年７月号　朝日新聞出版

詩歌人・鷗外の謎と魅力――日露戦争従軍の体験詩歌句集『うた日記』から

別冊太陽『森鴎外　近代文学界の傑人　生誕一五〇年記念』　平凡社　２０１２年２月

解説　関川夏央著『子規最後の八年』　関川夏央『子規最後の八年』講談社文庫版解説　講談社　２０１５年４月

飯島耕一、辻井喬を悼む　「現代詩手帖」　２０１４年２月号　思潮社

Ⅳ

詩歌句の未来

『言葉からの触手』に触れながら考えたこと　『吉本隆明全集月報５』　晶文社　２０１５年３月

郁乎の全体像が知りたい　『加藤郁乎作品撰集Ⅰ栞』　書肆アルス　２０１５年５月

町田康・耳のリアリズム　「季刊びーぐる」　29号　澪標　２０１５年10月

対談　31文字の扉――詩歌句の未来を語る　岡井隆×平田俊子　「短歌」　２０１６年２月号　ＫＡＤＯＫＡＷＡ

対談　詩と散文の間　岡井隆×小池昌代　「未来」　２００４年12月号　未来短歌会

Ⅴ

詩における物語性

二十一世紀の歌どもの一例　「季刊文科」　61号　鳥影社　２０１４年１月

一行詩と多行詩について　「季刊文科」62号　鳥影社　２０１４年４月
日和聡子の詩　「季刊文科」63号　鳥影社　２０１４年８月
長い詩と短い詩　「季刊文科」64号　鳥影社　２０１４年12月
鷗外訳デエメルの詩について　「季刊文科」65号　鳥影社　２０１５年４月
難解な詩について――多和田葉子と穂村弘　「季刊文科」66号　鳥影社　２０１５年８月
詩と散文と歌――石原吉郎の場合　「季刊文科」67号　鳥影社　２０１５年12月
詩における物語性とはなにか　「季刊文科」48号　鳥影社　２０１０年５月

Ⅵ

啄木の方法　「現代短歌」　現代短歌社　２０１６年３月号
岡井隆選　石川啄木の秀歌百三十首
メッセージ性。修辞性。新しいものへの偏愛。

Ⅶ

対談　岡井隆『暮れてゆくバッハ』を読む　細見和之×山田兼士×山下泉　「季刊びーぐる」29号　澪標　２０１５年10月

Ⅷ

人生の贈りもの　「朝日新聞」　２０１５年2月16日〜2月27日　朝日新聞社
ことばの職人として突き詰めたい／戦後の開放感　疎開先で自然を詠む／短歌に逆風　よくぞ続けたなあ／おれは医者の仕事も詠んでいる／政治から芸術へ　移ろう情熱／「民衆派」の考え方も受け継いだ／九州へ「とんずら」５年間の空白／故郷近くに転居　歌への思いも戻る／守るべき伝統　年齢重ねて気づいた／歌のため　ここに生きている

コラム　木下杢太郎の夏
コラム　雨の匂ひ、ソネットと反歌三首
コラム　まどろみの鬼
コラム　小さな旅の旅支度
コラム　郷里で珈琲タイムを
コラム　戦前生まれ１１５人から日本への遺言　報告と、遊びへのおさそい　「文藝春秋」２０１６年９月号　文藝春秋

岡井隆の忘れもの

二〇二二年八月十日　第一刷発行

著　者　岡井隆
発行者　田島安江
発行所　株式会社 書肆侃侃房（しょしかんかんぼう）
〒八一〇・〇〇四一
福岡市中央区大名二・八・十八・五〇一
TEL：〇九二・七三五・二八〇二
FAX：〇九二・七三五・二七九二
http://www.kankanbou.com　info@kankanbou.com

DTP　黒木留実

印刷・製本　シナノ書籍印刷株式会社

ISBN978-4-86385-533-5　C0095